FVA

Ariana Zustra

tot oder lebendig

Roman

FRANKFURTER VERLAGSANSTALT

FSC
www.fsc.org
MIX
Papier | Fördert gute Waldnutzung
FSC® C014496

Lektorat © Frankfurter Verlagsanstalt
Herstellung und Umschlaggestaltung: Laura J Gerlach
unter Verwendung eines Motivs von © Kelsey McClellan
Satz: psb, Berlin
Druck und Bindung: GGP Media GmbH, Pößneck
Printed in Germany
ISBN 978-3-627-00312-8

1

Nachdem ich Pommes gegessen und geduscht hatte, beschloss ich, mich umzubringen. Es war der Abend vor meinem dreißigsten Geburtstag, und wenn die folgenden dreißig Jahre so werden würden wie die bisherigen, wäre weiterleben schon arg lästig. Lästig ist aber auch, dass man sich erst umbringen muss, wenn man nicht mehr leben will. In Filmen ist das immer ein dramatischer Moment, untermalt mit elegischer Orchestermusik. Aber in Wahrheit ist es still.

Ich lag im Bett und starrte ins Dunkel. Wie also bringt man sich um? Erhängen. Der Klassiker. Wenn man es ordentlich machen will, nimmt man einen Strick. Dummerweise hatte ich zufällig gerade keinen da. Wo kauft man denn einen Strick? Vor meinem inneren Auge sah ich mich morgen in den OBI spazieren und einen Strick kaufen, und damit es nicht so sehr auffällt, noch eine Packung Teelichter. Aber ich wusste nicht, wie man den knotet, und vor allem nicht, wohin. Ich hatte keinen Balkon und auch keinen Dachboden. Eigentlich hatte ich nicht mal ein Wohnzimmer. Draußen möchte ich es nicht machen, es könnten ja Kinder vorbeilaufen, während ich so vor mich hin baumele. Wenn schon, dann müsste ich es irgendwo tun, wo mich jemand abbinden würde, der damit umgehen kann, vielleicht die Uhligs von nebenan. Der Mann ist Schaffner bei der Deutschen Bahn, da ist man ja täglich mit Misere konfrontiert. Aber der kommt zu unregelmäßigen Zeiten nach Hause. Was wäre also die beste Uhrzeit, um zu sterben? Ich starrte in die Dunkelheit und fand den Klassiker zu unzuverlässig. Ich verwarf den Strick. Auch möchte ich nirgendwo herunterspringen, weil ich das Ziehen im Bauch nicht mag. Deswegen springe ich auch nie vom Fünfer. Dabei mag ich Höhe, weil sie einen Überblick verspricht, den ich gerne hätte. Außerdem habe ich dann nicht die Kontrolle, wie ich unten lande. Und wenn ich schon Matsch werde, wäre ich gern zu hundert Prozent toter Matsch. Eine Waffe kommt mir nicht ins Haus. Ich habe mal im Internet gelesen, dass man auch Tabak in Wasser auflösen kann, aber dann müsste man schon ein ganzes Glas Tabak trinken. Das schmeckt doch scheiße. So ein Gesöff ist keine Henkersmahlzeit. Ich möchte lieber Pommes essen und dann sterben. Gut gefällt mir Gift. Das ist schön nostalgisch, das hat sich in der Geschichte oft bewährt. So wie in »Arsen und Spitzenhäubchen«, und das sind so nette alte Damen. Bloß habe ich keine Ahnung davon. Ich kann ja schlecht in die Apotheke spazieren mit den Worten: »Eine Packung Gift, bitte!« Oder sollte ich in alle Apotheken der Stadt gehen und in jeder genau so viel Gift kaufen, wie frei verkäuflich ist, und pansche es dann zu Hause zusammen? Mein Wunsch wäre Ertrinken, aber nur im Meer, und das gibt es hier in der Nähe nicht, und die Ostsee zählt nicht, weil deren Brackwasser ist nun wirklich nicht das, was man als Letztes sehen will, bevor man stirbt.

Doch der Gedanke, dass ich nicht so ohnmächtig war, wie ich mich fühlte, weil ich ja letztlich doch mein Leben selbst in der Hand hatte – und damit auch mein Ableben –, machte es leichter. Außerdem hatte ich durch die pragmatischen Überlegungen wieder Hunger bekommen, Pragmatismus ist keine Stärke von mir, das macht müde. Dabei kann ich unglaublich gut planen. Nur mit der Durchführung hapert es halt. Es war schon nach drei Uhr morgens, und ich lag noch immer wach. Ich stand auf und schlurfte in die Küche. Ich zündete eine Kerze an. Bei weniger Licht sieht man weniger, das einen beunruhigt. Ich machte Popcorn. Das ploppte irrsinnig laut. Ein kleiner Krieg in der Küche. Ich schüttete zu viel Salz darüber und verzog mich mit der Schüssel zurück ins Bett. Dann richtete ich mich mit meinem Laptop unter der Decke in einer Position ein, die sehr schlecht für den Rücken war und sehr bequem. Ich startete den Film »Das Meer in mir«, das war einer meiner liebsten, seit ich ihn vor ein paar Jahren im Kino gesehen hatte. Es geht um einen Mann, der seit einem Badeunfall gelähmt ist und für Sterbehilfe kämpft. Ich konnte mich anfangs nicht konzentrieren, weil ich mir ausmalte, wie ich dabei erwischt werde, schon wieder etwas heruntergeladen zu haben, und einen Bußgeldbescheid bekomme, wegen all der Filme, die ich schon illegal aus dem Netz gezogen habe, und dass sich da sicher schon mehrere Tausend Euro angehäuft haben, die ich nicht würde bezahlen können, und wie eines Tages der Zwangsvollstrecker vor der Tür stünde und streng sprechen und streng gucken würde, und wie er bei mir nichts Wertvolleres einsacken könnte als meinen Laptop, den ich im Backofen verstecken würde, oder meinen Globus aus den Dreißigern, in dem das Licht kaputt ist, oder meine italienischen Schuhe, darunter das Paar Budapester, gebraucht, weinrot, Nappaleder, Größe 40, was aber niemals die Kosten decken würde, und dass mein Konto gepfändet werden würde, und ich mich so lange weigern würde, bis ich ins Gefängnis müsste, und dort würde ich dann so sehr leiden, dass ich letztlich doch sterben würde. Am Ende von »Das Meer in mir« schluckt die Hauptfigur Zyankali. Ich beschloss, dass mir für heute ein Toter reichte. Vor dem Einschlafen spürte ich, dass sich die Maisschalen unter mein Zahnfleisch geschoben hatten und ich eigentlich Zahnseide benutzen müsste. Wenn ich an etwas so Weltliches wie Zahnseide dachte, konnte es so schlimm nicht sein, sagte ich mir, um mich zu trösten. Vielleicht wollte ich gar nicht sterben. Vielleicht hatte ich nur Hunger. Dann schlief ich ein.

2

Am Tag nach dem Selbstmord im Kopf gab es eine Party. Das erschien mir einleuchtend. Leben kenne ich

als Wechsel aus Dunkel und Hell. Auch Winter und Sommer sind ja Tagesformen, letztlich.
Als Kind mochte ich die Vorstellung, dass ich eines Tages an meinem Geburtstag sterbe. Weil ich am 29. Februar geboren bin, fühle ich mich regelmäßig übergangen, so als hätte man mich vergessen, drei Jahre am Stück. Meine beiden jüngeren Schwestern stichelten stets: »Wer keinen Geburtstag hat, den gibt es auch nicht!« Dieses Jahr war kein Schaltjahr, deswegen wäre der Selbstmord gestern ohnehin kein rundes Ding gewesen.
Weil es mein Geburtstag war, benahm ich mich wie ein Mensch. Ich würde abends welche von ihnen treffen, also tat ich Dinge mit meinem Körper, die mir immer schon wie ein lebenslanger Zeitvertreib erschienen, waschen zum Beispiel. Nur schminke ich mich nicht. Schminken ist der Gipfel der Sinnlosigkeit. Man gibt sich morgens Mühe und macht abends alles wieder rückgängig? Auch kochen finde ich absurd. Da investiert man Zeit, und dann ist das Ergebnis hinterher weg? Essen bedeutet mir nicht viel. Es drängt sich auf, jeden Tag aufs Neue. Essen zwingt einen, am Leben zu bleiben.
Ich zog mir eine Tweedhose an, die an den Beinen weit und an der Taille eng war. Davor streifte ich mir Socken über die Füße, weil ich eine Hose erst anziehen kann, wenn ich schon Socken anhabe, andersherum geht es nicht. Ich ließ wie immer einen BH weg, weil: wieso auch, und schlüpfte in ein steingraues Hemd. Ich überlegte, eine Krawatte anzuziehen. Mit Krawatte hätte ich

ein wenig ausgesehen wie Diane Keaton in »Der Stadtneurotiker«, und das finde ich grundsätzlich erstrebenswert, aber ich ließ sie doch weg und knöpfte das Hemd stattdessen etwas auf. Dieser Ort hier war ohnehin zu klein dafür.

Meine Freundin Agnes und ihr Mann Karl hatten mich zum Abendessen zu sich nach Hause eingeladen. Danach waren Agnes und ich zu einer Party verabredet, mit unserem gemeinsamen Freund Alex. Er war Stadtplaner und kannte einen Haufen Leute, und in einer verlassenen Industriehalle im Neubaugebiet bei der Plattenbausiedlung feierte irgendein Ronny, für den er mal in seiner Freizeit Fotos geschossen hat für dessen Internetseite. Sie konnten sich nicht leiden, und um das zu überspielen, hatte er Alex eingeladen, und Alex hatte die Einladung angenommen.

Mit Agnes bin ich schon seit der Schule befreundet. Alex lernten wir beide an der Uni kennen. Agnes hatte Pädagogik studiert, Alex Geographie und ich Geschichte. Ein Seminar über Sozialforschung besuchten wir gemeinsam. Als wir uns bei Agnes in der WG trafen, um ein Referat vorzubereiten, beschlossen wir einstimmig, stattdessen einen Mittagsschlaf zu halten, und so wurden wir Freunde. Die wenigen Freunde, die ich in der Schulzeit hatte, zogen weg nach Berlin oder in den Westen oder blieben in der Gegend, so als gäbe es hier ein normales Leben und als sei es leicht, es zu führen.

Ich starrte beim Essen in die Kerzenflamme und spulte Wörter ab, die ein Gespräch imitierten. Mein Mund war jetzt das Einzige, was an mir lebte. Karl unterhielt sich mit mir wie mit jemandem, mit dem man vorsichtig umgehen musste. Er sprach über die Nachrichten, irgendein Politiker hat irgendetwas gesagt oder nicht gesagt oder getan oder nicht getan und man hielt es für wichtig oder gar für neu. Ich sah meinen Händen dabei zu, wie sie den Fisch auf dem Teller vor mir mit Gabel und Messer zerteilten. Ich glaube, von außen muss es normal ausgesehen haben. Tut es ja immer.

Gegen Mitternacht fuhren Agnes und ich mit dem Fahrrad los. Es war ungewöhnlich warm für die Jahreszeit, aber mir war kalt, weil ich aus Trotz keine Jacke trug, denn noch vor Frühlingsbeginn die Jacke weglassen zu können ist wie länger aufbleiben dürfen. Außerdem war es mir egal, zu frieren.

In der Lagerhalle herrschte Gedränge. Kaum angekommen, wollte ich sofort wieder gehen, als uns Alex wie aus dem Nichts aufgetaucht um den Hals fiel. Überall standen Menschen mit Samstagabendgesichtern. Ich sah, dass sie sich über das Geschehen freuten, aber ich wusste nicht mehr, wie das ging. Was feiern Leute eigentlich genau, wenn sie »feiern« gehen? Ich weiß nicht mehr, aus welcher Jackentasche er es gezaubert hatte, aber plötzlich hielt Alex mir ein Yes-Törtchen unter die Nase mit einem Kerzlein drin, wie aus der Reklame damals. Das hatte ich seit der Kindheit nicht mehr gesehen. Für einen kurzen Moment fühlte es sich an wie früher, und das war schön. Alex drückte mir einen Kuss auf die Wange, und Agnes umarmte mich.

Aus Lautsprechern dröhnte »Losing My Religion«. Agnes und Alex unterhielten sich über ihre Woche, und weil ich nicht wusste, wohin mit mir, wand ich mich durch die Flure der Fabrik und tat so, als wüsste ich es. Immer wenn ich bei einer Party nicht weiterweiß, gehe ich in die Küche, meistens aber heimlich nach Hause. Die Küche war in dieser Halle eine Kantine, und vor der Tür hielt mich ein Typ am Ärmel fest. Er lallte und verwickelte mich in einen Dialog, der ein Monolog war. Er war Tischler und faselte, er wollte mir etwas bauen. Als ich entgegnete, dass ich nichts möchte, fasste er mir zwischen die Beine. Er stank nach billigem Fusel. Eigentlich wünschte ich mir etwas Nähe, um ein Gefühl für meinen Körper zu bekommen, oder um mich von meinem Kopf zu trennen, ich war mir nicht sicher. Ich flüchtete. Er rief mir »Fotze« hinterher. Ich drängelte durch die Gänge in eine der Toiletten und schloss die Tür hinter mir ab. Es war ein Waschraum, und ich hockte mich vor die Duschkabine, in deren Wanne Bierflaschen in Eiswasser versenkt waren. Draußen dröhnte es, und in meinem Kopf auch. Ich schaute auf die Wasseroberfläche, kniete mich hin und hielt eine Hand ins Wasser. Es war tatsächlich eiskalt, und ich wartete, bis es wehtat. Dann wartete ich noch einen Augenblick länger. Irgendwann griff ich eine Flasche heraus, öffnete die Tür und begab mich ins Rauschen.
In der zur Küche umfunktionierten Kantine hatten ein paar Typen Bloody Marys gemixt und Tomatensaft verschüttet, es sah aus, als hätten sie mit Blut gespritzt. Die drei drückten mir ein Gläschen aus Plastik in die

Hand und stießen mit mir an. Der Betrunkenste von ihnen legte seinen Arm um mich, als wären wir Freunde. Unangenehm. Er hatte »Carpe diem« auf das innere Handgelenk tätowiert. Was für eine gute Stelle. Ich hatte wie immer keine Lust zu reden, aber sie sprachen über Fußball, und daher klinkte ich mich ein. Einer der drei, dessen Namen ich vergessen hatte, drückte mir noch einen Schnaps in die Hand. Weil ich wusste, dass Uruguay 1930 der erste Weltmeister war, schauten sie erst sich mit großen Augen und dann mich mit großen Mündern an. Wenn ich getrunken habe, kriege ich so einen Weltuntergangssarkasmus, der dann fälschlicherweise als Heiterkeit interpretiert wird. Noch einen Schnaps.

Ich weiß nicht mehr, wie ich aus der Fabrikhalle gekommen bin, und wie viel Zeit bis dahin vergangen war, aber an was ich mich erinnere, ist, mich in einem Garten zwischen Plattenbauten in der Nähe eines Waldstücks wiederzufinden. Agnes und Alex waren bei mir.

Alex packte mich an den Schultern, schaute mich ernst an und sagte, jedes Wort betonend: »Sag so was nie wieder.«

Ich verstand nicht, was er meinte.

»Es wird auch wieder besser!«

Dann fiel mir auf, dass mein Gesicht von Tränen und Rotz verschmiert war. Ich übergab mich auf den Rasen, vor eine Skulptur von Michelangelos David. Ich schielte auf seinen Penis. Vor ihm war nun eine Pfütze aus Kotze. Ich konnte mich nicht erinnern, warum ich angefangen hatte zu weinen, aber jetzt kicherte ich.

Agnes packte mich an den Schultern: »Anna, was ist los mit dir?«
Von Weitem hörte man das Johlen einiger Partybesucher, die im Hinterhof der Halle herumlungerten und, wohl im Zuge eines Trinkspiels, skandierten: »Ausziehen! Ausziehen!« Dann stellte ich fest, dass dieser David nur aus Plastik war und der Pimmel somit auch. Enttäuschend. Plötzlich raschelte es im Gebüsch. Wir drehten uns um. Ein Fuchs sprang zwischen den Zweigen hervor. Er trabte nicht weg, sondern blieb stehen. Er schaute uns an, und wir schauten ihn an. Ich hätte dem wilden Tier gern aus der Nähe in die Augen geblickt. Aber dann huschte der Fuchs weg.
»Das war der schönste ... Das ist das beste ...«, hickste ich und hatte am Ende des Satzes seinen Anfang vergessen. Als Agnes den Kopf schüttelte und mich packte, kicherte ich wieder. Ich musste pinkeln. Alex half mir auf. Ich torkelte in das Gebüsch, aus dem gerade der Fuchs gekommen war, und zog meine Hose herunter, aber hockte mich nicht hin. Wenn ich sehr betrunken bin, vergesse ich, dass ich nicht im Stehen pinkeln kann. Als ich zurück zu meinen Freunden wankte, fühlten sich meine Beine nass an.
»Wir müssen den Wolf suchen«, lallte ich.
Dann ertönte ein ungeheuerliches Heulen. Die Musik verstummte. Stimmengewirr.
»Das ist die Polizei«, sagte Agnes.
»Der Spaß ist vorbei«, sagte Alex.
»Ja, eh«, sagte ich.
Dann kippte ich um.

3

Am nächsten Tag vegetierte ich durstig im Bett. Ich trank nicht, weil ich sonst früher oder später auf die Toilette gemusst hätte, und das wäre eine Handlung gewesen. Ich wollte am liebsten nichts tun, oder nicht da sein, und weil das nicht ging, war Liegen eine vorübergehende Lösung. Nachmittags klingelte es an der Tür. Bestimmt eine Viertelstunde lang. Aber ich ging nicht hin. Ich erwartete niemanden. Ich wollte niemanden sehen. Bei mir klingelte eh nie jemand, höchstens ein schlecht gelaunter Postbote, wobei meine Päckchen meistens die Frau Wachowiak aus dem Erdgeschoss entgegennimmt, weil sie den ganzen Tag zu Hause sitzt und Homeshoppingsender guckt und sich Wunderarmbänder aus Metall gegen ihr Rheuma bestellt oder angebliche Zauberpflaster gegen Arthrose. Nach der Wende täuschte der Kapitalismus ihr Trost durch Konsum vor bei einer Trauer, die er selbst verursacht hatte. Wunderarmbänder für die Alten, weiße Sneaker für die Jungen. Frau Wachowiak hatte viele Krankheiten. Sie hatte alles, und ihr fehlte es an allem. Ich wollte immer eine Oma haben, der ich etwas bedeute. Immerhin hatte ich Frau Wachowiak. Manchmal trug ich ihr die Einkäufe in die Wohnung, und dann redeten wir. Mein Telefon brummte auf meinem Nachttisch, aber ich nahm nicht ab, weil ich dann hätte sprechen müssen. Ich las drei Nachrichten von Agnes. »Ich stehe vor

deiner Tür. Machst du mir auf?« Die zweite: »Heute ist Flohmarkt.« Die dritte: »Ich habe Schokolade. Rum-Trauben-Nuss.« Sie war den ganzen Weg vom anderen Ende der Stadt zu mir geradelt, um mich zu einem Flohmarkt zu animieren, der bei ihr um die Ecke lag. Ich schlich in Boxershorts zur Tür, öffnete sie und umarmte Agnes lange. »Los geht's, zieh dich an! Draußen ist es schön«, sagte sie. Sie konnte damit nur das Wetter meinen. Agnes' Locken schimmern rot, wenn die Sonne darauf scheint, und dann sieht es so aus, als würde sie brennen. Jeder wollte ihre Haare anfassen. Ich auch. Wir sahen komisch nebeneinander aus. In ihrem Personalausweis steht, sie sei 1,59 Meter groß, aber da muss sie geschwindelt haben. Es war nicht gut, aber es war besser, wenn sie da war.
Ich hasse Sonntage und liebe Flohmärkte. Ein Besuch war also stets bittersüß. Hier war alles aus der Zeit gefallen, und das fühlte sich vertraut an. Diesen Markt am Fluss mochte ich am meisten, nahe der Fußgängerzone, die sogar Kopfsteinpflaster hat. Entlang des Ufers ließen sich Trauerweiden mit Erhabenheit hängen. In einer von Kastanien gesäumten Allee tummelten sich Besucher zwischen den Ständen. Dinge, die schon länger auf der Welt sind als ich selbst, bereiten mir Wohlbehagen. Nachdem wir unsere Fahrräder an ein Straßenschild geschlossen hatten, kauften Agnes und ich an einem Imbiss Eierkuchen mit Nudossi und setzten uns im Schneidersitz am Ufer ins Gras.
»Mandy Braun hat ein Baby bekommen«, sagte Agnes, wohl, um mich von mir selbst abzulenken.

Ich spielte den Small Talk mit. »Woher weißt du das?«, fragte ich.
»Hab sie neulich an der Bushaltestelle gesehen«, antwortete sie. Mandy Braun war eine jener Mitschülerinnen, von denen man die gesamte Schulzeit dachte, die kriegen nie jemanden ab, und die dann als Erste heiraten.
»Das ... würde ja bedeuten, dass sie Sex hatte?«, fragte ich.
Agnes machte eine beschwichtigende Geste, »nicht unbedingt«. Wir fanden uns gemein und schmunzelten und schwiegen eine Weile.
»Ist es bei dir auch so, dass die Menschen, die während deiner Kindheit so alt waren wie du heute, für dich die ›richtigen‹ Erwachsenen sind und du dieses Gefühl bei dir selbst heute aber nicht hast?«
Sie nickte, »klar«.
Mir tropfte etwas Nudossi auf den Schuh. »Als Kind war eine Dreißigjährige für mich steinalt. Da gab es nicht mal einen Unterschied zwischen dreißig oder fünfzig.« Ich überlegte. »Weißt du noch, wie man damals sein Alter auf den Tag genau nennen konnte?«
Agnes wischte sich die Finger mit einer Serviette sauber. »Ja, das machen die Kinder in meiner Klasse auch. Da ist man dann acht Jahre, drei Monate und elf Tage alt oder so.«
Ich konnte meinen Geburtstag nur alle vier Jahre feiern, auf eine Art war ich also erst sieben Jahre alt. Ich bin das Kind, das im Einkaufszentrum verloren geht, nur dass das Einkaufszentrum die ganze Welt ist.

»Damals war jeder Tag noch so wichtig.«
Am gegenüberliegenden Flussufer watschelte ein Kind einem Ball hinterher, den seine Eltern ihm hingeworfen hatten. Auf halbem Weg stolperte es und fiel hin. Es lugte zu seinen Eltern, hielt inne und lachte dann. Das junge Paar saß auf einer Picknickdecke im Gras, nickte und lächelte. Was entscheidet darüber, warum manche Kinder bei einem Sturz lachen, während andere weinen? Agnes legte ihren Arm um mich, das war schön. Plötzlich flennte das Kind vom anderen Ufer, ohne ersichtlichen Grund und ohne wieder gestürzt zu sein, und hörte nicht mehr auf. Nach einer Weile sagte Agnes, dass sie sich Sorgen um mich mache. Auf der Party sei ich nicht ich selbst gewesen. Sie fragte, ob sie mir helfen könne. Ich wusste nicht, was ich sagen sollte. Ich zupfte die Spitzen der Grashalme ab. »Komm«, sagte sie, stand auf, gab mir ihre Hand und zog mich hoch.
Dann wuselten wir durch die Stände. Auf einem guten Flohmarkt werden Dinge verkauft, die mal geliebt wurden, und auf einem schlechten Flohmarkt die, die keiner mehr will. Das hier war ein guter Flohmarkt. An einem Stand hielt ich Agnes ein Malset mit einer mediterranen Landschaft unter die Nase.
»Schau mal, das wäre doch was für den Geburtstag von Alex' Nichte?«
Agnes winkte belustigt ab. »Mann, Anna, die wird dreizehn. Die ficken bestimmt schon, da kannst du der nicht mit Malen nach Zahlen kommen.«
Auf einem Holztisch entdeckte ich zwischen Bibi-Blocksberg-Kassetten, Alfons-Zitterbacke-Büchern

und He-Man-Figuren etwas, das ich mir schon lang gewünscht hatte: einen Boxhandschuh von Hulk, dem grünen Monster aus dem Comic der Sechzigerjahre. Vorn in der Faust war ein kleines Gerät eingebaut, das ein fürchterliches Grollen abspielte, wenn man mit dem Handschuh gegen etwas haute. Toll! Diesen Hulk-Handschuh hatte ich vor Jahren mal in einem Ramschladen gesehen, wollte aber nicht fünfzehn Euro im Ein-Euro-Geschäft lassen, aus Prinzip nicht. Der junge Mann verlangte zehn Euro. Ich feilschte nicht. Ich kramte in meinem Geldbeutel. Erst als ich ihm den Schein in die Hand drückte, fiel mir auf, wie hübsch er war. Das merke ich bei einem Mann immer zu früh oder zu spät, und beides versaut es. Aber das war in dem Fall egal. Denn jetzt hatte ich Hulk.

»Na, wieder eine altersgemäße Kaufentscheidung getroffen?«, fragte Agnes, schüttelte den Kopf und lachte. Ich stülpte den Handschuh über und setzte ein kämpferisches Gesicht auf. »Und, haste Spaß?«

Anstatt zu antworten, boxte ich ihr sanft in den Magen. Das Fauchen ertönte. Dann hörte ich Weinen. Zwischen den Ständen wimmerte ein kleiner Junge. Er blickte ängstlich zu Boden. Niemand schien Notiz von ihm zu nehmen. Agnes und ich gingen hin. Als sie sich vor ihn hockte, wich er misstrauisch zurück.

»Wie heißt du?«

Nun guckte der Junge sie an. »Kim.« Er zog die Nase hoch.

»Warum weinst du?«, fragte Agnes.

»Ich hab meine Mama verloren«, schluchzte Kim.

Ich kann Kinder nicht weinen hören, denn sie weinen immer für alle anderen mit. Wir beschlossen, die Mutter zu suchen oder zumindest nach einer Frau Ausschau zu halten, die wie auf der Suche wirkte. Wir schoben uns durch die Menschenmenge. Als Kim sah, dass ich an der rechten Hand einen Hulk-Handschuh trug, nahm er meine linke. Agnes ging voran.
»Warum hast du das an?«, fragte er.
»Weil ich damit laut sein kann«, sagte ich. Dann führte ich ihm das Gebrüll vor, indem ich mir gegen die Wange schlug. Er machte große Augen und wischte sich die Tränen mit dem Handrücken aus dem Gesicht.
»Kim! Kim!« Eine junge Frau kam aufgeregt hinter uns hergelaufen. »Da bist du ja!« Die Mutter drückte den Kleinen so fest an sich, als atmete sie ihn ein. Erst danach bemerkte sie uns. Ihr Blick fiel auf meinen Handschuh, dann musterte sie mich misstrauisch. »Wollten Sie meinem Kind was andrehen?« Sie zog ihn an der Hand weg von uns.
Ich war überrumpelt, und Agnes antwortete für mich: »Nein, wir haben ihn einfach weinen gehört und sind dann hin.«
Die Mutter erklärte, ohne auf eine Antwort zu warten, dass ihr Sohn so verträumt sei und ehe man sich versähe, allein durch die Gegend huschte.
»Mama, die da kann Geräusche machen wie Hulk.«
Die Mutter lachte wegen ihrer Erleichterung etwas zu schrill, aber nun versöhnlich. Ich zog den Handschuh aus und schenkte ihn dem Jungen. Weil er sich so freute, schaute er beschämt zu Boden.

»Sag danke zu der Frau«, sagte die Mutter. Kim drehte sich schüchtern weg und grub sein Gesicht in ihre Hüfte.

»Ist schon okay«, sagte ich.

Die Mutter bedankte sich, und als sie mit ihrem Sohn auf dem Arm wegging, drehte er sich noch einmal zu mir und winkte mit dem Handschuh.

4

Die Arbeit ruft nicht, sie schreit. Am nächsten Morgen musste ich ins Büro. Mir fiel zu diesem leidigen Umstand, der sich unter der Woche täglich wiederholte, nichts anderes ein, als in einen Hungerstreik zu treten und zu warten, wie lange ich das aushalten würde. Ich hätte mir auch etwas zum Frühstück gemacht, aber ich hatte keine Kraft. Ich blieb im Halbdunkel im Bett liegen. Mein Blick fiel auf den Globus auf dem Nachttisch. Den hatte ich mal für ein Vermögen in einem Antiquitätengeschäft gekauft. Ich hatte sogar ein Wertgutachten für ihn. Manchmal, wenn ich nicht weiterwusste, dunkelte ich das Zimmer ab, schaltete das Licht im Globus an und setzte mich davor. Dazu muss es sehr still sein. Und das Licht muss gehen. Tut es nicht mehr. Der Globus war aus den Dreißigern, die Karte darauf aus der Renaissance, erdfarben, mit Schiffen darauf und einem Kompass. Wenn ich dann da so saß und guckte, erinnerte mich das an Welten aus Fantasyfilmen. Als Kind hatte ich »Der Herr der Ringe« gelesen und war überwältigt. Von all den Völkern, Kulturen, Sprachen darin, mit eigener Geschichte, mit Grenzen, Regelwerk, fein säuberlich festgehalten in Chroniken, detailliert bis in jede Fußnote. Eine in sich geschlossene Welt, deren Existenz und Gültigkeit keines der in ihr lebenden Wesen infrage stellte. Was sie nicht von unserer unterschied. Wie echt, wie rührend, diese angebliche Wichtigkeit. Alle sehen die Prinzipien unserer Erde in Mittelerde, aber niemand sieht die Prinzipien von Mittelerde bei uns. Mich nervte nicht, dass bei uns alles ebenso ausgedacht ist, mich nervte nur, dass alle so taten, als wäre es nicht so. Huch, Amerika? Joa, einfach so drauf gestoßen, Nahostkonflikt, uff, das ist da halt von Natur aus kompliziert, Straßenverkehrsordnung, jaja, das muss so, und na klar, die Nachbarn sind diejenigen, die nervig sind. Beim Blick auf die Kontinente und Inseln und unsere Namen dafür hatte ich ein Bild vor Augen, wie in tausend Jahren ein Mensch oder ein anderes Wesen, ein Außerirdischer vielleicht, vor einem heutigen Globus sitzt und amüsiert sein wird über unsere kleine Gegenwart. Sie werden uns ausbuddeln und in Vitrinen ausstellen. Und alles, was uns wichtig war, wird auf ein Messingschild passen.

Als Kind wollte ich Astronautin werden, aber eigentlich nur, um vom Weltall aus auf die Erde schauen zu können. Alles auf einmal erfassen, mit nur einem

Blick. Ohne Teil davon zu sein. Leider arbeitete ich jetzt in einem Büro. Ich stand nun doch auf und zog mir irgendetwas an, weil: muss ja. Auf dem Weg zur Arbeit meldete sich mein Magen, was mich beruhigte, weil das zeigte, dass es Stellen in mir gab, die von sich aus funktionierten. Nur ein Bäcker lag auf der Strecke. Ich ging ungern zum Bäcker, weil man beim Eintreten sofort angesprochen wird. Keine Zeit. Prüfungssituation. Druck. Alle warten. Heute nahm ich einen Bagel. Loch. Passt.

Ich hasste das Büro. Es war der erste Job, den ich nach dem Studium fand, und ich dachte, das müsste ich beibehalten. Die monotone Arbeit dort ermattete mich derart, dass ich zu leblos war, um mir eine andere Arbeit zu suchen. So ging das seit Jahren. Immerhin hatten wir seit einiger Zeit eine neue Praktikantin. Sie war jung und hatte große, fleischige Brüste, und deshalb ließ der Chef die anderen Frauen der Firma in Ruhe. Mich ließ er sowieso in Ruhe. Ich war nicht hässlich, aber auch nicht besonders hübsch, nicht groß oder klein, nicht dick und nicht dünn, weder blond noch brünett und schon gar nicht rothaarig. Ich war eine Melange vieler Menschen. Manchmal vergaßen Leute, dass sie mich getroffen hatten, sie vergaßen mein Gesicht oft, meinen Namen immer, sie konnten sich nicht erinnern, woher sie mich kannten, ob wir gesprochen hatten und wenn ja, über was. Ich hätte Mustermann heißen sollen. Nachdem ich den Vormittag damit verbracht hatte, auf meinen Rechner zu starren, mit der Maus Rechtecke auf dem Desktop zu ziehen und wahllos auf der

Tastatur herumzuhacken, damit die Kollegen dachten, ich würde tippen, schloss ich mich in der Mittagspause in der Toilette ein. Ich fiel neben der Kloschüssel in die Hocke und brach in Tränen aus. Ich hörte Pinkeln. In der Kabine neben mir saß die Sekretärin. Das erkannte ich am Klappern, wegen ihres dicken Schlüsselbunds. Ich schluchzte nicht, es war ein lautloses Weinen, bei dem man nur den Mund aufreißt und sich an den Kopf fasst. Damit sie nicht hörte, wie ich zwischendurch Luft holte, drückte ich die Spülung. Danach muss ich umgefallen sein, berichtete man mir später.

5

ICD-10 F48.0. Das war der Code zu meinem Dachschaden. So stand es auf dem rosa Zettel, und das diagnostizierte auch Frau Vassili-Petruescu, sie war Doktor, und wir hatten schon mehr als zehn Minuten geredet, das heißt, es musste also stimmen. Genauer gesagt hatte nur sie geredet und ich dabei geheult. Frau Vassili-Petruescu war die Vertretung für Doktor Grabow, weil der einen Notfall hatte. Er war mein Hausarzt, aber tatsächlich hatte ich ihn noch nie gesehen, weil er jedes Mal, wenn ich in die Praxis kam, zu einem Notfall musste. Vermutlich war er dann immer gerade bei den Hinterbliebenen von jemandem, der einen Strick zu Hause hatte und nicht erst zum OBI musste. ICD-10 F48.0 bedeutete, ich war sehr müde, aber noch nicht lebensmüde, weil ich mich immerhin für Popcorn entschieden hatte und nicht für Zyankali, aber müde genug, dass ich eine Therapie bräuchte. Frau Vassili-Petruescu meinte, die Wartezeit betrage aktuell drei bis sechs Monate, so lange würde sie mich krankschreiben. Ich hatte die Befürchtung, sie würde damit übertreiben, weil mein Weinen einen schlimmen Eindruck gemacht haben musste, dabei wollte ich gar nicht flennen, denn ich dachte, so schlimm stand es nun auch wieder nicht mit mir, ich war Leben ja nicht anders gewohnt. Aber als sie sagte, dass ich wirke, als stünde ich neben mir, gestand ich mir ein, dass es doch schlimm um mich stand, und daraufhin weinte ich dann doch wieder. Drei Monate arbeitsunfähig, da steckte das Wort »unfähig« drin. Wohl wegen meines bangen Gesichtsausdrucks sagte Frau Vassili-Petruescu, ich solle es als Kompliment nehmen, Firmen wie die meine wollten lieber funktionierende Leute als gute. Der Tod, dachte ich, hat alle Eigenschaften, die man sich von einem guten Mitarbeiter wünscht: verlässlich, konsequent, kein Wischiwaschi. Bringt Erfahrung mit und hat keine Angst, sich auch mal unbeliebt zu machen. Ich schlief den Rest des Tages bis zum nächsten Nachmittag. Dann war dreizehn Tage Nacht.

6

Unter Tränen, im Nachthemd und mit wirrem Haar stand Frau Wachowiak vor meiner Wohnungstür. Sie ist sehr nett, aber auch ein bisschen unheimlich, ich glaube, das kommt durch ihr Humpeln. Manchmal unterhalten wir uns im Hausflur, und dann schenkt sie mir Dinge, die nur alte Frauen verschenken, Karamellbonbons zum Beispiel. Sehr alte oder sehr junge Leute sind mir die liebsten, weil sie an der Grenze des Menschseins stehen. Es war schon spät, sodass ich mich wunderte, dass Frau Wachowiak noch wach war. Sie werde morgen am Auge operiert, weil sie Grauen Star habe, sagte sie. Sie habe so Angst, wimmerte sie. Ihre Stimme war dünn und ihre Augen wässrig. Sie bat mich, ihren Koffer für das Krankenhaus zu packen, weil sie so schlecht sehe. »Ich hab, glaub ich, auch noch ein Paket für Sie«, brachte sie hervor und schluchzte. Ich wusste, dass das nicht stimmte, dabei war es nicht nötig, ausgerechnet vor mir seine Einsamkeit zu verbergen. Ich bedankte mich und sagte, dass ich natürlich mit herunterkomme. Es ist komischer, jemanden weinen zu sehen, den man ein bisschen kennt, als einen völlig Fremden. Die Nachbarn im Haus ignorierten Frau Wachowiak mit betont freundlichem Grüßen. Ich finde, das gilt als unterlassene Hilfeleistung. Die anderen bezeichneten Helfen einfach als Einmischen und Einmischen als Unhöflichkeit, und dann kann man vor dem Fernseher sitzen bleiben ohne schlechtes Gewissen, weil unhöflich möchte ja keiner sein. Von Frau Wachowiak war so wenig da, dass ich mich wunderte, dass es sie überhaupt noch gab. Sie war einer dieser Menschen, die allein in ihrer Wohnung sterben und wochenlang unentdeckt bleiben.

Ich schlüpfte in die erstbeste Hose, die herumlag, und folgte meiner Nachbarin in ihr Kabuff im Erdgeschoss, das wie ein Kellerloch wirkte. Ihre Wohnung war vollgestopft mit Dekoartikeln von Tchibo, Medikamentenschachteln und Trauer. Im Flur lagen unausgepackte Kisten von Versandhäusern. Neben dem Schuhregal stapelten sich Quelle-Kataloge. Frau Wachowiak hatte noch mehr Plunder bei sich herumstehen als ich. Auf der Fensterbank verstaubte eine Weihnachtspyramide aus dem Erzgebirge. Alle Dinge in ihrer Wohnung schwiegen sich an oder plapperten durcheinander. Ein Duftschleier aus kaltem Rauch und Desinfektionsmittel trennte meine Nachbarin von der Außenwelt. Auf ihrem Leben lag ein Sepia-Filter. Zur perfekten Einsamkeit fehlte aus meiner Sicht nur noch eine Katze. In ihren orthopädischen Schuhen schlurfte Frau Wachowiak zum Sofa, der linke hatte eine dickere Sohle als der rechte und war wie ein Klotz am Bein. Sie sagte, sie habe sich jetzt Diabetikerschuhe geholt. Das Wort klang, als seien die Schuhe zuckerfrei und man könnte die hinterher aufessen. »Tennisarm« ist auch so ein Begriff. In meinem Kopf sehe ich dann immer einen Arm vor mir, der anstelle einer Hand einen Tennisschläger hat. In ihrem verblasst geblümten Nachthemd schien ihr Körper auf dem verschlissenen geblümten Sofa zu verschwinden, und es sah so aus, als sei sie nur ein sprechender Kopf, der jetzt von Globuli, Wolfgang Lippert und vom Lottospielen erzählte. Jede ihrer Aussagen klang immer auch wie eine Frage. Mir fiel auf, dass sie eigentlich gar nicht so alt aussah, zumindest nicht alt genug, um in Rente zu sein. Im Wettbewerb der Wirtschaft hatte sie verloren. Wie bestellt und nicht abgeholt stand ich zwischen einer Stehlampe mit Fransen und einem Biedermeierregal, und ich horchte auf, als sie nun von einer älteren Schwester in Liechtenstein berichtete, zum einen, weil sie immerhin ein Familienmitglied zu haben schien, und zum anderen, weil in Liechtenstein offenbar tatsächlich Menschen wohnten und nicht nur arbeiteten. Dann ging ich ins Schlafzimmer, das noch dunkler war als der Rest der Behausung, um den Koffer für ihren Aufenthalt im Krankenhaus zu packen. Ich schaute mich um. Frau Wachowiak rief aus dem Nebenraum, ich solle einfach einpacken, was ich mir selbst auch einpacken würde. Wenn die wüsste. Während sie im Wohnzimmer lungerte und hinter einer Rauchwolke verschwand, kramte ich durch ihren Kleiderschrank, der nach Mottenkugeln und Sperrholz roch, und ertappte mich dabei, dass ich Frau Wachowiak anstrengend fand, und dafür schämte ich mich, denn sie war wirklich bemitleidenswert. Sie klammerte sich an mich, so wie es nur Menschen tun, die so getrennt von allem sind, dass sie kein Gespür mehr dafür haben, wann es zu viel ist. Als ich eine Bundfaltenhose aus dem Schrank zog, rutschte eine Visitenkarte aus der Hosentasche. Ich hob sie auf. Sie war weiß, mit schnörkelloser Schrift auf Büttenpapier. Auf dem Kärtchen stand nichts außer »Lotte Neumann. Hypnose und Heilung«, und eine Telefonnummer.

Ich ging zurück ins Wohnzimmer. »Schauen Sie mal, brauchen Sie die?«, fragte ich.

»Ach so, das«, sagte Frau Wachowiak und schüttelte den Kopf. »Nein, ich war da nie. Ich hab mich nicht getraut.« Nach einer Pause fügte sie hinzu: »Aber vielleicht ist das ja was für Sie. Gehen Sie doch mal hin.« Dann schaute sie mich gedankenverloren an und sagte: »Junge, sind Sie blass. Oder ist das mein Grauer Star?«

Ich steckte die Visitenkarte ein.

7

Ich lag auf meinem Bett zwischen Agnes und Alex und konnte mich wie immer nicht entscheiden, ob ich meinen Kopf auf ihre oder auf seine Schulter legen sollte. Ich entschied mich für den Griff in die Schüssel Popcorn. Agnes schlürfte ihren Lieblingstee, auf dessen Lasche ein naseweiser Kalenderspruch stand. Sie bot mir auch einen Tee an, aber ich lehnte ab, weil ich mir dachte: Alter, du bist ein Teebeutel, was weißt du denn schon vom Leben? Mach du deinen Job, und ich mach meinen. Sie schmiegte sich tiefer in die Decke. Alex knusperte Schokoladenkekse, die er allein aß, weil für mich knusprige Sachen salzig sein müssen und weiche Sachen süß. Die beiden bestanden darauf, dass wir uns zu unserem regelmäßigen Filmabend trafen. Dann arbeiteten wir die Liste der 250 besten Filme aller Zeiten der »Internet Movie Data Base« ab, die natürlich nicht die besten Filme aller Zeiten waren, sondern die Lieblingsfilme von Menschen, die bei Listen im Internet abstimmen, also vor allem von Männern mit zu viel Zeit und zu viel Meinung. Agnes und Alex wollten »Schindlers Liste« schauen. Dieser Film rangierte auf Platz 6 und war damit der am besten bewertete, den ich noch nicht gesehen hatte. Gegen ihn hatte ich mich bisher erfolgreich gewehrt. Weil wir jedoch alle drei Teile von »Der Pate« hinter uns gebracht hatten sowie auch »Apocalypse Now Redux« und sämtliche uralte Western, gab es nun keine Ausrede mehr.

»Los, wir schauen jetzt den Film über den Holocaust«, sagte Alex.

»Shoa«, verbesserte ich.

»Ja, mein ich ja.«

Der Film bereitete mir körperliche Schmerzen. Als Agnes und Alex gegangen waren, lag ich alarmiert im Bett. Ich konnte nicht schlafen. Ich fühlte mich so einsam, als ob die beiden niemals da gewesen wären. Dabei roch meine Decke noch nach ihnen. Dann merkte ich erschreckt, wie ich innerlich bebte beim Gedanken an Ralph Fiennes, der Amon Göth spielte. Er machte mich krank. Kein Ausweg. Ich masturbierte so lange, bis ich wund war. Mein Höhepunkt war kurz und heftig. Dann schämte ich mich. Ich war am Ende. Morgen würde ich bei der Hypnose anrufen.

8

Alles brannte. Seitenstechen. Atemnot. Nach einer halben Stunde pochte mein Puls im Hals. »Noch eine Runde«, motivierte mich Alex und klopfte auf meine Schulter, während er neben mir hüpfte wie ein Flummi.

Alex hatte mich zum Joggen abgeholt, weil er meinte, ich könne mich nicht länger hängen lassen. Allein würde ich das niemals tun: Warum rennen, wenn man nirgends hinmuss? Ich renne nicht, ich renne höchstens weg. Außerdem war Samstag, und Samstag ist für mich schon immer Ruhetag. Sport macht angeblich den Kopf frei, dabei schafft man das nicht mal mit schlafen, also quasi bewusstlos sein – aber nun, wenn er meint. Wenn ich etwas tat, was ich sonst nie tue, würde ich vielleicht anfangen, etwas zu denken, was ich sonst nicht denke, und vielleicht würde darunter etwas Hoffnungsvolles sein. Wir waren mit der Straßenbahn in einen Park mit einem Ententeich und Kirschbäumen gefahren. Ich hasse Parks, weil ich Natur liebe. Ein Park verhält sich zur Natur wie ein Freibad zum Meer. Aber Alex war da, und er heiterte mich auf. Alex schaffte es, das Warten an einer Bushaltestelle oder das Geldabheben an einem Bankautomaten so zu erzählen, als wäre es ein Sketch in einer Late-Night-Show.

Wir liefen an zwei Spaziergängern vorbei, denen man ansehen konnte, dass sie gerade ihr erstes Date hatten. Warum ist man jedes Mal so aufgeregt, wo es doch immer dasselbe ist, nur mit wechselndem Personal? Auf einer Parkbank saß ein anderes Pärchen schweigend nebeneinander und aß Hamburger aus Pappschachteln. Alex fragte mich um Rat, weil er das Verhalten einer Frau, die er kennengelernt hatte, nicht interpretieren konnte. Sie hieß wie seine letzte Freundin. Die war damals seine Mitbewohnerin, und eines Tages schliefen sie miteinander, was ich faul fand, vielleicht war es aber auch einfach effizient. Die beiden Frauen verschwammen wegen ihres Namens in seinen Erzählungen ineinander, und das irritierte mich. Er musste sehr verzweifelt sein, wenn er eine Person um Rat fragte, die selbst keine Ahnung von Frauen hatte. Von Menschen, eigentlich.

Irgendwann ließ ich mich zurückfallen. »Ich kann nicht mehr!«, rief ich keuchend. Dann blieb ich stehen und sank in die Hocke. Alex trabte zu mir und fragte mich, ob alles okay sei. Ich spuckte ins Gras. »Ich bin richtig gut drauf jetzt«, sagte ich, »weil es endlich vorbei ist.« Warum haben wir nicht einfach Boccia gespielt.

»Tut mir leid. Vielleicht war das eine dumme Idee.«

»Passt schon.« Ich wusste, dass er es nur gut meinte, aber Sport war hier keine Hilfe.

»Kann ich dich bei was unterstützen? Vielleicht bei der Suche nach einem Therapieplatz?«

»Ach, das kann ich vergessen. Die Ärztin meinte, das kann bis zu sechs Monate dauern.« Ich starrte auf den Ententeich. »Aber lieb, dass du fragst.«

Er knetete mit Daumen und Zeigefinger seine Unterlippe. Dann sank er zu mir in die Hocke und streichelte mit seiner Hand über meinen Rücken. »Vielleicht hilft es, wenn du wegfährst?«

»Wohin denn?«

Morgen würde ich bei der Hypnose anrufen.

9

Wenn alles sinnlos ist, kann man auch zum Hokuspokus gehen. Jetzt ist es ja eh wurscht. Ich schaute mir die Visitenkarte an: Neumann. Heilung. Es würde nach Räucherstäbchen riechen, sie würde Batik tragen und Filzstulpen und bedeutungsschwanger reden und mir am Ende Tarotkarten legen. Nach elf Tagen bekam ich einen Termin. Ich traf Frau Neumann in ihrem Büro, einem Zimmer im Dachgeschoss eines Wohnhauses, das es geschafft hatte, kein Plattenbau zu werden. Es

war ein kühler, stillgelegter Tag, wie jene, als man zu Schulzeiten zwei Freistunden am Stück hatte und somit Zeit genug, um in der Stadt herumzustreunen, und alles besonderer wirkte als sonst, weil man da war, obwohl man nicht da sein sollte.
Es roch nicht nach Räucherstäbchen. Eher sah es aus wie in einer Unternehmensberatung. Frau Neumann hatte eine so tiefe Stimme, dass ich mich wunderte, wie da überhaupt noch Töne herauskamen. Als sie die Tür öffnete, musste ich an die Heilige Maria denken, und an die denke ich echt nie. Ich wollte instinktiv unter ihren Mantel, aber Frau Neumann trug einen Kapuzenpulli. Neben ihrem beachtlich aufgeräumten Schreibtisch hatte sie eine Sitzecke unter der Dachschräge mit zwei roten Sesseln eingerichtet. Auf dem Glastisch stand ein Krug mit Wasser, in dem Steine lagen. Auf der Fensterbank blubberte eine Lavalampe aus Plastik. Das letzte Mal, dass ich so eine gesehen hatte, war etwa 1999, und es musste gute Gründe geben, warum dieser Trend ausgestorben war. An der Wand hing ein eingerahmtes Gedicht, aber ich konnte mich nicht darauf konzentrieren. Ich hatte Angst, genauer hinzuschauen, weil wenn ich es nicht mögen würde, würde ich sofort den Respekt vor Frau Neumann verlieren, und im Anschluss auch vor mir. Sie sei studierte Physikerin und habe nun einen anderen, »weltlichen« Beruf, erklärte sie, verriet aber nicht, welchen. Ihr Gesicht sah aus wie die goldene Mitte aus vielen verschiedenen Gesichtern. Als Frau Neumann mich fragte, was mich zu ihr führte, brannte es in meinem Hals, so wie kurz bevor man anfängt zu

weinen. Sie legte den Kopf zur Seite, blickte mich an und schaffte es, dass mir die Stille nicht unangenehm war.

»Frau Thurow, warum sind Sie hier?«

In wenigen Worten fasste ich meine Situation zusammen.

»Sie sind nicht ganz bei sich.« Wow. Echt jetzt? Danke.

»Das heißt: Natürlich sind Sie Sie selbst, aber in Ihnen sind eben auch andere Anteile.« So etwas Ähnliches hatte die Psychologin im Kindergarten erwähnt. Damals faselte ich angeblich wirres Zeug, das man mir nicht zuordnen konnte, und die Erwachsenen fanden, dass dafür, dass ich ohnehin nicht so wahnsinnig gern sprach, ich mich ungewöhnlich aufspielen würde. Zu der Zeit fragten manchmal Leute meine Eltern, ob ich ein Junge oder ein Mädchen sei. Ich freute mich, wenn sie sich nicht sicher waren. Als ich Frau Neumann davon erzählte, nickte sie.

»Manchmal können Aspekte in uns sein, die von früher sind.«

»Aus der Kindheit jetzt?« Küchenpsychologie. Kennt man.

Sie lächelte. »Noch früher«, sagte sie.

Ich zog die Augenbrauen hoch und spürte, dass mein Blick spöttisch aussah. Hoffentlich sagte sie jetzt nicht, ich solle mein inneres Kind umarmen oder irgend so einen Kack. Doch Frau Neumann war die Ruhe selbst.

»Was geht Ihnen durch den Kopf?«, fragte sie.

Ich überlegte. »Ich … weiß nicht. Was meinen Sie?« Ich war verunsichert.

Unvermittelt begann sie, vom Urknall zu sprechen. Joa, das war dann wohl »noch früher«. Sie sagte, dass nach dem Urknall im Rahmen der Nukleosynthese die ersten Atomkerne entstanden sind. Sie sprach von Wasserstoff und Helium und dass alles, woraus wir sind, auf Sterne zurückzuführen ist. »Alles, was auf der Welt ist, war schon mal da. Es verändert nur seine Form«, sagte sie.
»Können Sie damit etwas anfangen?«, fragte sie.
Puh. »Wenn Sie Physikerin sind, warum machen Sie dann das hier?«, fragte ich zurück.
»Weil ich es kann.«
Ich schwieg. Was würde jetzt passieren?
»Wenn Sie möchten, können wir jetzt beginnen«, sagte sie.
Ich schloss meine Augen.

10

Als ich am Tag nach der Hypnose erwachte, fühlte ich mich, als hätte jemand Dinge in meiner Wohnung umgestellt. Ich erkannte nichts mehr wieder, obwohl alles an seinem Platz war. Ich hob die Bettdecke und schaute an mir herunter. Offenbar war ich das, die da lag. Ich hatte brennenden Durst und eine drückende Blase. Jeder Tag beginnt mit Problemen. Wie immer würde ich aufstehen müssen, um sie zu lösen. So langweilig. Doch kaum hätte ich Wasser gelassen und mir neues zugeführt, würde es weitere Dinge geben, die es zu erledigen galt. Ich dachte an die Briefe, die sich ungeöffnet auf meinem Schreibtisch stapelten. Die Klamotten, die ich in den Waschsalon bringen musste. Die Glühbirne über dem Badezimmerspiegel, die es zu wechseln galt. Die Vermieter. Die Krankenkasse. Der Kühlschrank. Vor meinem inneren Auge türmten sich Aufgaben. Es würde nie aufhören. Es gab keinen anderen Ausweg, als liegen zu bleiben. Ich zog die Decke über meinen Kopf und ließ nur einen Spalt zum Atmen. Als ich erneut aufwachte, war es draußen bereits dunkel. Ich fand in der Küche Bohnen und Mais, die ich kalt aus der Dose aß. Ich kauerte im Nachthemd barfuß auf den Fliesen und fror, aber ich konnte mir keine Decke holen, weil meine Energie nur für eine Tätigkeit reichte, und das war nun kauen. Zurück in meinem Bett starrte ich ins Dunkel an die Decke, so lange, bis ich nicht mehr wusste, ob meine Augen geöffnet waren oder geschlossen. Was sollte ich tun?

11

»Haben Sie Bücher über Juden in der kroatischen Stadt Dubrovnik?«

Die Frau am Informationsschalter der Stadtbücherei tippte wortlos in die Tastatur und brummte hinter ihrem Röhrenmonitor: »Nein, tut mir leid.«

»Und Bücher über Juden in Kroatien allgemein?«

Sie hackte in die Tasten.

»Nein, haben wir nicht.«

Ich seufzte.

»Aber wir haben Bücher über Juden in Deutschland.«

Ach was.

Ich ging nach draußen.

Auf der Bank vor dem Gebäude saß ein Mann so breitbeinig, dass kein Platz mehr für jemand anderen war. Ich wollte die Straßenseite wechseln, aber ein vorbeirauschender Radfahrer riss eine Art Mauer in die Luft, und mein Wille war sogleich gebrochen. Ich setzte mich ins Gras und holte einen Zettel aus meiner Hosentasche, auf dem stand: Andri, Aschkenasi, Ragusa. Diese drei Wörter wirkten wie eine geheime Wahrheit, die es noch herauszufinden galt. Für mich waren sie ein Ruf mit der Stimme von Frau Neumann, der mich am Hemdkragen aus meiner Unterwelt zog. Zwei Stunden dauerte die Sitzung bei ihr, als am Ende diese Begriffe im Raum standen: ein männlicher Vorname, eine jüdische Gruppe und der historische Name der kroatischen Küstenstadt

Dubrovnik. Zu nichts davon hatte ich in meinem Leben einen Bezug. Zumindest bis vor drei Tagen.

12

Als ich mit sechszehn Jahren noch immer nicht meine Monatsblutung hatte, schickte meine Mutter mich zur Frauenärztin, um zu prüfen, ob etwas mit mir nicht stimmte oder wohl eher, was. »Das sieht etwas träge aus«, konstatierte Frau Dr. Baum, während das Plastik des Ultraschallgeräts im kalten Gel auf meinem Unterleib umherrutschte. Es war das erste Mal, dass ich bei einer Gynäkologin war. Weil sie das Ergebnis auffällig fand, nahm man mir zur Sicherheit Blut ab.

Ich lag gerade auf dem Bett und las Rilkes »Briefe an einen jungen Dichter« – den einen vom 12. August 1904 über Einsamkeit und Drachen und Prinzessinnen –, als meine Mutter einige Tage später an meiner Tür stand und mit einem Umschlag der Praxis wedelte.

»Ich mach den jetzt auf«, sagte sie.

Schön, dass du vorher fragst, dachte ich.

»Da steht drin, dass dein Körper überdurchschnittlich viele männliche Hormone produziert«, las sie laut vor.

Meine kleine Schwester kam angerannt, weil sie dachte,

r würde sich etwas Spannendes abspielen. »Was heißt das?«, bohrte sie, steckte sich das Zopfende in den Mund und lutschte daran.

»Nix«, sagte meine Mutter, »nur, dass Anna wieder anders sein muss als alle.« So stand sie in der Tür, mit ihrem Körper, der wie alle Körper in diesem Kaff war, der sich nicht von der Umgebung abheben konnte oder wollte, ein Körper, der auch ein Gebüsch hätte werden können oder eine Essiggurke. Meine Mutter schleuderte den Brief aufs Bett und rauschte in die Küche. Meine andere Schwester kam auch ins Zimmer.

»Was ist das?«, fragte sie und sprach »Hormone« falsch aus, sodass es so ähnlich wie »Humor« klang.

Ich klappte das Buch zu. »Das haben vor allem Männer im Körper.«

Sie spielte am Reißverschluss der Bettdecke. »Bist du dann ein Mann?«, fragte sie.

Ich seufzte. Dann setzte ich mich auf und streichelte über ihren Kopf, als wäre es meiner.

Es muss wenige Tage danach passiert sein, als ich eines Nachmittags auf der Kloschüssel saß, den Ethikunterricht schwänzte und Perry Rhodan las. Ich spürte den Matsch, der aus mir suppte. Irritierend. In diesem Moment merkte ich, wie sehr ich dieser Welt unterworfen war und ihren Regeln, vor allem jenen, die sie für meinen Körper vorgesehen hatte. Ich wischte mir mit dem Ärmel meines Pullis die Tränen aus den Augenwinkeln. Jeden Monat aufs Neue überrascht es mich seitdem. Als wäre mir in den paar Wochen dazwischen entfallen, dass Frauen in dieser Welt bluten. Ich weiß nicht, wie oft ich Klopapier um meine Unterhose gewickelt hatte, weil ich nie eine dieser Windeln dabeihatte. Man sitzt in seinem Blut wie in seiner eigenen Scheiße – in der Schulbank, auf dem Fahrrad, im Kinosessel, im Bürostuhl. Männer haben ein weiteres Glied an ihrem Körper, ein Körperteil mehr, und in mir war nur dieser Hohlraum, diese Leere.

13

Ich fuhr mit dem Zeigefinger über Regale, Schranktüren und Heizkörper. Während Agnes am Telefon abwechselnd schnaubte oder schwieg, strich ich den Staub weg.

»Ja, versteh ich, dass du das komisch findest. Fand ich ja auch. Aber als ich da saß und sie das in den Raum gestellt hat …« Ich hielt inne. »Also, da war es, als ob ich eigentlich das erste Mal überhaupt …« Atmen. »Warum sagst du nichts?«, fragte ich.

»Weil es ist, als ob du mir von einem Fiebertraum erzählst. Oder von deinem Horoskop.«

»Dafür war es zu spezifisch.«

»Mann, es war während einer Hypnose! Da kann man ja sonst was sagen!«

»Ja, aber warum dann ausgerechnet das?«

Agnes seufzte tief. »Ich kann nicht glauben, dass du das glaubst.«
»Ich glaube es ja auch nicht. Aber ich glaube es auch nicht *nicht*.«
»Solltest du dich nicht auf dich konzentrieren?«
»Ja, aber das mache ich ja auch. Nur halt über einen ... Umweg.«
Sie prustete los. »Ja. Klar. Was sonst.« Pause. Agnes schien zu überlegen. »Also, noch mal für mich zum Verständnis: Diese Tante hat gesagt, du seist eine Reinkarnation.«
»Nee, ich bin schon ich, aber in mir ist auch was beigemischt, quasi.«
»Beigemischt. Quasi. Also: Du bist eine Reinkarnation.«
»Unter anderem.«
»Von einem jüdischen Mann.«
»Genau.«
»Der mal in einer Stadt namens Ragusa gelebt hat.«
»Exakt.«
»Was heute die Stadt Dubrovnik in Kroatien ist.«
»Japp.«
Sie seufzte, aber diesmal war es eindeutig auch ein Lachen. »Das ist echt so geil scheiße!«
Ich streifte durch meine Wohnung, legte mich in der Küche mit dem Rücken auf den Boden und schaute aus dem Fenster.
»Oh Junge. Dir ist echt nicht zu helfen«, sagte Agnes zum Abschied.
»Ja, nun. Nix Neues, oder?«
»Ha.« Dann legte sie auf.

14

Ich pulte vor Aufregung den Aufkleber mit Sicherheitshinweisen vom Vordersitz ab. Noch schlimmer als Plastik ist Plastik, das so tut, als sei es Holz. Aus der Luft betrachtet ist Deutschland ein Land der Rechtecke. Kroatien hingegen ist marmoriert. Vielleicht sind Menschen so, wie ihr Land von oben aussieht. In Deutschland gibt es keinen Quadratzentimeter, den sich die Leute nicht unterworfen haben. Keine Stelle, bei der jemand nicht darauf beharrt: »Ihr Strauch ragt in meinen Garten!«, »Hier ist aber kein Radweg!«, oder »Betreten verboten!«, so als wäre es wirklich so. Eigentum ist ein Witz, erdgeschichtlich.
Ich dämmerte weg wie in einer Art Zwischenbewusstsein. Ich war müde von der Reise, von der ich nicht glauben konnte, dass ich sie tatsächlich auf mich genommen hatte, warum auch immer. Frau Vassili-Petruescu hatte mir empfohlen, mein gewohntes Umfeld zu verlassen, solange ich Recht auf Krankengeld hatte, wobei ich fast das Gefühl hatte, dass sie mir nahelegte, am besten endlich ganz wegzuziehen, aber vielleicht war das wieder nur Projektion. Sie half mir auch bei dem Papierkram mit der Krankenkasse. Ich war müde von den vergangenen Wochen, die zu einem Sumpf geworden waren, in dem ich watete. Eigentlich müsste mir das alles hier Unbehagen bereiten, aus irgendeinem Grund war es jedoch nicht so. Zusammengekauert in

meinem Sitz träumte ich von einer Wasserleiche, die so aufgedunsen war, dass ich nicht erkennen konnte, ob es eine Frau oder ein Mann war. Aber eklig fand ich sie nicht. Tote sind ja auch nur Menschen. Die Wasserleiche zog mir die Hose herunter und inspizierte mich zwischen den Beinen. So etwas Eigentümliches hatte ich noch nie geträumt. Ein Brausen weckte mich. In meinem Bauch wirbelte ein Luftloch. Ich schaute aus dem Fenster, sah auf das Meer und musste lächeln. Das Flugzeug setzte zur Landung an. »Wer das Paradies auf Erden sehen will, muss nach Dubrovnik kommen«, hat der Schriftsteller George Bernard Shaw angeblich über die Stadt gesagt. Ich musste über mich selbst lachen und wie absurd alles war. Egal. Ich würde versuchen herauszufinden, was sich hinter den drei Worten verbarg, die ich auf einem Zettel in der hinteren linken Hosentasche mit mir herumtrug: Andri, Aschkenasi, Ragusa.

Lavendel. Das war das Erste, das ich wahrnahm, als ich aus dem Flieger stieg und den Fuß auf den Boden setzte. Im Bus vom Flughafen in die Stadt holte ich einen Reiseführer aus dem Lederrucksack. Als ich Kroatien auf der Karte betrachtete, fiel mir auf, dass die untere Landeshälfte von der oberen durch Bosnien und Herzegowina getrennt ist und das Land geformt war wie ein Bumerang. Alles kommt irgendwann wieder. Der Flughafen befand sich zwanzig Kilometer südlich der ohnehin schon am südlichsten Zipfel des Landes liegenden Stadt. Von der Klimaanlage ausgekühlt bretterte der Bus aus dem Hinterland Richtung Dubrovnik. Wir fuh-

ren durch ein Tal vorbei an Weinbergen, Bauernhöfen und verstreut liegenden Häusern aus Stein. Im Hintergrund zeichnete sich ein Gebirge vom Himmel ab. Auf Hängen und Feldern wuchsen Pappeln und Zypressen, Oliven und Feigen. Der Bus schlängelte sich in Serpentinen den karstigen Küstengürtel entlang. Links lag die Adria, rechts die Dinarischen Alpen. Und dann, als hätte jemand plötzlich einen Vorhang gelüftet, ragte hinter einem Felsen hervor: die Stadt aus der Hypnose. Der Anblick kam mir vertraut vor. Vermutlich hatte ich das im Vorfeld so oft auf Bildern gesehen: Wie eine Burg aus weißem Stein, betupft mit roten Ziegeldächern, aus dem Blau des Meeres herausragend, direkt neben der grünen Insel Lokrum. Mir war flau im Magen.
Der Bus erreichte das Tor Pile, den Haupteingang der Altstadt. Als sich die Tür öffnete, strömte der Geruch von erhitztem Stein und Kiefern auf mich ein. Ein Duft so dicht, dass er kaum mehr in der Luft war, sondern dickflüssig, wie Honig. Beim Aussteigen wich ich einer Menschentraube aus, rempelte dabei in eine andere Menge, die gerade an einer Stadttour teilnahm, sprang mit einem Satz vor einem orangen Stadtbus zur Seite und rettete mich vor einer Vespa auf den Bürgersteig. Durchatmen. Ich hatte gelesen, dass die Erwähnung der Einwohnerzahl von etwa 40.000 die Tatsache verfälschen würde, dass im Sommer Millionen Menschen aus allen Kontinenten das Städtchen überfluten. Ich stellte meinen Koffer ab und drehte mich mit offenem Mund einmal um mich selbst, weil ich nicht wusste, wo ich zuerst hinschauen sollte. Ich wollte am liebs-

ten alle Wege auf einmal gehen. Das sahen alle anderen aber offenbar genauso. Zwischen den Besuchern zweier unterschiedlicher Führungen und Großfamilien mit Rollkoffern, Busreisenden und Softeis essenden Jugendlichen hatte ich das Gefühl, zerquetscht zu werden. Ein Lieferwagen rauschte über einen Zebrastreifen. Dass einige Südländer Verkehrsregeln offenbar wirklich frei interpretieren, wie Gedichte oder Gemälde, war mir grundsympathisch. Ich zwängte mich durch die Menschenmassen zu einer Zugbrücke aus Holz, die durch ein Tor in die Altstadt führte. Im Burggraben hatte man einen Park angelegt, Oleander blühte zwischen Pinien und Palmen. Ich ging an Restaurants und an einem Brunnen vorbei, kam zu einer Terrasse mit Aussicht aufs Meer, blieb stehen und las im Reiseführer. Links ragten die Stadtmauern und der Turm Bokar aus dem Wasser. Der Park im Burggraben mündete in einen Kiesstrand, an dem Kajaks aufgereiht waren. Rechts der Bucht thronte auf einem Felsen ein anderer Turm über dem kleinen Hafen, an dessen Mole alte Fischerboote lagen, wie in einem Gemälde oder in einer Erinnerung. Lag ein Filter auf dieser Stadt? Oder lag ein Filter auf mir? Oder hatte ein Filter auf mir gelegen, der sich nun lüftete? Ich drehte mich weg vom Meer und schaute auf den Hausberg Srđ und sah in der Ferne eine Seilbahn mit einer Gondel. Ich stand da mit offenem Mund. Alles hier sah aus wie im Film, und so wähnte ich mich selbst in einem. Ich verglich die Fotos im Reiseführer mit der Realität. Würde mich nicht wundern, wenn die Kulisse der Altstadt bei Sturm umkippen würde wie ein Pappaufsteller. Potemkinsche Perle der Adria. Eine Gruppe Rucksacktouristen rempelte mich zur Seite, »excuse-moi« flötete ein Typ im Achselshirt. Sein nackter Oberarm streifte meinen, und ich spürte seinen Schweiß auf mir. Ich lehnte mich an eine von der Sonne erhitzte Mauer und fühlte mich wie in einer Sauna. Aus irgendeiner Ecke stank es nach Urin. Es war alles viel zu viel. Zu voll, zu heiß. Der Stein, aus dem die Altstadt gebaut war, hatte eine Oberfläche wie Babyhaut und die Farbe von Perlmutt, es war grotesk. Dubrovnik lag vor mir wie ein dösender Löwe: In-der-Sonne-Gethrone, Pimmelgezeige der fünf Burgtürme, träges Posen im Hintergrund der sich fotografierenden Touristen. Mir fiel Frau Wachowiak ein, immerhin hatte sie Anteil daran, dass ich nun in dieser Stadt gelandet war. Ich fragte mich, wie sie es hier finden würde: Wäre sie begeistert oder überfordert? Wahrscheinlich beides. Vielleicht würde es auf sie ebenfalls vertraut wirken, weil es hier aussah wie in einem Katalog. Ich dachte an den Zettel in meiner Hosentasche und schüttelte den Kopf. Andri, Aschkenasi, Ragusa. Wenn das hier wirklich mal mein Zuhause gewesen sein soll, oder das irgendeiner alten Seele, die angeblich in mir wohnt, sollte ich mich wohl derart glücklich schätzen, dass ich nie wieder unglücklich sein dürfte, weil alles andere wäre undankbar. Vermutlich hatte mich deshalb das Schicksal oder der Zufall wer weiß wie viele Jahre später in einem Loch im Osten wieder ausgespuckt, das erschien mir nun als ausgleichende Gerechtigkeit, wobei ich hoffte, dass es nicht die Strafe für mein Vorleben war. Und wenn ich in meinem Vorleben ein gewisser Andri gewesen sein soll, dann hatte ich immerhin einen Penis, einen Schwanz hatte ich dann. Daran dachte ich nun, umgeben von diesen vielen Menschen. Der Gedanke erfüllte mich mit einem Gefühl von Macht. Mit meinem Schwanz hätte ich in einen anderen Körper eindringen können. Eindringen gegen die Einsamkeit.

15

Ich wachte auf von einem Tapsen auf meinem Körper. Da war etwas auf meinem Bauch, und es war exakt so schwer oder so leicht, um mich in ein ungeahntes Gleichgewicht zu bringen. Ich zog die Bettdecke von meinem Kopf und schaute an mir herunter. Ein graues Kätzchen saß auf mir und blickte mich völlig selbstverständlich an. Es hatte einen hübschen Kopf mit einem weißen Fleck genau zwischen seinen Augen. Wie war es hereingekommen? Ich schaute in dem Zimmer umher, das ich gemietet hatte – ein Loch eher, weil ich mir nichts anderes leisten konnte. Es war spärlich eingerichtet, und dennoch passte nichts zueinander. Das Fenster mit Blick auf eine Mauer stand offen, das Deckenlicht war noch an, und ich hatte meine Klamotten vom Vortag an. Ich musste nach meiner Ankunft

wie ohnmächtig eingeschlafen sein. Ich streichelte das Kätzchen am Kopf, das davon munter wurde und nun über meinen Bauch und zu meinem Brustkorb tapste und an meinem Gesicht schnupperte. Das war so süß, dass ich die Luft anhielt. Es legte sich genau in die Kuhle meines Schlüsselbeins und schnurrte. Jede Regung war zwecklos. Ich schaute an die Decke und musste schmunzeln. Auf dem Nachttisch lag neben einer geschmolzenen Tafel Rum-Trauben-Nuss-Schokolade und einem unangerührten Blister Tabletten ein Zettel mit einem Namen und einer Telefonnummer. Der Mann von der Tourist-Information hatte ihn mir mit einem verschmierten Kugelschreiber notiert: Špilman. Ich hatte ihn nach einem Kontakt zur Jüdischen Gemeinde gefragt, und er meinte, dass ich es bei ihm versuchen sollte.
Während ich mich irgendwann umzog, sprang die Katze in meinen Koffer. Wann immer ich ein Kleidungsstück herausnahm, griff sie mit ihren Tatzen danach. Ich hielt ein Hemd in die Luft, und sie sprang hinterher und schnappte nach seinen Ärmeln. So spielten wir eine Weile. Meine Sachen räumte ich nicht in den Schrank, warum auch – das bisschen. Ich hatte keine Lust, mir die Zähne zu putzen, und warf mir nur hastig kaltes Wasser ins Gesicht. Dann zog ich mir über, was die Katze freigegeben hatte, und trat heraus.
Durch enge Gassen stieg ich treppab in die Altstadt, zur Spaziermeile Stradun. Hier fuhren keine Autos. Von einem zum anderen Ende dieses Boulevards brauchte ich ein paar Minuten. Alles war aus einem Guss: Stra-

ßen und Häuser aus cremefarbenem Kalkstein, Dächer aus terracottafarbenen Ziegeln. Beim Gehen steckte ich meine Nase immer wieder in den Reiseführer, um all die Gebäude voneinander unterscheiden zu lernen. Am östlichen Stadttor lag der Palast Sponza, ein Gebäude aus dem 16. Jahrhundert mit Bogengängen und verzierten Säulen. Daneben ragte ein Turm in die Luft: oben eine Glocke, darunter eine Sonnenuhr mit römischen Zahlen für die Stunden und mit arabischen Zahlen für die Minuten. Überall Säulen und Türme und Pfeiler. Phallus an Phallus an Phallus, wie soll man da nicht durchdrehen, dabei spielt das Leben doch in Hohlräumen. An einem Brunnen füllte sich eine Gruppe chinesischer Touristen Plastikflaschen mit Wasser. Vor dem Sponza-Palast blieb ich vor der überlebensgroßen Figur eines Ritters stehen. Zu seinen Füßen auf einem Podest aus drei achteckigen Stufen saß eine Gruppe Mädchen. Das Gewand des Ritters sah aus wie ein Minirock und seine Schoner wie Kniestiefel, was ich fesch fand. Nur eine einzige dieser Sehenswürdigkeiten hätte in jeder anderen Stadt gereicht, um sie zum Ausflugsziel zu ernennen. Dieser Überfluss an Pracht war realitätsfern, aber offensichtlich echt. Warum denkt man bei uns so oft, Schönheit gehe mit Künstlichkeit einher? Und warum bleibt man, wo es offenkundig Orte wie diese hier gibt, freiwillig in, sagen wir, Eisenhüttenstadt wohnen?

Ich lehnte mich an eine Säule des Sponza-Palasts und fragte mich, was sich an mediterranen Orten so anders anfühlt. Vielleicht war es nicht der Glanz von allem, was da war – den Kirchen, Statuen, Brunnen –, sondern von dem Raum zwischen diesen Dingen. So, wie Musik nicht nur aus Tönen besteht, sondern ebenso aus der Stille zwischen ihnen. Wir leben in Zwischenräumen. In dieser Stadt trat alles in den Hintergrund, und ich mit ihr, und das fand ich angenehm. Ich ging ein paar Schritte und setzte mich neben die Jugendlichen auf die oberste Stufe der Ritterstatue und klappte den Stadtführer auf. Dann schaute ich hoch zum Denkmal. So groß war dieser Roland oder Orlando oder wie er heißen mochte eigentlich gar nicht, aber süß, mit seinen Löckchen. Mir kamen Agnes' Haare in den Sinn. Ich atmete tief ein. Wenn ich Luft wäre, wäre ich gern die Luft zwischen den Arkaden des Rektorenpalasts. Ich würde auf den Verzierungen des Deckengewölbes ruhen und mich, sollte ein Windhauch kommen, zu der barocken Basilika des heiligen Blasius wehen lassen, der hier Sveti Vlaho heißt. Er ist der Schutzheilige von Dubrovnik und hier offensichtlich der Oberpimmel. Seine Statue blickt, vollbärtig und die rechte Hand zur Segnung erhoben, vom Kirchendach auf die Stadt hinunter. Wobei ich eigentlich nicht Luft sein möchte, sondern lieber Stein. Stein scheint hier sehr wichtig zu sein, weil hier alles daraus gemacht ist. Die Stadt ist auf einen Felsen gebaut, umarmt von der Stadtmauer. Ich spazierte an der Kirche des Sveti Vlaho vorbei und bog in den alten Stadthafen ein. Jollen wiegten sich im Wasser. An einem Fischrestaurant und einer Eisdiele vorbei ging ich an einer dicken Mauer entlang, um die Festung des Sveti Ivan herum – jene zwei monumentalen Türme, die mir gestern im Bus den surrealen Postkarten-Anblick bescherten. Ich faltete die Stadtkarte in der Mitte des Reiseführers auseinander. Der Mann aus der Tourist-Info hatte mir lauter Kreuze und Kreise darauf gekritzelt, das ist so ein Ding von denen. Ich starrte mit offenem Mund in die Luft. Zwischen den beiden Türmen lag die Mole Porporela: links von ihr der Hafen und rechts das Meer. Ich schritt ein paar Stufen hinauf und setzte mich auf eine der dunkelgrünen Holzbänke und ließ meinen Blick über das Wasser schweifen. Die Insel Lokrum wirkte so nah, dass ich glaubte, ihre Pinien riechen zu können. Ich schloss die Augen und atmete tief ein und aus. Irgendwie machte mich das alles auch schwer und seltsam wehmütig. Auf der Bank links neben mir schmuste eng aneinandergerückt ein Pärchen, das zu verbergen versuchte, dass er seine Hand sehr offensichtlich in ihre Hose geschoben hatte. Rechts von mir saß eine Gruppe Männer, die sich johlend zusammengerottet hatte. Im Meer am Hafendamm gab es innerhalb einer rechteckigen Absperrung zwei Tore – wohl ein Spielfeld für Wasserball. Vor mir platschte es: Ein paar Jungs schmissen sich laut lachend immer wieder ins Wasser. Ich stand auf und trat an den Rand der Mole. Auf dem Streifen entlang der Mauer lagen Badende: tobende Schulkinder, ältere Damen in feinen Badeanzügen, kartenspielende Männer. Ich hatte noch nirgends Menschen in einem Hafen baden gesehen, aber ich hatte auch noch nie so schönes und sauberes Wasser in einem Hafen gesehen. Ein Hafen ist ja praktisch ein Gewerbegebiet, und im Gewerbegebiet

zu Hause gab es nur Pfützen aus Kotze. Ich schaute hinunter auf meine schmutzigen Zehen in den Sandalen und hinauf auf die Festung. Ich spürte Respekt vor der dicken, zwei Kilometer langen Stadtmauer, die laut Stadtführer seit dem achten Jahrhundert dort ausharrte, Feuer und Kriege, also: den Menschen, überstanden hatte und dabei halbwegs heil geblieben war. Aus Stein zu sein scheint beim Heilbleiben zu helfen. Es war ein ähnlicher Respekt, den ich auch gegenüber dem Quastenflosser hatte, diesem unfassbar hässlichen Fisch, von dem man dachte, er sei in der Kreidezeit ausgestorben, bis im Jahr 1938 vor der Küste Südafrikas plötzlich einer in einem Netz zappelte, ja grüß Gott. Dieses Urtier gibt es seit mehr als 350 Millionen Jahren auf der Erde, es lebte bereits weit vor dem Dinosaurier, und damals war gar nicht mal so viel los, also tiermäßig, und da dann heute immer noch auf dieser Welt zu sein, das muss man dann auch wollen.
Ich wollte nicht mehr. Mir war heiß, und ich fühlte mich müde. Ich trottete zurück in die Altstadt und setzte mich auf die Stufen der Barockkirche. Ich schaute den Menschen auf dem Stradun zu und fühlte mich einsam. Ich versuchte zu erfassen, wie die Frauen hier gehen: Sie schritten, als wäre etwas im Boden oder in der Luft, ein Geheimnis zwischen den Gebäuden, das nur sie kannten, oder eine Frequenz zwischen Menschen, die nur sie hörten. Ich bekam es nicht hin, ich wirkte wie jemand, der imitierte, ein Mensch zu sein. Von einem Ende des Boulevards zum anderen brauchte ich zu Fuß keine fünf Minuten, aber sie brauchten eine

Viertelstunde, oder eine halbe, sie kosteten die Zeit aus, sie spazierten nicht, sie stolzierten. Als inszenierten die Frauen ein Flanieren aus französischen Filmen. Nur ab und zu drängte sich ein Mann mit Plastiktüte zwischen den Touristen durch oder Kinder rannten in der Regenrinne neben der Hauptstraße auf und ab. Ich saß dort, ermattet, zu erschöpft zum Aufstehen.

Obwohl Sonntag war, war eine Bankfiliale der Innenstadt geöffnet. Ein Schauspiel echten Lebens zwischen all den Souvenirläden, T-Shirt-Shops und Kiosken, aber irgendwie wirkte sie gerade deswegen noch kitschiger als der Rest. Ich trat in einen verdunkelten, von einer Klimaanlage unterkühlten Raum, zog eine Nummer an einem Automaten und setzte mich auf eine Holzbank. Ich überlegte, dass es witzig wäre, mit den anderen Kunden die Zettel untereinander zu tauschen, bis keiner mehr wusste, wer an der Reihe war, aber dann stellte ich fest, dass es eigentlich gar nicht mal so witzig war, und so schaute ich auf den Boden. Am Schalter wurde ein Mann bedient, der dem Dialekt nach vermutlich aus Irland stammte, und ich fand, dass das Englisch der Bankkauffrau fast besser klang als seins. Überhaupt sprachen alle Einheimischen lupenreines Englisch, mit Akzent, aber fehlerfrei. Viele konnten auch Deutsch, was ich dankbar annahm. Dann piepste es, und meine Nummer blinkte am Schalter. Ohne ihr Gespräch mit einer rauchenden Frau an der Tür zu unterbrechen oder mir auch nur ein Mal in die Augen zu schauen, wechselte die Bankangestellte Euros in kroatische Kuna, zeigte den Wechselkurs und den Betrag auf ihrem

Taschenrechner, händigte mir den Beleg aus und ließ mich unterschreiben. Sie sah genauso aus, wie ich mir eine Bankkauffrau vorstellte, aber vielleicht sah sie nur deswegen so aus, weil auch sie sich eine Bankkauffrau genauso vorstellte. Vor der Tür begutachtete ich die Scheine. Sie waren ockerfarben und olivgrau und in ihrer Performance von Banknoten insgesamt überzeugend. Waren da drauf also die kroatischen Äquivalente zu Carl Friedrich Gauß oder den Gebrüdern Grimm? Auf Geldscheinen waren halt immer irgendwelche Leute. Lauter Typen, natürlich, sehr bärtig und sehr ahnungslos, dass ihr Abbild nach ihrem Tod von etlichen Fingern angegrabbelt wird, um davon Jahrhunderte später eine Brezel zu bezahlen oder einen Bimsstein. Vor allem für den Typen auf dem blauen Fünfzigkunaschein tat es mir leid: Ivan Gundulić stand da, 1589 bis 1638. Mit seinen Barocklöckchen und seinem weichgezeichneten Gesicht sah er aus wie ein Komponist oder Poet und nicht wie jemand, mit dem man nachts an der Tankstelle noch eine Bifi bezahlt. Wenn man im Ausland Geld ausgibt, fühlt man sich endlich wieder wie bei Monopoly.

Agnes und ich haben mal einen Fünfmarkschein verbrannt, als wir zwölf waren, in den Sommerferien am Müritzsee. Die Landschaft war leise. Es ist eine der wenigen Flächen in Deutschland, in denen das Auge eine Weile Ruhe hat, bevor es wieder auf Menschen trifft. Wir haben uns am Ufer hinter Schilf und Büschen versteckt, weil wir ahnten, dass irgendetwas daran wohl faul sein musste, obwohl weit und breit keine Menschenseele war. Die Aktion war meine Idee. Ich wollte etwas Schlechtes tun, weil ich Angst hatte, dass wenn man nie schlechte Dinge tut, man irgendwann Schlechtes bei den guten Dingen tut. Agnes war aufgeregt, weil wir etwas heimlich taten, aber auch weil Fünfmarkscheine so selten waren und für uns noch immer so neu und sie es schade fand, dass wir einen davon nun anzünden würden. Den hatte ich von der Bäckerin in Waren an der Müritz ergattert, ich hatte mir eine gemischte Tüte gekauft und mit einem Zehner bezahlt. Ich weiß noch, wie Agnes und ich in der Hocke saßen und flüsterten, obwohl ja nah und fern keiner war, es gab nur das Gekrächze von Krähen und das Rascheln der Blätter. Wir wühlten hibbelig in unserem Scout-Rucksack nach der Schachtel Streichhölzer vom Konsum, griffen zur Packung Vitraletten, legten sie wieder weg, holten sie schließlich doch raus, steckten uns abwechselnd die Pastillen und saure Zungen in den Mund und zündeten schließlich den Geldschein an. Schmatzend und schweigend starrten wir ins Feuer. Die Locken von Bettina von Arnim loderten, die Flamme fraß sich bis zu den Augen, und ich dachte an Bettinas sanften Blick und dass sie bestimmt total nett gewesen war und wir es ihr damit dankten, nun ihr Bildnis abzufackeln. Dass sie mal auf einem Fünfmarkschein landen und einer Mutprobe von Kindern zum Opfer fallen würde, da konnte Bettina von Arnim ja nun auch nichts für.

»Geld ist so dumm! Warum ist das denn aus Papier?«, sagte Agnes und lachte, und ich fand sie so unglaublich cool.

»Eigentlich voll blöd, ich hätte noch was Süßes davon kaufen können«, sagte ich irgendwann.
»Aber wir haben doch was Süßes«, sagte Agnes.
Vorbei an Cafés und einem Schuhgeschäft lief ich schnurstracks in eine Gasse hinein. An ihrem Ende, vorbei an einem Sandwich-Imbiss, einem Lederwarenladen und einem Juwelier, gelangte ich auf einen Platz, auf dem gerade Markt war. Unter rot-weißen Sonnenschirmen, auf denen »Dubrovnik« und »Libertas« stand, boten Frauen in Trachten Fächer, Lavendelsäckchen und kandierte Bitterorangenschalen an. Am Hintern einer Verkäuferin, deren Blumenbluse zu kurz war, lugte der Zettel mit der Waschanleitung ihrer Jeans hervor. »Dein Arsch kriegt ein Fax!«, haben wir in der Schule dazu gesagt. Männer mit Fischermützen, Latzhosen und sonnengegerbter Haut verkauften Paprika, Feigen, Granatäpfel und Mandeln. In der Mitte des Platzes stand die Statue eines gelockten Mannes: Kniebundhosen, Mantel, Feder in der Hand, den Blick gen Horizont. Auf seinem Kopf saß eine Taube und kackte.
Irgendwie kam er mir bekannt vor. Ich holte mein Portemonnaie aus dem Lederrucksack. Ja, das war der Typ vom Fünfzigkunaschein! Er entpuppte sich als der bekannteste Schriftsteller und Dichter der Stadt. Ich schaute auch noch einmal auf den Bon, den mir die Bankangestellte ausgehändigt hatte. Ein Ivan war also umgerechnet knapp sieben Euro wert, heute.

16

Herr Špilman breitete Fotokopien auf dem Tisch des Cafés »Dolce Vita« aus. Dabei landete eine Ecke eines Blattes Papier in der Hagebuttenmarmelade seines Eierkuchens, den man hier Palačinka nannte. Er lachte, wischte seinen Zeigefinger darüber und leckte ihn ab. Ich hatte Herrn Špilman vor ein paar Tagen angerufen und mein Interesse an der Jüdischen Gemeinde in Dubrovnik bekundet. Er hatte mir gleich gesagt, in der Stadt würden nur noch wenige jüdische Menschen leben, es gäbe keine richtige Gemeinde mehr, und versprechen könne er mir nichts. Aber er würde mal nach ein paar Unterlagen von früher suchen, »wenn schon eine junge Frau nach Hilfe fragt, nicht wahr?«. Herr Špilman war ein gelernter Uhrmacher und arbeitete mittlerweile als Stadtführer. Er hatte ein Hemd an mit kurzen Ärmeln in der Länge, wie sie eigentlich nur Busfahrer tragen. Wenn er gestikulierte, sah ich, dass seine sonnengebräunten Arme genau ab dem Saum aufwärts noch käsig waren. Ich schaute auf meine Unterarme und stellte fest, dass ich ein wenig Farbe bekommen hatte. Auf den Kopien waren Namenslisten. Herr Špilman erklärte, dass er diese im Museum neben der Synagoge mit seiner Digitalkamera fotografiert und dann ausgedruckt hatte. Dort sei die Geschichte der Jüdinnen und Juden der Stadt aufbewahrt. Ich las mir alle Namen durch. Ein Andri war nicht darunter.

»Wofür brauchen Sie das eigentlich?«, fragte Herr Špilman schmatzend. Sein dicker Schnurrbart tanzte beim Kauen über seine Oberlippe.
»Ich habe Geschichte studiert. Ich brauche das für … eine Recherche«, antwortete ich stockend. »Kennen Sie zufällig einen Andri?«
Er wischte sich den Mund mit dem Handrücken ab und schüttelte den Kopf. »Nein. Wer soll das sein?«
Tja, wer eigentlich? Ich sagte, dass ich diesen Namen durch Zufall erfahren hatte und exemplarisch für eine Biographie recherchieren wollte. Er grub in seinem Bart herum. »Wir sind so wenige, ich kenne alle persönlich. Ein Andri ist da nicht dabei.« Er überlegte. »Außerdem ist das hier kein geläufiger Name«, fügte er hinzu.
Ich spähte durch die Seitengasse auf den Stradun wie durch ein Schaufenster. »Es könnte auch schon länger her sein. Wissen Sie, ob irgendwann früher mal jemand mit diesem Namen hier gelebt hat?«
»Wann früher?«
»Das … weiß ich leider nicht.«
Durch sein Gesicht fuhr ein Zucken. Er überlegte. »Wo haben Sie den Namen denn her?«, fragte er.
Ich stürzte meinen Espresso herunter. »Ach, eher durch einen Zufall. Ich …«
In diesem Moment klingelte sein Nokia, er zwinkerte mir kurz zu und schob es auf. Während er sich laut unterhielt, studierte ich die Dokumente. Selbst als die Kellnerin kam, telefonierte er weiter und reichte ihr lächelnd seine Kreditkarte. Dann legte er auf und kündigte an, er müsse weiter. Ich wollte ihm meinen

Teil zahlen und zog ein paar Scheine und Kleingeld aus der Hosentasche. »Junge Frau, wo denken Sie hin! Wir sind doch hier Gentlemen!«, sagte er, tätschelte meinen Arm und lachte. Ich bedankte mich, und wir verabschiedeten uns. Geknickt schlurfte ich über den Stradun. Wenn mir der Ansprechpartner Nummer eins dieser Stadt nicht weiterhelfen konnte und heutzutage eh nur so dreißig jüdische Menschen hier wohnten, sah es ziemlich trüb aus für mein Vorhaben. Was bildete ich mir auch ein. Wär ich doch im Bett geblieben. Generell. Ich kämpfte mich durch die nächste Menschentraube hindurch. Die Schlange vor dem Eingang der Stadtmauern war so lang, als wäre der Eintritt umsonst und nicht haarsträubend überteuert. Eine Clique Schüler saß auf den Stufen vor einer Kapelle und kommentierte Passanten. Ich konnte nicht einschätzen, wie alt die Jugendlichen waren, weil die Jungs aussahen wie Elfjährige, während manche Mädchen geschminkt waren und knappe Klamotten trugen, die noch nicht vorhandene Rundungen vorwegzunehmen versuchten. Auf einmal hörte ich, wie mein Name gerufen wurde. »Frau Thurow!« Špilman drängelte sich zu mir durch. Er lachte wieder und fasste sich dabei an den Kopf. »Mir ist, glaube ich, doch jemand mit dem Vornamen Andri eingefallen!« In mir fing etwas zu hüpfen an. »Ich bin mir aber nicht sicher …« Mein Hoffnungsschimmer trübte sich sogleich. Bis er sagte: »Wenn ich nichts verwechsle, gibt es eine Person, die ihn wohl persönlich kannte.«

17

Endlich hatte ich das Haus gefunden. Es lag in der Altstadt in einer engen Gasse am obersten Ende einer lang gezogenen Treppe. Minutenlang schritt ich die schmalen Stufen hinauf. Nur ein paar Meter Weg trennte es von der Stadtmauer. Dahinter lag das Meer. Gegenüber einer Parkbank tollten zwei Kinder auf einem bekiesten Spielplatz, der kaum größer war als ein Garten. Sie waren vermutlich zu jung, um unbeaufsichtigt zu spielen, aber ringsum waren keine Eltern zu sehen. Schließlich stand ich vor einer dunkelgrünen Tür, von der Farbe in Fetzen absplitterte. Gleich müsste ich mit Fremden reden. Ich überlegte, lieber sofort wieder umzudrehen. Ich hielt die Luft an. Und klingelte. Statt der alten Frau, die Špilman erwähnt hatte, öffnete ein Mann die Tür, auf eine Art, als hätte ich ihn bei etwas unterbrochen. Er hatte eine Zigarette im Mundwinkel und hob eine Augenbraue. Die dunklen Haarsträhnen, die ihm ins Gesicht fielen, warf er mit einer abrupten Kopfbewegung nach hinten.

»Hallo, ich bin Anna Thurow«, brachte ich heraus.

Kein Hallo, Nicken.

»Ist ... ist Anka da?«, fragte ich.

Kein Nein, Kopfschütteln. Er blies Rauch aus dem Mund. Er kratzte sich am Nacken, schob dabei eine Hand in den Kragen seines T-Shirts bis runter zum Rücken. Das T-Shirt war so ausgewaschen, dass der

Stoff dünn war und wohl auch eingegangen, weil es sich durch seine Armbewegung über seinem Hosenbund hob und dabei den Steg aus Haaren freilegte, der vom Bauchnabel zur Scham führte. Genau dorthin starrte ich jetzt. Er sah das, und ich sah, dass er das sah.

»Ich ... komme morgen noch mal wieder.«

Keine Antwort, Lächeln. Dann schloss er die Tür.

Der darauffolgende Tag war alles, was ich nie bin: stabil, sonnig und heiß. In schattigen Seitengassen bahnte ich mir erneut den Weg zu der Frau, die einen Andri gekannt haben soll. Zwischen den Häusern wehten in der Brise Handtücher und Unterhosen auf Wäscheleinen. Aus offenen Küchenfenstern brummten Ventilatoren. Zwei Jungs tauschten unter einem Torbogen mit Sammelalben auf dem Schoß Klebebilder von Fußballern. Als ich wieder vor dem Haus stand, klingelte ich mehrmals an der Haustür, aber niemand öffnete.

»Mädchen, zu wem wollen Sie denn?«, rief eine Stimme hinter mir. Ich drehte mich um. Auf einer Holzbank in der Gasse saß eine alte Frau in einem schwarzen Gewand und aß einen Mozzarella wie einen Apfel.

»Zu ... zu Anka«, antwortete ich verlegen.

»Ach, zu der«, sagte die Frau und schmatzte.

»Kennen Sie sie?«, fragte ich.

Die Alte drehte den fleischigen Käse in der Hand, ließ ihre Hausschuhe auf den Boden rutschen, wackelte mit ihren Zehen und wirkte plötzlich wie ein kleines Mädchen.

»Ich möchte mit ihr sprechen.«

Die alte Frau lehnte sich vor. »Mit der!« Sie biss wieder

in ihren Käseball. »Ja, die wohnt hier. Soll ich was ausrichten?«, fragte sie schmatzend.
»Ich ... bin aus Deutschland und wollte sie was fragen«, sagte ich.
»Aus Deutschland! O Bože.« Ohne zu antworten, stopfte sie sich genüsslich den restlichen Mozzarella in den Mund. In aller Ruhe leckte sie sich jeden Finger ab. »Was will denn eine junge Frau aus Deutschland von einer alten Frau von hier?« Sie war vom Englischen ins Deutsche gewechselt. Ich staunte. Sie legte den Kopf zur Seite und musterte mich von oben bis unten. Irgendetwas an mir schien sie zu amüsieren. »Die kann grad nicht. Kommen Sie ein andermal wieder.«
Ich bedankte mich und trottete die Stufen wieder hinab, vorbei an dösenden Katzen und rostigen Zäunen. Als ich aus der Gasse auf den Stradun bog, stieß mein Kopf an eine Schulter. Da merkte ich erst, dass ich die ganze Zeit auf den Boden geschaut hatte. »Oh, Entschuldigung«, sagte ich und hob den Kopf: Es war der Mann, der gestern die Tür bei Anka geöffnet hatte. Er schien in Eile. Er zog wieder die Augenbraue hoch, hob hastig eine Hand und verschwand. Ich blickte ihm nach. Durch die Altstadt streifend kam ich irgendwann wieder in mein Zimmer zurück und legte mich nackt ins Bett. Ich brauchte keine Sonne, ich brauchte Supervision. Mich überkam wieder diese Müdigkeit, diese ewige Schwere, als hätte ich hundert Jahre nicht geschlafen. Andri, Aschkenasi, Ragusa.

18

Als ich Herrn Špilman sehr früh am Morgen vor der Synagoge traf, war der Stradun mal nicht überfüllt. Die Einheimischen standen schwatzend und rauchend vor Geschäften oder huschten mit Einkaufstüten über den Boulevard. Die Touristen schliefen wohl noch. Aber wann schlafen Kroaten? Die schienen rund um die Uhr wach zu sein, um dann aber hauptsächlich in Cafés rumzusitzen und laut redend und lachend Kaffee zu trinken.
Herr Špilman plauderte in einer Seitengasse mit einer Frau. Ihr schwarzes Haar war in Wellen gelegt, und ihre präzise geschminkten Lippen passten zum roten Kleid. Es hatte weiße Punkte, einen Bubikragen und in der Taille einen Gürtel. Alles sah so richtig aus. Nein, diese Frau zog nicht das an, was halt im Schrank obenauf lag. Ich schaute an mir herunter. Was trug ich da eigentlich schon wieder?
Die Frau spielte mit ihren Händen, wenn sie sprach. Weil ich nicht stören wollte, nickte ich Špilman zu und drückte mich mit auf dem Rücken verschränkten Armen vor einem Imbiss mit Blätterteigrollen herum.
»Ah, unser Besuch aus Deutschland!«, rief Špilman schließlich und winkte mich zu sich. Die Frau lächelte mich an. Dann plauderte er weiter mit ihr. Ich guckte auf den Boden, als würde ich dort etwas suchen. Irgendwann unterbrach er das Gespräch, verabschiedete sich und kam zu mir.

»Tut mir leid, ich wollte Sie nicht bei Ihrer Unterhaltung mit Ihrer Bekannten stören«, sagte ich.
Er winkte ab. »Ach was, ich kenn die gar nicht!« Er zwinkerte.
Dann gingen wir eine Steintreppe hinauf. Von außen sah die Synagoge aus wie alle anderen Häuser hier: steinweiß und ziegelrot und schön. Dubrovnik war ein als Stadt aufgeführtes Freilichtmuseum. Špilman redete ununterbrochen. Ich war aufgeregt. War das Vorfreude?
»Haben Sie schon Anka kennengelernt?«, fragte er.
»Ich war ein paar Mal bei der Adresse, die Sie mir gegeben haben, aber sie war nicht da.«
Er lachte. »Nun, sie gilt als etwas eigen.«
»Einmal hat ein Mann geöffnet, aber er war nicht sehr gesprächig. Also, genau genommen hat er gar nichts gesagt.«
»Ach der.«
»Wer ist das?«
»Ihr Enkel.«
Herr Špilman zeigte mit dem Zeigefinger auf die hebräische Inschrift, die über dem Fenster der ersten Etage in die Mauer eingraviert war: »Gesegnet sei der, der eintritt«, übersetzte er mir. Das Fenster war einst der Eingang. Heute betritt man das Haus durch eine Holztür. Špilman führte mich durch den Raum. 1352 soll sie gegründet worden sein, trug er vor, sie sei die älteste sephardische Synagoge der Welt, die heute noch in Betrieb ist. Er erklärte das, als spräche er vor einem großen Publikum und nicht bloß zu mir. Manchmal

strich er sich beim Reden mit Daumen und Zeigefinger über seinen buschigen Schnurrbart. Manchmal strich er aber auch über meinen Rücken. Sepharden sind Juden, deren Vorfahren aus Spanien und Portugal stammen, sagte er, im Gegensatz zu den in Osteuropa verbreiteten Aschkenasim. Klar: Andri, Aschkenasi!, dachte ich.

Außer dem Gebetsraum war in der Synagoge ein Museum für die jüdische Geschichte Dubrovniks vom 13. bis zum 17. Jahrhundert. Es sah aus wie eine schöne große Wohnung. »Eine der Kostbarkeiten hier sind die Torarollen. Durch die Jahrhunderte hinweg bewahrt!« Špilman hob stolz den Zeigefinger. Ein prächtiger Jüdischer Friedhof sei in Dubrovnik ebenfalls einen Besuch wert. Er schielte beim Sprechen auf seine Armbanduhr. Den zeige er mir ein andermal, sagte Herr Špilman, falls eine junge Frau noch mal Interesse an einem Rendezvous mit einem so alten Herrn wie ihm hätte. Er lachte. Er sagte wirklich »Rendezvous«. Er zog einen imaginären Hut und verabschiedete sich.

Ich streifte eine Weile durch die Synagoge und schaute mir alles an. Ich blieb vor den Vorhängen stehen. Irgendetwas an dem schweren, weinroten Samt machte, dass ich mich sofort darin einwickeln wollte. In der Mitte des Raumes war eine Art Tribüne, umzäunt von dunkelbraunem Holz. An den Wänden gab es Sitze aus dem gleichen Holz. Bis auf den Hall meiner Schritte war es still. Alle Dinge in dieser Synagoge waren eindrucksvoll, und doch machten sie mich unzufrieden. Ich spürte Unruhe. Weil die Bänke an der Wand entlang eingebaut waren und ich unsicher war, wie ich mich hier drin bewegen durfte, setzte ich mich im Schneidersitz auf das als Zickzack verlegte, kastanienbraune Parkett. Ich merkte, dass die Unzufriedenheit eigentlich Enttäuschung war. Offenbar hatte ich mir beim Besuch dieses Ortes ernsthaft irgendeine Eingebung erhofft, eine Erscheinung, eine Zeitreise, wie wenn einem beim Stöbern in einer Schachtel ein alter Brief in die Hände fällt und man augenblicklich wieder in den Moment zurückversetzt ist, in dem er bedeutsam war. Die meisten meiner Briefchen waren von Agnes. Ich habe ihr im Unterricht oft Zettel geschrieben mit Abwandlungen der immer gleichen Kardinalfrage »Willst du mit mir gehen?«, also zum Beispiel »Willst du mit mir (in der großen Pause zum Konsum) gehen?« oder »Willst du mit mir (auf dem Nachhauseweg zum Getränkemarkt) gehen?«, und mit den seit Generationen bekannten Antwortmöglichkeiten Ja, Nein und Vielleicht, die den Anfang oder das Ende bedeuten können. Agnes hat nie etwas angekreuzt, sondern meistens einen Witz an den Rand gekritzelt, ist aber immer mitgekommen. Ich blickte an die Decke. Weiße Davidsterne zogen auf himmelblauem Grund am Rand eines Rechtecks entlang. Der innere Rahmen strahlte in weißem Stuck, und die hellblaue Fläche zierten Ovale und Halbkreise, aus denen silberne Kerzenleuchter von der Decke hingen. Ich fühlte eine Enge in der Brust. Ich saß in einem anderen Land in einem anderen Gotteshaus, um irgendwie nicht mehr anders zu sein. Spitzenidee, einfach. Herrje, was hatte ich erwartet? Ich schaute mich in der Stille im Raum um, so als gäbe es hier zufällig nur ein einziges Mal in meinem Leben mehr Antworten als Fragen. Doch da war das, was schon immer da war: nichts.

19

Die nächsten Tage konnte ich nicht voneinander unterscheiden. Mir war so heiß, dass ich baden gehen wollte, aber auch dafür war es mir zu heiß. Ich redete mir ein, dass es das hiesige Wetter war, das auf meinen Schädel und meinen Brustkorb drückte, aber es war dieselbe Schwere, die auch in Deutschland auf mir lag. So verbarrikadierte ich mich auch tagsüber in meinem Zimmer und schmuste mit der Katze, die mich jetzt jeden Tag besuchte. Sie war mir inzwischen so vertraut, dass sie sich manchmal auf meine Schulter setzte und dortblieb, selbst wenn ich umherging. Ich schlief tags und nachts, aber nie mehr als zwei, drei Stunden am Stück. Der Schmerz in meinem Kopf war so laut wie eine Baustelle. Dazwischen schaute ich an die Decke oder an die Betonmauer vor meinem Fenster und dachte darüber nach, mir ein Glas Wasser zu holen, tat es aber meist nicht und reizte aus, wie lange ich es aushalten würde. Es war ein Spiel von mir gegen mich selbst, und damit war ich dann beschäftigt. Bei Anka war ich nicht noch einmal vorbeigegangen.

An einem Sonntagmorgen war mein Wille endlich stärker als die Trübsal. Ich packte ein Handtuch, ein Buch und Badesachen in meinen Lederrucksack und ging zum Meer. Die Sonne schien stoisch. Dafür bewunderte ich sie. Ich lief überraschend zielstrebig aus der Altstadt ostwärts hinaus. Nach einem Torbogen führte eine steinerne Brücke zum Turm Revelin. Ich blickte über das Geländer auf den alten Stadthafen, den ich schon kannte. Es war wie ein Gemälde, aber eines, das lebte. Auf einer Terrasse frühstückten Menschen in einem Café zwischen mächtigen Kiefern oder fotografierten sich neben einem Kanonenrohr. Aus dem Wehrbau der Altstadt hinaus führte hinter dem Burgtor eine Holzbrücke. Rechts lag der Hafen, der in jedem Blickwinkel schön war. Ich ging von der Brücke weiter auf die Straße, vorbei an einem Supermarkt, einem Kioskhäuschen und einem Büro, in dem man Bootstouren zu nahe gelegenen Inseln, dem Küstenstädtchen Cavtat oder nach Montenegro buchen konnte. Auf der anderen Straßenseite lag ein Gebäude, das aussah wie ein Gericht, oder ein Hotel, in jedem Fall irgendetwas Feines. Ich ging die Stufen hinauf, die von Palmen und weiß und violett blühenden Büschen gesäumt waren. Auf einem Schild war zu lesen, dass es ein Gymnasium war. Wenn eine Schule so ein schönes Gebäude war, ging man dann lieber hin?
Ich spazierte weiter und vermisste die Festung der Altstadt bereits, obwohl sie nur ein paar Hundert Meter hinter mir lag. Neben einem ehemaligen Lazarett erstreckte sich der Stadtstrand. Sonnenschirme neben

Handtüchern neben Strandbetten. Aus der Bar dudelte Electroswing. Also kein Ort für mich. Schnurstracks machte ich kehrt und ging zurück in die Altstadt, über die Brücke, auf den Stradun, an der Kirche des Sveti Vlaho und an der Kathedrale vorbei, links in den Hafen hinein und an den Mauern entlang zur Festung des heiligen Ivan und zu der Mole Porporela. Ich schaute mich um. Es waren gerade so viele Menschen hier, dass man zwischen ihnen untergehen konnte. Ich suchte mir einen Platz direkt am Wehrbau. Ein paar Möwen umkreisten den Hafen. Sie kreischten nicht, so als wären sie sich dafür zu fein. Ich schlüpfte aus meinen Kleidern, setzte mich auf mein Handtuch, lehnte mich an die Mauer und sah den anderen beim Baden und Leben zu. Ich war der einzige Mensch in meinem Alter, der allein war, und die einzige Frau. Alle hier waren in Grüppchen da, und die bildeten auf wundersame Weise wiederum eine große zusammenhängende Gruppe: halbstarke Burschen, die sich gegenseitig foppten und ins Wasser schubsten oder waghalsig selbst hineinsprangen, Mädchen, die in Zeitschriften blätterten und sich gegenseitig daraus vorlasen, Männer, die rauchten, kleine Jungs, die erstaunlich wenig Angst vor Höhe hatten und immer wieder auf mindestens zehn Meter hohe Felsvorsprünge kletterten, um ein ums andere Mal genüsslich von ihnen herunterzuhüpfen. Im Meer neben der Mole fand jetzt ein Wasserballspiel statt, und die Badegäste drumherum warfen gelegentlich einen Blick darauf, vor allem, wenn ein Tor fiel oder die Spieler in einer Aktion heftige Laute von sich gaben. Der Sport war mir neu, aber irgendwie kam er mir dennoch bekannt vor. Eine Art Handball im Wasser – es sah unfassbar anstrengend aus. Mich faszinierte, wie die Männer im Handumdrehen von einem Ende der mit Bojen abgegrenzten Spielzone zum anderen schwammen. Sie kraulten derart rasant durch das Wasser, dass es um sie herum schäumte. Mir gefiel die Stimmung an diesem Strand, der keiner war. Ich stand auf und schritt zur Spitze der Kaimauer zum roten Leuchtturm. Ich lugte über die Felsen hinunter auf das Meer und konnte bis auf den Grund sehen, so klar war das Wasser. Mir wurde fast schwindelig davon. Geraune, Zank und eine Trillerpfeife rissen mich aus meinem Dämmerzustand. Ich blickte auf und blinzelte gegen die Sonne zum Spielfeld. Offenbar bezichtigte eine Mannschaft einen ihrer Gegner des Fouls. Der mutmaßlich gefoulte Spieler winkte ab, was seine Mitspieler wiederum dazu veranlasste, einen Schwarm zu bilden und nicht nur auf den Schiedsrichter und das gegnerische Team einzureden, sondern auch auf ihren Kameraden. Im Wasser entstand ein Gemenge. Inmitten des Wortgefechts schwamm der gefoulte Spieler zu einer Leiter und kletterte aus dem Meer. Einer seiner Mitspieler klatschte verärgert mit der flachen Hand auf die Wasseroberfläche, die anderen schüttelten den Kopf. Ein Pfiff läutete die Pause ein. Irgendwie kam mir der Spieler bekannt vor. Saß er mit mir im Bus vom Flughafen in die Stadt? War er mir im »Dolce Vita« begegnet? Auf einmal durchfuhr mich ein warmer Schauer: Ich erkannte ihn. Es war der Mann, der mir bei Anka die Tür geöffnet hatte und mit dem ich in der Stadt zusammengestoßen war. Ich setzte mich an den Rand der Mauer und ließ die Beine baumeln. Die anderen Spieler stiegen ebenfalls aus dem Meer, standen zusammen, tranken Wasser aus verbeulten Plastikflaschen und diskutierten weiter. Ein Breitschultriger hüpfte auf einem Bein mit dem Finger im Ohr, um Wasser herauszuschütteln, ein anderer schlang eine Banane hinunter. Der Mann, dem ich schon zwei Mal begegnet war, stand abseits und schaute zu mir hinüber. Beschämt schob ich meine Hände unter die Oberschenkel und senkte meinen Blick. Als ich ihn wieder hob, sah ich, wie er sein Handtuch über die Schulter warf und auf mich zuschritt. Dann stand der Mann vor mir, nickte und setzte sich kommentarlos neben mich. Ich meinerseits grüßte und wusste plötzlich nicht mehr, wo ich hinschauen sollte. Ich suchte einen Ruhepunkt. Ich richtete meinen Blick aufs Meer, aber das war keine Hilfe, weil das bewegte sich und war überall. Also schaute ich auf die Insel Lokrum. Der Mann tropfte. Von der Seite sah ich auf seine Brusthaare und wie sein Brustkorb sich hob und senkte. Wasser aus seinem Haar rann auf meine Schulter. Sein Oberarm berührte meinen. Er rieb sich sein Gesicht mit dem Handtuch und schnäuzte kräftig in einen Zipfel. Warum hatte er sich neben mich gesetzt? Lächelte er? Lächelte ich? Wir schauten uns an, aber mehr aus den Augenwinkeln. Ich dachte, er würde etwas sagen – aber er sagte nichts. Vielleicht dachte er, ich würde etwas sagen? Aber was sollte ich sagen? So saßen wir eine Weile schweigend nebeneinander. Was will der denn? Ich will ja hier nur meine Ruhe! Unsere Oberschenkel berührten sich. Ich spürte das weiche Haar auf seinen Beinen an meiner Wade. Irgendwann stand er auf, zeigte auf das Wasserballfeld, winkte und ging zurück zu seinen Mannschaftskollegen. Ich starrte auf einen Wassertropfen, den er beim Aufstehen auf meiner Hüfte hinterlassen hatte. Mir wurde nun zu heiß. Es gab hier nirgends Schatten, und so packte ich meine Sachen und musste weg.

Ich wusste nicht, warum ich mich derart beeilte. Die Menschen auf dem Stradun waren mir zu viel. Es war so voll wie auf einem Straßenfest. Passanten blieben unvermittelt stehen, starrten mit offenem Mund in die Luft, schlangen im Gehen Pizzastücke herunter. Eine Horde Australier in Flip-Flops lief oben ohne herum. Ich mühte mich bis zum anderen Ende des Boulevards zu einem Brunnen mit einer Kuppel und rundherum Wasserspeiern. Ich stellte mich hinter einem alten Ehepaar, einer telefonierenden Frau und offensichtlich auch ein paar Tauben an, um meine Flasche mit frischem, kühlem Wasser aufzufüllen.

Auf den Stufen des Brunnens saßen ein paar Männer und bewerteten Passantinnen wie auf dem Viehmarkt. Sie johlten, wenn die Frauen etwas Knappes trugen. Der Jackpot für die Männer war, wenn eine unabsichtliche Bewegung ihre Tops verrutschen oder ein Lufthauch ihre Röcke hochflattern ließ. Es ging diesen Typen jedoch nicht um nackte Haut, denn sonst hätten sie sich nur ein paar Hundert Meter weiter an die Mole setzen können, wo Frauen in Badesachen lagen, also praktisch in Unterwäsche. Es ging diesen Typen um nackte Haut, die sie nicht einvernehmlich erhaschen. Sie kriegten den Hals nicht voll. Das machte mich wütend. Nackte Haut in der Stadt ist mehr wert als am Strand oder gar in der Sauna. In der Stadt bekommt man Ärger, wenn man nackt ist. In der Sauna bekommt man Ärger, wenn man angezogen ist. Wir machen uns unsere Skandale selbst. Ich war sauer. Ich wollte nur noch zurück in meine Unterkunft und allein sein.

Ich hetzte über den Stradun zurück. Als ich an der Statue des Ritters vorbeikam, erregte eine Melodie meine Aufmerksamkeit und ließ mich wie angewurzelt stehen bleiben. Aus der Barockkirche des Schutzheiligen der Stadt klang Musik. Sie besänftigte mit einem Mal meine Hast und zog mich in das Innere des Bauwerks. Ich schritt die Treppen hinauf und betrat die Kirche. An der Tür hing ein Poster für ein Konzert, das hier am Abend stattfinden würde: Franz Schuberts »Der Tod und das Mädchen«. In den Bänken verstreut saßen ein paar ältere Herrschaften. Ich setzte mich in die letzte Reihe und beobachtete das Streichquartett, das auf Holzstühlen im Halbkreis vor dem Altar saß. Die Musik breitete sich in der Kirche aus wie Parfüm in der Luft. Sie erklang zwischen den mit Stuck verzierten Säulen, dem Samt und dem Gold, und der Klang selbst war auch aus Samt und Gold. Mir war, als ob das Stück die Tragik des Lebens mit all seinen Höhen und Tiefen zu Musik machte. Ich weiß nicht, wie das kam, aber an einer Stelle, als die Geigen, die Bratsche und das Cello spielten, schossen mir Tränen in die Augen. So etwas Schönes hatte ich noch nicht gehört. So musste es sich anfühlen, wenn man umarmt wird, so richtig. Plötzlich sah ich mich von oben, wie ich weinte, und musste deswegen noch mehr weinen. Die Tränen liefen mir vom Nasenrücken in den Mund. Ich wischte sie mit den Händen ab und hoffte, dass mich niemand gesehen hatte. Ich kam mir so dumm vor, wieso weinte ich denn in einer Kirche, die sind doch quasi extra dafür angelegt, wenn ich in einer, sagen wir, Hüpfburg weinen würde, wäre das viel weniger peinlich. Ich lehnte mich nach hinten und atmete tief durch.

Die vier Musiker unterbrachen abrupt die Probe, tauschten sich aus und raschelten dabei mit Notenblättern. Ich wischte mir die Tränen aus dem Gesicht. Dann erhob ich mich und schritt Richtung Altar. Ich schaute mich um. An den Wänden waren Figuren von den VIPs aus diesem Laden, man kennt sie. Ich setzte mich in die erste Reihe und betrachtete Jesus am Kreuz. Plötzlich hatte ich wieder dieses Gefühl, das ich seit meiner Kindheit habe: wie ich aus der Situation herausfalle, wie es mir vorkommt, Teil einer aufgeführten Szene zu sein, und nur ich weiß, dass irgendwo Kameras stehen, aber niemand glaubt mir. Und dieser ganze Aufriss hier war ja wohl so was von auf Kameras ausgerichtet: die Kerzen und der Weihrauch und all die Gewänder wie aus Star Wars. Dieser himmelschreiende Pomp war in seiner Ernsthaftigkeit possierlich. Aber aus einer Laune heraus fand ich das jetzt irgendwie auch unterhaltsam. Ich starrte auf das überdimensionale Kruzifix. Dieser traurige Typ, überall. Mainstream-Melancholie. Drama-Queen. So genau hatte ich mir Jesus noch nie angeschaut. Absurd, dass dieser Kerl in so ziemlich jeder Kirche, jeder noch so kleinen Kapelle der westlichen Hemisphäre rumhing, sogar an unschuldigen Wanderwegen, halb nackt und blutend, nur mit Unterbuxe und diesem … Sixpack. Also, mir waren Muskeln ziemlich egal, aber: Das war schon ein guter Sixpack. Wohldefiniert, kann man nix gegen sagen. Vor allem waren das nicht so McFit-Muskeln, aus einem Fitnessstudio im Industriegebiet zwischen Netto und Autobahnausfahrt, sondern das war ein Sixpack von harter Arbeit, vom echten Leben. Leid hatte diesen Körper geformt! Ein McLife-Pack, quasi. Tja, und den hatte er, weil er ein schwitzender Zimmermann war. Ein geiler Handwerker. Wobei, ist das eigentlich belegt, dass er je als Zimmermann gearbeitet hat? So stellte ich es mir jetzt jedenfalls vor. In meinem Kopf hat Jesus ordentlich was weggezimmert. Er hat ja auch ständig Leute kennengelernt. Da wird sich doch wohl mal was ergeben haben? Mit diesem Körper wäre er in Kroatien bestimmt Wasserballer geworden. Ein Typ, der sich für den Sohn Gottes hält und das allen ständig erzählte, könnte heutzutage aber auch Rapper sein, oder Entrepreneur. Kein Wunder, dass er alle Sünden der Menschheit auf sich genommen hat, so wie der rumläuft.

Ich stellte mir die Frage, wie es wäre, Jesus zu daten. In der Liebe war Leid ja ebenso an der Tagesordnung wie bei den Katholiken. Es wird viel gelitten, in beiden Fällen. Für Dating in der deutschen Provinz war die »Hölle auf Erden« jedenfalls nicht die schlechteste Metapher.

Und wenn die Nummer mit Gottes Sohn stimmte, wäre Jesus, bei Licht betrachtet, die zweifellos beste Wahl. Er wäre *der* Mann. Er übertraf alle anderen Männer, weil er ein Halbgott war. Oder nein, eigentlich war er Gott, in einem Menschenkörper. Warum sollte man es drunter machen? Zum ersten Mal fiel mir auf: Die Fähigkeiten von Jesus sprachen tatsächlich für ihn. Er konnte aus Wasser Wein machen! Alle Typen, die ich kannte, konnten nur: Wein zu Kotze. Und der Trick mit dem Brot: schon sehr gut. Ein Mann, der spontan aus einem Brot vierhundert machen konnte, ist Heiratsmaterial. Da ist das Essen immer schon fertig, wenn man abends nach Hause kommt – perfekt! Und Stichwort Fähigkeiten: Ein Mann, der übers Wasser laufen kann ... was hat der für einen Körper? Und was kann er mit dem noch? Ich schaute auf seine Hände. Jesus konnte angeblich Leute heilen, nur indem er denen die Hand aufgelegt hat, Menschen, die an Krebs litten oder – was hatte man früher? – Lepra von mir aus, so eine Bibelkrankheit halt. Da drängt sich doch die Frage auf: Was kann der mit seinen Händen, wenn er die nicht nur auflegt? Herr Jesus, zeigen Sie mir Ihre Zauberhände! Möchten Sie mal vorbeikommen, auf einen Vino? Oder auf ein Brot?

Vor meinem inneren Auge spulten sich die Szenen des Wasserballspiels ab. Wie verselbstständigt fingen meine Knie an zu zittern, und damit ich mit dem Hibbeln aufhörte, ging ich ein paar Schritte im Kreis. Dann setzte ich mich wieder in die Kirchenbank und ließ den Blick schweifen. Erneut blieb er am Kruzifix hän-

gen. Ich atmete tief ein, hielt die Luft an und atmete lange aus. Bestimmt würde der Sohn Gottes auf so eine Offensive nicht anspringen, Jesus war ein Sensibler. Ich guckte mir seinen Gesichtsausdruck genau an. Konnte der schön leiden! Wie er da so hing, oder? Er war ein richtiger sad boy. Wäre Jesus in den Achtzigern wiedergeboren, hätte er auf jeden Fall die Smiths gehört. Rauchend in der Kneipe, allein aus dem Fenster in die Weite blickend, die Bürde der ganzen Welt auf den Schultern. Dazu die wuscheligen Haare und der Bart, außerdem ein ausgewaschenes Band-Shirt. Ich schwelgte in meiner Fantasie mit Jesus. Ich hatte mir den Typen noch nie zuvor so genau durch den Kopf gehen lassen. War das ein Sonnenstich? Oder im Brunnenwasser war Wein gewesen. Wie immer gab es in dieser Geschichte einen Haken. Oder zwei, drei. Der erste war offensichtlich: Jesus war tot. Gut, bestimmt würde sich auch dafür eine moderne Beziehungsform finden lassen. Aber für eine gesunde Partnerschaft, so als Basis - eine, sagen wir, Herausforderung. Und selbst wenn er noch leben würde: Am Ende des Tages war vielleicht nicht mal Jesus ein Traumtyp. Weil zum Beispiel war er manchmal einfach so vierzig Tage weg, man wusste nicht, wo war der, was macht der, lebt der noch. Er meldete sich nicht. Weil er Selbstfindung machte in der Wüste. Ganz schön mit sich selbst beschäftigt, der Gute. Emotional unerreichbar. Bindungsangst?
Nun setzte sich eine Gruppe Männer auf die andere Seite der Bank. Einer guckte zu mir rüber, packte seinen Fotoapparat in eine Tasche und flüsterte etwas

zu den anderen. Der Cellist klappte als Letzter seinen Notenständer zusammen und folgte seinen Kollegen backstage, oder wie es hier heißt: in die Sakristei. Ich starrte wieder zum Kruzifix. Die Sache war halt auch: Jesus hing ständig mit diesen Typen ab. Immer diese Clique aus zwölf Kerlen um ihn herum, jeden Tag, auch am Wochenende. Wo ich mich frage: Wer hat denn bitte zwölf enge Freunde als Erwachsener? Zwölf enge Freunde hat man, wenn man zwölf ist. Wenn überhaupt. Die nach der Schule klingelten, hey, hier sind Johannes, Jakobus und Bartholomäus, kann Jesus heute raus auf den Bolzplatz kommen? Nein, das wird nix mit dem. Agnes würde sagen: Vergiss den Typen.

Religion macht man ja, weil man Angst vor dem Tod hat. Ich finde den Tod super. So als Konzept. Was wäre das für ein Powermove, jetzt trotz allem plötzlich religiös zu werden. Wie es einfach alle verwirren würde. Die Idee gefiel mir ganz gut. Außerdem mochte ich die Klamotten. Vielleicht muss man die Bibel einfach wie »Der Herr der Ringe« lesen. Vielleicht muss man alles wie Fantasy lesen.

In dieser Nacht hatte ich das erste Mal seit einer Ewigkeit Sex. Im Traum, mit Jesus. Das war auch das erste Mal in meinem Leben, dass ich überhaupt von ihm träumte. Aber nach diesem Tag war ich nicht überrascht. Ich wachte auf und schielte aus dem Fenster auf die Hauswand. Das Kätzchen machte sich rar. Entweder, es war vollkommen verschmust, oder es zeigte mir die kalte Schulter. Ich fühlte mich einsam. Jesus und ich gingen im Traum erst schwimmen und lagen dann ewig n Bett, unsere nackten Körper in Löffelchenstellung aneinandergeschmiegt, er streichelte meine Hüften und meine Schenkel und sagte mir, dass er mich liebe. Ich fühlte mich geborgen, aber dann dachte ich: Es ist Jesus. Das sagt der doch zu jeder! Und zu jedem. Das ist halt sein Style.

Mit fünfzehn war ich aufgeregt, wenn ich Agnes sah. Ich quasselte entweder zu viel oder brachte kein Wort heraus. Ich wollte in ihrer Nähe sein, wollte, dass sie »mein« Mädchen ist, dabei war sie das ja schon, auf eine Art. Sie war zugleich weich und stark, lustig und ernst, was mich lehrte, dass dies keine Gegensätze sind, sondern Nuancen derselben Eigenschaft. Es fühlte sich genauso an wie die Schwärmerei für einen Jungen, aber es schien mir abwegig, sie zu küssen oder sie anzufassen – wenn ich schon mit ihr schlafen würde, dann mit einem Penis, und den hatte ich nicht. Vor meinem inneren Auge sah ich beim Sex mit ihr nicht zwei Frauenkörper. Ich hätte es mit ihr nicht so tun können, wie ich wollte. Ich wollte sie penetrieren. Ich fühlte mich impotent. Irgendwann später meinte Alex, ich hätte Penisneid. Dass ich neidisch wäre, weil ich keinen hätte. Weil er meine Schilderungen als Scherz auffasste, schloss ich daraus, dass ich sie als Scherz gemeint haben musste. Ich spähte Frauen auf die Schlüsselbeine, ihre Hintern, auf die Brüste, die Taillen, und immer wieder auf den Hintern. Ich betrachtete, wie sie ihre Haare im Bus zum Pferdeschwanz knoteten, wie Sonnenlicht auf ihre Wangen fiel und man die Härchen am Nacken sah. Ich sah auf Hals und Lippen, auf Beine in engen Hosen und auf

Hüften in weiten Hosen, auf Zöpfe über Schultern. Ich konnte mich nicht sattsehen an ihren Silhouetten, sie waren alle so schön, wie Samt oder Seide, ich sah mich vor ihnen wie vor einem Geheimnis, und ich wollte in sie eindringen, aber ich wusste nicht, womit. Meinen Körper betrachtete ich, wie ich den Körper einer anderen Frau betrachtete: wie ein Wunder, aber auch wie ein Rätsel.

20

Das Leinenhemd war gerade lang genug, um als Kleid durchzugehen. Ich krempelte die Ärmel bis zu den Ellenbogen und ließ die obersten paar Knöpfe offen. Ein wenig sah ich aus wie Kinder im Kunstunterricht, die übergroße Resteklamotten ihrer älteren Geschwister auftrugen und falsch herum anhatten, um sich beim Malen nicht vollzuklecksen. Aber als ich den Stradun entlangschritt, fühlte ich mich, als würde die Schönheit der anderen Menschen auf mich abfärben. Männer schauten auf meine Beine, ich schaute auf ihre Hosen, Frauen schauten auf meine Bluse, ich schaute auf ihre Busen.

Vom Boulevard bog ich in die Gasse ein, die mir nun schon geläufig war, vorbei an einem Fotostudio, einer

Boutique für Bademode, einem Seifengeschäft. Je weiter man sich von der Flaniermeile entfernte und die Stufen Richtung Stadtmauer heraufschritt, desto ruhiger wurde es. Eine schwarze Katze huschte zwischen Gummibäumen in Tontöpfen hindurch. In einer Häuserecke küsste ein Mann eine Frau auf den Scheitel. Ich hoffte, dass ich diese Anka diesmal antreffen würde. Ich war aufgeregt, wie sie sein würde und was sie über Andri erzählen würde – wenn sie denn überhaupt mit mir sprechen würde. Dann stand ich vor dem Haus, atmete tief ein und klingelte. Die Tür öffnete sich. Ein bekanntes Gesicht stand vor mir: das der alten Frau, die neulich auf der Parkbank gesessen hatte.

»Oh, äh, hallo?«, stammelte ich.

»Ja?«, sagte sie.

Ich war verdutzt. »Sind Sie ... Anka?«

Sie lachte glucksend. »So sagt man!«, entgegnete sie, und ihr Gesicht bekam noch mehr Falten vom Grinsen. Anka war in einem Alter, in dem man einem Menschen nicht mehr auf Anhieb ansehen konnte, ob es sich um einen weiblichen oder männlichen handelte, wie bei Kleinkindern. An den Rändern des Lebens wird deutlich, wie inszeniert diese Unterscheidung ist. Anka hatte eine dicke Nase, aus dem Kinn lugten ein paar Borsten, nur ihre Backen waren glatt und kugelrund wie Eierkuchen.

Ankas Wohnung war die Höhle von jemandem, der schon sehr lange auf der Welt war. An der Wand im Flur hingen ein Teppich, ein Abreißkalender und ein Rosenkranz, bei dem einige Holzperlen fehlten. Keines der Möbelstücke im Wohnzimmer passte zum anderen. Nirgends gab es Fotos. Es war stickig. Im letzten Sonnenlicht des Tages flirrten die Flusen in der Luft. Ich trat in die Stube. Auf einem Sessel am anderen Ende des Zimmers saß der Mann, dem ich schon drei Mal begegnet war, und schnitzte. Wer schnitzt denn bitte heutzutage noch? Die Figur in seinen Händen sah aus wie eine Meerjungfrau. »Mein Enkel Adam.« Er hob seine Augenbrauen und nickte. Adam.

Wir setzten uns an den Esstisch. Anka fragte, ob ich etwas trinken wolle. Ich bejahte. Sie holte aus dem Eisfach eine zerbeulte Plastikflasche mit einer durchsichtigen Flüssigkeit. Dann stellte sie mit einem Rums zwei Schnapsgläser auf den Tisch. »Scheene Rakija!«, rief sie. Ich dachte mehr so an Wasser, aber okay. Sie schenkte uns ein. Dann holte sie einen Blister aus ihrem Hauskleid und drückte eine Tablette heraus. »Ich hab Zucker!«, sagte sie. Wir stießen an, und sie spülte die Pille runter. Mir brannte der Alkohol im Rachen. Ich hustete. »Gut, ah?« Sie lachte.

»Warum können Sie Deutsch?«, fragte ich.

»Nur bissele. Hab ich halt mal gelernt«, sagte sie und zuckte mit den Schultern. »Der da lebt heute in Australien! Aber der ist jeden Sommer hier und sieht nach mir.« Sie zeigte mit dem Finger auf ihren Enkelsohn.

Anka plauderte mit mir, als wären wir alte Freunde. Mir war das recht, weil ich zu schüchtern war, um selbst Fragen zu stellen, weil ich ja auch nicht so genau wusste, welche eigentlich, und vor allem, warum. Ich war froh, dass sie nicht gleich fragte, wieso ich hier war. Es schien sie auch nicht sonderlich zu interessieren. Sie sagte, dass Herr Špilman in der Zwischenzeit mit ihr gesprochen und meinen Besuch angekündigt habe.

»Danke, dass Sie Zeit für mich haben«, sagte ich.

Sie winkte ab und lachte wieder. »Ach, ich hab schon so viel Zeit geschenkt gekriegt, da hab ich grad noch was für dich übrig!« Sie stand auf, riss in der Küche die Schublade einer Kommode auf und warf eine Packung Haselnusswaffeln in eine Plastikschüssel. Dann stellte sie diese auf den Tisch, griff sich eine Handvoll Kekse heraus, setzte sich hin und mampfte.

»Du schreibst also?«, fragte sie mit vollem Mund.

Ich nickte vorsichtig.

»Bist du eine Schreiberin?«

Ich wand mich etwas. »Nicht ganz. Ich ... recherchiere.« Dabei fiel mir ein, dass ich einen in Leder gebundenen Notizblock und einen Bleistift im Rucksack hatte, die ich nun auspackte.

Sie schüttelte den Kopf, auf so eine Verstehe-einer-die-jungen-Leute-von-heute-Art, und kicherte. »Mach du mal!«

Ich hätte auch gern einen Waffelkeks genommen, aber Anka langte ständig in die Schüssel, und ich wollte nicht gleichzeitig hineinfassen, damit sich unsere Hände nicht aus Versehen berührten. »Herr Špilman meinte, Sie kannten mal einen Andri?«, fragte ich.

»Ooooh«, rief sie und hob beide Hände. »Er war mein bester Freund!«

Ich linste herüber zu Adam und auf seine Hände. Er war in sein Schnitzen vertieft und schien keine Notiz

von unserem Gespräch zu nehmen. Anka stand ruckartig auf, sodass der Stuhl auf dem Boden scharrte, und ging in die Küche. Sie klapperte mit Geschirr über der Spüle und knallte eine Schranktür zu. Dann setzte sie sich wieder zu mir, schnitt mit einem kleinen, scharfen Messer dicke Stücke von einer Birne und steckte sie sich, das Messer in der Hand behaltend, in den Mund.
»Können Sie mir ein wenig von Andri erzählen?«
Sie schmatzte.
»Was willst du denn wissen, Kind?«
»Wer er war.«
»Ooooh!« Sie machte laute Geräusche. »Da muss ich aber noch viele Birnen essen!«
Ich lächelte.
»Es ist ja auch so lange her!«
Dann erzählte sie. Häppchenweise, mit Unterbrechungen und Umwegen. Andri war der jüngste von drei Söhnen. Anka und sie kannten sich aus der Nachbarschaft. Er war älter als sie, aber sie waren trotzdem beste Freunde, sagte sie. Sie wuchsen beide im äußersten Osten der Stadt auf, bei der Kirche Sveti Jakov, also Heiliger Jakob. Dort liegt ein schöner Strand und das im Krieg zerbombte Hotel »Belvedere«. Danach kommen nur noch Gestrüpp, Klippen und das Meer. Anka schweifte vom Thema ab und ließ sich nun aus über die Plage der Kreuzfahrtschiffe, ihren Diabetes und wo es den besten Burek der Stadt gab, also gefüllte Blätterteigrollen, und wo ich auf gar keinen Fall welchen kaufen dürfe.
»Bei Mujo! Die mit Hackfleisch!«

»Ich esse kein Schweinefleisch ...«
Sie plärrte, als hätte ich gesagt, ich esse Kinder: »Kein Hack, keine Freude!«
Ich seufzte. Vielleicht wird ja so ein Schuh draus.
Während Anka mit dem Messer vor ihrem Gesicht und der tropfenden Birne hantierte, schweifte mein Blick zu ihrem Enkelsohn. Er höhlte gerade die Augen der Figur aus. Während er auf den Körper aus Holz blies, flogen die Späne zu Boden. Er trug ein oben aufgeknöpftes Hemd, dessen Ärmel bis zu den Ellenbogen hochgekrempelt waren. Ich schaute auf seine Brusthaare. Dann auf seine Unterarme. Wenn ich mich in ein Ungeziefer verwandeln würde, könnte ich durch den Flaum krabbeln.
»Haben Sie vielleicht ein Foto von Andri?«, fragte ich.
»Uff!« Anka stand auf, wuselte im Zimmer herum, öffnete Schranktüren und Schachteln, sprach dabei mit sich selbst und stapfte schließlich aus der Stube. Kaum war sie aus der Tür, legte der Mann sein Messer auf den Tisch und blickte mich an. Er sagte kein Wort. Schaute nur. Anka plapperte im Nebenzimmer mit sich selbst, ich war ihr dankbar für das Rumpeln von Kisten und Schubladen, denn die Stille irritierte mich. Ich schob meine Hände unter die Oberschenkel und rutschte auf dem Stuhl hin und her. Ich fühlte mich wie ein Tier, das vor einem Menschen steht. Er nahm sich eine Zigarette aus einer Schachtel, zündete sie an, zog an ihr, blies den Rauch aus und starrte mich dabei an. Er die Schlange, ich die Maus. »Kinder, ich finde die Fotos grad nicht!«, krähte Anka aus dem Nebenzimmer. »Junge, Junge, das

müssen wir ein andermal machen!« Als sie ins Zimmer zurückkam, nahm er das Schnitzmesser augenblicklich wieder auf und wandte sich dem Holzkörper zu.

»Wie sah er denn aus?«, fragte ich.

Anka hatte eine Hand in die Hüfte gestemmt und schob sich durch den Raum. »Naja, so wie man halt damals aussah!« Dann fiel ihr Blick auf mein Notizbuch. »Er hat immer diesen deutschen Schreiber gelesen, wie heißt der noch mal? Irgendwas mit R. So einer für feine Leute. Reile?«

»Rilke?«, fragte ich.

»Ja, genau! Der!«, stieß sie aus. Sie rollte das R und wiederholte seinen Namen noch drei Mal.

Rilke, aha. Ob er ihn auch als Teenager gelesen hat?

»Kennst du den?«, fragte sie.

»Ja, er ist sehr bekannt«, sagte ich.

»Aaach, ich les keine Bücher. Da drin ist ja alles erfunden!«, antwortete sie und lachte. Von dieser Aussage war ich so hingerissen, dass ich mich gleich etwas aufrechter in den Stuhl setzte.

»So! Vielleicht findet Adam ja die Bilder von Andri.« Er reagierte nicht. Sie rief ihm etwas auf Kroatisch zu, aber er schien weiterhin in sein Handwerk vertieft. Dann stand sie auf, schlurfte – mit einer Hand auf den krummen Rücken gestützt – zu einem Korb im Klo, holte eine Zeitung heraus, rollte sie zusammen, ging zu ihm und haute ihm damit auf den Hinterkopf. Er warf die Hände in die Luft und beschwerte sich, woraufhin sie etwas zurückkeifte und laut lachte, wonach auch ihm ein Lächeln entwich. »Die sind irgendwo oben. Ich leg mich ins Bett!«, sagte sie, und bevor ich mich bei ihr bedanken oder irgendetwas sagen konnte, war sie auch schon in den Nebenraum gewackelt. Ich war noch nie bei jemandem zu Gast, der sich schlafen legte, während noch Besuch da war. Aber eigentlich war ich eh nie bei jemandem zu Gast. Ich kenne ja auch nur so drei Leute.

Ich blieb zurück im Wohnzimmer und schaute mich verdutzt um. Jetzt saß ich hier mit diesem Fremden, der noch immer nichts sagte. Er war weiter an dem Holzkörper zugange. Ich wollte auf seine Hände schauen, aber ich traute mich nicht. Vor Anspannung rammte ich mir den Fingernagel eines Daumens in das Nagelbett des anderen und wartete, wie lange ich es aushalten konnte. Als mir die Tränen in die Augenwinkel schossen, ließ ich los. Wie in Zeitlupe stand ich auf, schlich in den Flur und zog meine Sandalen an. Ich wollte gerade so leise wie möglich die Türklinke herunterdrücken, als ich das erste Mal seine Stimme hörte: »Komm.«

Ich wandte mich um. Er stand hinter mir. Völlig lautlos schien er mir nachgekommen zu sein. Er fixierte meinen Blick, drehte sich um, und ich sah mich ihm folgen. Er ging durch das Wohnzimmer die Treppen hoch in den oberen Stock. Dann standen wir in einem kargen Raum, der wirkte wie aus dem 19. Jahrhundert: eine Kommode, ein Regal, ein Tisch, zwei Stühle und ein Bett. Es roch nach einer Mischung aus Mottenkugeln und Lavendelsäckchen. Ich wusste nicht, ob ich mich setzen oder stehen bleiben sollte. »Warte«, sagte er jetzt. Er griff sich in die Haare und überlegte. Dann nahm er einen der Stühle und trug ihn vor das Regal. Er stellte sich auf die Sitzfläche und griff in das oberste Fach nach einer mit zerfleddertem Geschenkpapier beklebten Schachtel, die in einem früheren Leben mal ein Schuhkarton gewesen sein musste. Er trat auf mich zu und drückte sie mir in die Hand. Sein linker Zeigefinger berührte dabei meinen Handrücken. Wir schauten uns an. Dann ging er zur Tür und schloss sie. Warum schloss er die Tür? Ich stellte mich an die Fensterbank, legte die Schachtel auf den Sims und öffnete den Deckel. Der Geruch vergilbter Fotos strömte aus der Kiste. Obenauf lag das Schwarz-Weiß-Foto eines Mädchens, das auf den Stufen der Ritterstatue in der Altstadt sitzt. Sie war burschikos und verschmitzt. Die Augen kamen mir bekannt vor. Ich drehte es um. Hinten stand »Moja Anka, 1931«.

»Was heißt ›Moja‹?«, fragte ich, während ich den gewellten Rand des Bildes mit meinen Fingern nachfuhr.

»Meine«, antwortete Adam. Am Atem im Nacken spürte ich, dass er direkt hinter mir stand. Ich hielt die Luft an. Mein Puls pochte. Im Zimmer war es totenstill. Adam berührte mit seinem Oberkörper meinen Rücken. Er begann, mich am Ohr zu beschnuppern, als wäre ich ein Tier, oder er. Ich war wie angewurzelt. Seine Nase fuhr meinen Nacken entlang. Er trat nun noch einen Schritt näher. Mit seinen Hüften berührte er meinen Hintern. Ich atmete flach. Ich wagte nicht, mich umzudrehen. Ich schloss meine Augen. Er küsste meine Schultern. Es zuckte zwischen meinen Beinen und floss aus mir heraus. Dann umarmte er mich und drückte

mich an sich. Seine Arme umschlossen meinen Brustkorb. Ich dachte, ich ersticke fast, aber es war schön. Er griff an meine Oberschenkel. Dann ließ er abrupt von mir ab.
Ich schaute aus dem Fenster. Erst jetzt atmete ich wieder aus, und ein. Die Lichter der Schiffe auf dem Meer verschwammen zu einem Glitzern im Dunkel. Ich drehte mich nicht um. Was war das hier?
Dann spürte ich Stoff über meinen Rücken gleiten. Adam zog mein Oberteil über meinen Kopf. Er berührte mich dabei nicht, nur mein Hemd fuhr meine Haut entlang. Eine Weile stand ich so da, mit blanken Brüsten. Stille. Ich war so nass, dass meine Unterhose durchgeweicht war. Mit einer Hand streifte er sie an meinen Beinen entlang. Ich schloss die Augen. Ich schluckte. Nun stand ich nackt im Zimmer. Er schritt um mich herum und betrachtete mich. Ich wagte es nicht, aufzuschauen. Er blieb vor mir stehen. Nun hob ich den Kopf. Wir sahen uns in die Augen, und es war schwer, seinen Blick zu halten. Es war das erste Mal, dass ich ihn direkt ansah. Er griff nach meinem Kinn. Dann strich er mit seiner Wange über meine Wange. Ich roch seine Haut. Seine Lippen küssten mein Ohr. Der Stoff seines Hemdes berührte meine Brüste. Dann nahm er wieder Abstand. Was passierte hier?
Er trat hinter mich. Erst Stille. Dann Flirren. Plötzlich umschlang er mit einer Hand meinen Körper, packte mich und legte mich aufs Bett. Ich lag auf dem Rücken und blickte ihn an. Er blieb an der Bettkante stehen. Eine ewige Weile. Er stand einfach nur da. Und schaute.

Für einen kurzen Augenblick schoss in mein Bewusstsein, dass ich in einem anderen Land in der fremden Wohnung einer alten Frau nackt im Bett eines Fremden lag, von dem ich noch bis vor einem Moment dachte, ich sei ihm zuwider oder egal. Ich schaute ihn an und wollte, dass auch er nackt ist. Ich wollte, dass er in mir ist und ich in ihm verschwand. Ich streckte die Hand nach ihm aus. Dann knöpfte er sein Hemd auf, langsam und sorgfältig, zog seine Hose aus, stets den Blick zu mir haltend. Dann legte er sich auf mich. Und in mich.

Als ich nach diesem Rausch wieder zu mir kam, lachte ich in mich hinein. Der Akt der Selbstvergessenheit war nun vorbei, und das war schade.

»Schläfst du immer erst mit einer Frau, bevor du mit ihr redest?«, fragte ich.

Wir lagen auf dem Rücken. Sein Gesicht war im Schatten, und mir schien, als würden seine Augen im Dunkeln leuchten. Er zwirbelte seinen Bart am Kinn. Er lächelte. Dann streichelte er eine Weile meine Brüste und küsste meine Nippel und meinen Bauchnabel. Ich kroch aus dem Bett, suchte meine Klamotten zusammen und streifte sie etwas ungelenk über. Er hob den Kopf.

»Was machst du?«, fragte er.

»Ich gehe.«

»Aber ... warum?«

»Einfach so.« Mir fiel nichts Besseres ein. Er sah mir nach. Ich öffnete die Tür, trat hinaus, drehte mich im Türrahmen noch einmal um und flüsterte: »Gute Nacht.«

21

Als Kind wollte ich eine Zeitmaschine haben. In einem Was-ist-was-Buch hatte ich gelesen, dass ein Blick in den Nachthimmel ein Blick in die Vergangenheit ist. Manche Sterne, die wir sehen, sind schon längst erloschen, bloß ist Licht so langsam oder wir sind so weit weg. Eines Abends im Sommer waren Agnes und ich über die Mauer des Städtischen Friedhofs geklettert. Es war der Tag einer Exkursion meiner Klasse nach Buchenwald. Ich war nicht mitgekommen, weil ich mich morgens auf dem Schulhof neben der Tischtennisplatte übergeben hatte und die Lehrerin mich daraufhin in den Unterricht der Parallelklasse gesteckt hatte, zusammen mit Giang aus Vietnam, Jamschid aus Afghanistan und Ivana aus Bosnien, die alle eine Entschuldigung ihrer Eltern dabeihatten. Den Rest des Schultages saß ich in der letzten Reihe und zeichnete entweder meine rechte Hand ab oder das Profil von Ivana, die am Fenster saß und an deren Silhouette ich mich nicht sattsehen konnte. Sie war das schönste Mädchen der Welt, und das Schönste an ihr war, dass sie das nicht wusste. Ich kannte niemanden, der trauriger aussah als sie, und niemanden, der freundlicher war. Alle meine Zeichnungen hatten verschmierte Umrisse, nur die von Ivana nicht. Ich wollte Agnes fragen, wie es in Buchenwald war, aber traute mich nicht. Wir legten uns zwischen die Gräber auf die Wiese und betrachteten schweigend die Weite des Nachthimmels. Es sollte eine Mutprobe sein, aber ich fand es einfach nur friedlich. Wie manche Leben nur von der Wohnung zum Büro und zum Supermarkt reichen können, erschloss sich mir nach diesem Anblick nie wieder. Und doch ergab ich mich genau diesem Alltag, oder er überwältigte mich. Die Mühlen mahlten mich. In dem schwarzen oder eher braunen Loch, aus dem ich komme, gibt es einen Konsum am Bahnhof, ein dreckshässliches Ungetüm aus den Sechzigern, Sozialismus im Quadrat. Da hatten die Menschen schon Tausende Jahre Leid hinter sich gebracht, und dann stellten sie nach dem Zweiten Weltkrieg Betonklötze in den Weg. Bäume und Sträucher wuchsen dort, als käme Rost aus dem Boden, und der Forst wirkte hämisch, wenn ein Zweig bricht. Ich glaube, die Landschaft im Osten weiß, dass sie im Osten liegt, anders kann ich sie mir nicht erklären. Neben dem Konsum wuchs Farn. Diese Pflanze sieht schon so aus, als hänge sie einem Brontosaurus aus dem Maul. Farn gab es schon lange vor den Dinos, seit vierhundert Millionen Jahren, eine der ältesten Pflanzen überhaupt. Es gab ihn schon, da lebten noch gar keine Tiere an Land, erst recht keine Menschen, da war kein Rad erfunden, kein Buchdruck, auch kein Käse-Igel. Der Farn hat die Eiszeit überlebt und die Pest und die Französische Revolution, und jetzt wuchs er in diesem Kaff neben dem Konsum. Zwischen den aufgebrochenen Betonplatten des Parkplatzes und der zersplitterten Plastiküberdachung spross er in das Jetzt hinein, und achtlose Kunden quetschten manchmal Blätter ein oder rissen sie ab, wenn sie einen Einkaufswagen aus einem anderen herauszerrten oder in einen anderen hineinknallten, und diese Gleichzeitigkeit von Farn und Konsum ließ mich immer wieder fragend zurück, was ich auf dieser Welt eigentlich mache, oder genauer: Was ich auf dieser Welt ausgerechnet *jetzt* machte. So, wie ich das sehe, ist es der Willkür unterworfen gewesen, ob aus mir ein Mensch geworden ist oder ein Farn oder ein Einkaufswagen, vielleicht ist auch immer ein bisschen Mensch in einem Einkaufswagen mit drin, also, chemisch gesehen. Und deswegen bin ich auch nicht mitgekommen, als in der achten Klasse ein paar aus meinem Jahrgang zu diesem Treffen von Mike gegangen sind, Mike aus der Stufe über uns, den viele cool fanden, ich vermute, weil er aus Versehen ein symmetrisches Gesicht hatte, und den ich allein schon deswegen gemieden habe, weil er über Ivana gesagt hat, dass sie »slawischer Abschaum« sei, und weil er T-Shirts von Böhse Onkelz trug und von »Grund und Boden« gefaselt hat, während ich nur dachte: Junge, warst du noch nie am Rand deiner Welt, ist dir nie aufgefallen, dass man zum Beispiel anhand der farblosen Wiese zwischen »Scholz Schlüsseldienst« und »Kantor & Papierosy« nicht erkennen kann, ob man in Deutschland oder in Polen ist? Wie dumm kann man sein, aber es wäre mir auch zu dumm gewesen, mit ihm über Farn oder »Der Herr der Ringe« zu reden, zumal mir klar war, dass derselbe Zufall, der aus mir mich gemacht hat und nicht einen Einkaufswagen, aus mir auch hätte Mike machen können, deswegen wollte ich mich nicht zu weit aus dem Fenster lehnen.

Andri, Aschkenasi, Ragusa. Je mehr ich darüber nachdachte, desto mehr gefiel mir das mit der Reinkarnation. Das nimmt ja auch Druck raus. Es gibt nichts Neues unter der Sonne, deswegen kommen ja auch ständig Leggings wieder. Ich will mindestens so oft wiedergeboren werden, dass ich das Revival der Puderperücken miterlebe. Und sei es als Einkaufswagen.

22

»Wo hört ein Tropfen auf, und wo fängt ein anderer an?« Anka fasste sich an den Kopf und gluckste. Wir saßen in der Sofaecke ihres Wohnzimmers. Sie pfefferte ihre Schlappen in hohem Bogen durch die Luft und legte ihre Füße auf den Tisch. »Das hat er geantwortet!« Sie fächerte sich mit einem Prospekt von Lidl Luft zu. »Wir sind alle halb gestorben vor Angst und dachten, der ist tot, und dann kommt der an und erzählt so Poesie-Scheiß! Der hatte Nerven!« Sie lachte kehlig und musste davon husten. Sie schluckte. Dann griff sie beherzt in eine Schachtel Neapolitanerschnitten auf dem Wohnzimmertisch und stopfte sich zwei auf einmal in den Mund. Diabetes zu haben, und womöglich einen Haufen weiterer Alterskrankheiten, und dann ununterbrochen unbekümmert Süßes in sich hinein-

zuschaufeln, ließen mich etwas über das Leben – und vielleicht auch den Tod – verstehen, was ich vor Anka nicht wusste. Sie erzählte, dass Andri verrückt nach dem Meer war und eines Tages so lange nicht von einem Ausflug zurückkam, dass alle dachten, er sei ertrunken.
»Wo ist Adam?«, fragte ich in ihr Schmatzen hinein.
Anka zuckte die Schultern. »Was weiß denn ich. Der ist immer irgendwie weg.« Sie stand auf. »Zwiebeln schälen!«
Ich schaute sie fragend an.
»Zwiebeln schälen sollst du. Das kannst du doch wohl?« Sie schnäuzte die Nase lautstark in einen Zipfel ihrer Schürze, zog den restlichen Rotz hoch und ging pfeifend in die Küche. Ich blickte im Zimmer umher. Warum fragte ich nach jemandem, der kaum mit mir sprach, obwohl es so viel Spaß machte, mit Anka zu reden? »Mala!« Ein Ruf wie der eines Raben. Ups, ja, ich ging in die Küche und half ihr beim Kochen der Suppe. Sie drückte mir ein Schneidebrett samt Messer und Zwiebeln, Karotten und Sellerie in die Hand. Dabei brabbelte Anka, sprang von einem Lied des Eurovision Song Contest, das sie unverhohlen beschissen fand, zu ihrem früheren Arzt, der an Hautkrebs gestorben sei – »Haut ist leise!« –, kam dann zu der Nachbarin, von der sie glaubte, sie habe neulich hinter den Stadtmauern am Strand Danče Babykatzen in einem Sack ertränkt, weil sie die Tierchen seit einer Weile nicht gesehen hatte. Anka pendelte stets zwischen Scharfrichterei und Scheißegalheit. Ich fragte mich, ob meine Anwesenheit als Deutsche sie provozierte, beim Zertrennen eines

Hühnchens jetzt anzufangen, über den Zweiten Weltkrieg und Konzentrationslager zu sprechen.
»Und dann haben sie die Leute abgeschlachtet in Jasenovac.«
»Was ist Jasenovac?«
»Das weißt du nicht? Das ist unser Auschwitz! Was lernt ihr Deutschen denn in der Schule?«
»Auschwitz.«
Anka pfiff durch ihre Lippen. »Auschwitz, Auschwitz!«
Wie konnte es sein, dass ich in meinem Geschichtsstudium noch nicht von Jasenovac gehört hatte? Was wird bei uns gelehrt, und was nicht, und warum?
»Wo liegt das?«
»Oben!« Also im Norden.
»Und wer ist dort gestorben?« Vom Zwiebelschneiden hatte ich Tränen in den Augen.
»Ach, alle! Alle, die gegen den Unabhängigen Staat Kroatien waren. Euch Deutsche als Vorbild!«
Ich fand es bemerkenswert, dass sie plötzlich von den Verbrechen der kroatischen Nationalisten anfing. »Du bist doch Kroatin, oder?«, fragte ich.
Sie grunzte und wischte sich mit der Hand, in der sie den Sparschäler hielt, eine Strähne aus der Stirn. »Ich bin alles!«, rief sie. In der Küche dampfte es nun.
»Wie viele Leute sind dort umgekommen?«
Sie antwortete nicht.
»Auschwitz ist mit nichts vergleichbar. In Auschwitz sind eineinhalb Millionen Leute gestorben.« Ich fühlte die Pflicht, das noch einmal zu sagen. »Wie viele Leute sind in Jasenovac umgebracht worden?«

»Ach, mala, so viele, wer soll das heute noch wissen.«
Sie nahm mein Holzbrett und schubste die Würfel aus Sellerie und Möhren mit einem Platsch in den Topf. Es roch würzig. Ich hatte nun nichts mehr zu tun und lehnte mich an die Küchenzeile. Ich wollte mich auf die Arbeitsfläche setzen, aber wusste nicht, ob sie das störte. Dann dachte ich, nein, sie ist sie, es störte sie sicher nicht. Ich tat es. Sie beachtete es nicht einmal.
»Ich gebe zu, dass ich nicht so ganz durchblicke, was in Ex-Jugoslawien genau wann war und warum.«
»Aaaach, das blickt keiner!« Sie winkte ab und lachte kehlig.
»Du kannst mir gerne davon erzählen.«
»Ach Gott.«
»Ich hab Zeit.«
»So viel Zeit hat niemand!«
»Vielleicht kannst du mit den verschiedenen Positionen beginnen?«
»Ah, das geht schnell: Die Bösen sind immer die, die töten.«
Sie öffnete die Schranktür unter der Spüle, holte einen Mülleimer heraus und trat energisch darauf, sodass der Deckel hochschoss. Sie schob die Gemüseabfälle hinein.
»Woher aus Deutschland kommst du eigentlich?«
Es war total egal, was ich jetzt sagte.
»Und wo ist das?«
»Im Osten von Deutschland.«
»Dann bist du ja aus der DDR!«
»Dort geboren. Die DDR gibt es nicht mehr.« Ich wollte weniger streng klingen, als ich es tat.

»Dann kennst du dich ja mit Lagern aus! Ihr De schen seid praktisch: Einfach stehen lassen und noch mal benutzen.«
Manchmal schämte ich mich noch immer, aus dem Osten zu sein. Ich hatte Angst, dass man mir etwas anmerkte, an der Art, wie ich ein Wort betonte, wie ich mich kleidete, wie ich ging, an der Art, wie ich existierte. An der Art, wie ich sprach, was ich sagte, aber auch, was ich nicht sagte. Am besten sprach ich sowieso nicht, damit mich meine regionale Färbung nicht verriet, obwohl ich sie mir abtrainiert hatte, als ich eingeschult wurde. Aber das Echo meiner Stimme verfolgte mich. Es fühlte sich oft noch so an, als halte ich mich auf einer Party auf, zu der ich nicht explizit eingeladen worden war, sondern nur als Anhang von jemandem mitgebracht wurde, der erwünschter ist als ich und der mich aus Mitleid mitgenommen hatte, und man sieht mir das an, an der Art, wie ich stehe, wie ich auf dem Sofa Platz nehme oder in der Küche ein Bier aus dem Kühlschrank hole, und ich werde den ganzen Abend die Unsicherheit nicht los, in Wahrheit nicht dazuzugehören. Es fühlt sich an, als ob die anderen mir etwas zuschreiben, gegen das ich mich nicht wehren kann, und sich dabei als was Besseres fühlen. Ich fragte mich, ob das jemals weggehen würde. Aber es war auch die Scham in der Scham, deutsch zu sein, eine Überscham, oder eher Unterscham, denn sie war ja immer weniger wert. Und manchmal hatte ich Angst, dass man mich mit Typen wie Mike in einen Topf werfen könnte, dass ich als von ihm kontaminiert wahr-

genommen werde, weil wir aus derselben Gegend kommen und weil ich somit eine Kontaktschuld hatte, und das tat man ja auch, immer wieder. Das machte mich wütend. Aber auf eine Art war ich sogar kontaminiert von ihm, weil ich zugelassen hatte, dass er meinen Blick auf meine Heimatstadt vergiftet, so wie er vergiftet war von seinem Wahn eines vermeintlich geilen Germaniens.

»Wir sind die Wilden!« Anka fuchtelte mit dem Küchenmesser herum wie in einem Laientheaterstück. »Grrrrr!« Sie gluckste.

»Was?« Sie brachte mich zum Lachen, sicherheitshalber duckte ich mich aber.

»Das denkt ihr doch über uns vom Balkan.«

»Wer ist ›ihr‹?« Ich zog den Kopf zurück.

»Ihr Deutschen.« Und dann: »Ach, eigentlich ihr alle im Westen.«

»Ich denke das nicht.«

»Ja, aber die anderen. Die sagen, hier ist alles kompliziert, und zack: Muss man sich damit nicht beschäftigen!«

»Ich möchte mich mit eurer Geschichte beschäftigen.«

»Ja, du vielleicht.« Und mit einem Schulterzucken ergänzte sie: »Wer weiß, warum.« Dann machte sie das Radio an und grölte schief einen Schlager mit, während sie Petersilie hackte.

23

In Deutschland hat man ordentlich zu sterben. Weil man in Deutschland nämlich alles ordentlich zu machen hat. Genauer gesagt gibt es einen Zwang zum Sarg. Und einen Zwang zum Friedhof. Also ich dürfte zum Beispiel nicht unter der Eisdiele von Familie Mandolini begraben werden, selbst wenn ich unbedingt wollen würde und sie es erlauben würde und es niemanden stört. Aber leider würde es bestimmt ein paar Leute stören, und die blieben dann auf einmal weg, oder sie kämen weiterhin, aber ihr Pfirsich Melba würde ihnen im Hals stecken bleiben, wenn sie wüssten, da drunter lieg ich, was ich seltsam finde, weil natürlich liegen unter der Eisdiele haufenweise menschliche Überreste, wenn auch zugegeben nicht ganz so aktuell, sondern halt aus dem Vormärz oder dem Dreißigjährigen Krieg oder aus den Kreuzzügen noch, inzwischen zersetzt, ja, aber dort liegen tun sie ja trotzdem. Aber ich will ohnehin nicht da verbuddelt werden, wo ich geboren bin, da finde ich ja niemals Frieden.

Und selbst wenn man in Deutschland verbrannt wird, muss man vorher einen Sarg anschaffen. Also man kauft etwas für zweitausend Euro, um es dann abzufackeln. Das ist so was von undeutsch. Das ist ein so dermaßen schlechtes Geschäft, wie soll man das jemandem erklären, der beispielsweise Payback-Punkte sammelt? Und da hat man ja noch nicht mal den Bestatter und den Orgelspieler und den Steinmetz bezahlt und die Person, die einem Lippenstift auf den toten Mund pinselt. Der Tod ist teuer. Wenn man nicht genug Geld hat zum Sterben, hat man das Nachsehen. Dann muss man einen Antrag stellen, wie für alles, Guten Tag und Entschuldigung, wir sind leider arm, wir haben keine paar Hundert Euro für einen Sarg, wir brauchen Hilfe, und dann sitzt da so eine Sabine im Sozialamt und seufzt, Können arme Leute nicht wenigstens ein bisschen reicher sein, damit sie sich ihr Ableben leisten können, hier ist Ihr Formular, bitte ausfüllen, bitte Kontoauszüge der letzten drei Monate und Kopien vom Sparbuch und Kopien von Versicherungen und ach eigentlich gleich ganz nackt ausziehen, und bis wir alles genehmigen, sind Sie vielleicht auch schon tot.

Man könnte seinen Tod auch sinnvoll einsetzen. Zum Beispiel, um jemandem auf die Nerven zu gehen, den man nicht mag. Wegsterben mit Ansage. Ich würde dann gern bei Mike vor der Haustür sterben, und zwar im Trikot des Typen, dem er damals auf die Nase gehauen hat. Und dann lieg ich da tot auf seiner Böhse-Onkelz-Fußmatte, und er muss sich kümmern.

Und von wegen »Ruhe in Frieden«, Frieden in Deutschland dauert höchstens zwanzig Jahre, und dann kommt irgend so ein Heiko mit einem Bagger, und dann ist Schluss mit letzter Ruhestätte. Und hoffentlich ist man dann schon ordentlich verwest, weil man ja dann entsorgt wird, anstatt damals einfach gleich entsorgt worden zu sein, ohne Sarg, ohne Spektakel, und das Geld

für den ganzen Bums gespendet zu haben, ans Tierheim zum Beispiel, oder an die Eisdiele.
Das sagte ich auch genauso am Telefon zu Alex: »Ich möchte gleich entsorgt werden«, statt einer Begrüßung, als ich ihn abends vom Festnetz im Apartment anrief. Er antwortete nahtlos Okay, wie wäre nächste Woche Dienstag, ich sagte Mittwoch wär mir lieber, er sagte Ouh, da ginge nur am Spätnachmittag, ich sagte Passt, dann kicherten wir. Dann erzählte er von der Bundesliga und von seiner Radtour von der Nossentiner Heide zum Mecklenburgischen Elbtal, die er am vergangenen Sonntag unternommen hatte.
»Was hast du da dann gemacht, als du angekommen bist?«
»Ach, nix eigentlich, bisschen rumgeguckt halt.«
»Frauen geguckt?«
»Auch.« Er lachte. »Tatsächlich bin ich an so Schrebergärten vorbeigeradelt, als mir die Kette rausgesprungen ist. Ich stand da keine zwei Minuten, als mir ein Mann seine Hilfe angeboten hat. So einer im Bayern-München-Trikot.«
»Oh Gott. Bist du dann schnell weggerannt?«
»Haha, nein, der war voll nett. Und noch mal zwei Minuten später stand seine Frau am Gartenzaun und hat mir Apfelstrudel angeboten. Und dann saß ich irgendwie bei denen, die haben gefühlt jeden eingeladen, der vorbeigelaufen ist. Ich wünschte, ich hätte meine Kamera mitgenommen.«
»War gut?«
»Ja. Boah, dieser Kuchen!«

Plötzlich merkte ich, dass ich die Gegend vermisste und ihre verlassenen Landschaften, die nichts von einem erwarteten. Die Silberreiher am Fluss, die Heuböden, die Moore, an die sich das Schilf schmiegt, und dass, wenn man vernachlässigt wird, man immer auch unbeobachtet sein kann.

»Weißt du noch, wie wir damals nach Demmin geradelt sind?«

»Klar. Ich weiß noch alles.«

Es war im April vor ein paar Jahren während des Studiums. Ich wollte über den Massensuizid der Bewohner Demmins kurz vor Kriegsende 1945 recherchieren, und Alex begleitete mich, um es mit Fotos zu dokumentieren. Es ist der wohl größte Massenselbstmord der deutschen Geschichte. Tausend Menschen ertränkten sich beim Einmarsch der Roten Armee in diesem Hansestädtchen mit Taschen voller Steine im flachen Wasser der Tollense, in der Trebel und der Peene, erhängten sich an Fensterkreuzen, schnitten erst ihren Kindern die Pulsadern auf und dann sich selbst, vergifteten oder erschossen sich. Die Stadt stand in Flammen. Die Wehrmacht hatte den Ort verlassen und hinter sich alle Brücken gesprengt. Ich weiß noch, wie Alex und ich damals dachten, man könnte der Stadt etwas von dem Drama ansehen, an den Dächern, auf dem Kopfsteinpflaster, in den Gesichtern. Gesehen haben wir dann vor allem alles Unsichtbare. Alex hat Dutzende Bilder aufgenommen, von den Zwischenräumen und der Stille. Ich weiß auch noch, wie es mich aufgeregt hatte, dass die Leute an jeder roten Ampel stehen blieben und warteten, obwohl weit und breit keine Autos fuhren und die Innenstadt überhaupt wie ausgestorben war. Aber nein, man stand da wie angewurzelt, als müsste man, obwohl rote Ampeln ohne Verkehr ihren Zweck verfehlen, sie sind dreifarbige Sinnlosigkeit, wer ist überhaupt »man«, wer war jemals »man«, und wie sehr muss man Regeln lieben? Nachdem wir das Kreisheimatmuseum besucht hatten, kauften wir im Netto Jaffa-Cakes, die Agnes hasste, aber wir liebten, und saßen in der Frühlingssonne am Ufer der Peene an dem kleinen Hafen und mampften die Schachtel in einem Rutsch. Alex hat immer einfach reingebissen, während ich erst die Schokoladenglasur angeknabbert, dann die Scheibe Orangengelee gelutscht und schließlich den Biskuitboden gekaut habe. Dabei hat Alex das Wasser fotografiert, und ich hatte gefragt, was er glaube, wie viele Leichen dieses Rinnsal wohl schon gesehen hat, und er fragte mich, ob seit sechzig Jahren oder generell, und dann sagte ich spontan generell, und er antwortete: Alle.

»Wann kommst du denn wieder?«

»Weiß ich nicht.«

Er seufzte.

»Alex, warum sind wir eigentlich nie weggezogen?«

»Wohin denn?«

»Weg aus dem Osten.«

»Weil es woanders auch scheiße ist. Nur anders scheiße.«

»Hier ist es nicht scheiße.«

»Sicher?«

24

Ein paar Tage später wäre ich eigentlich mit Herrn Špilman im Museum bei der Synagoge verabredet gewesen, damit er mir von der Geschichte der Juden in Kroatien erzählte, aber er sagte mir kurzfristig ab. »Zeit ist nicht Geld!«, entschuldigte er sich und lachte und meinte damit seinen Beruf des Uhrmachers, von dem er nicht mehr leben konnte. Stattdessen begleitete er eine Reisegruppe bei einem Ausflug auf den Gipfel des Bergs Srđ, der mit der Seilbahn erreichbar war. Von oben sollte man eine gute Aussicht auf die Altstadt und das Adriatische Meer haben, und gute Aussichten sind doch das, was man sucht im Leben.

Die Sonne war gerade aufgegangen, und ich konnte nicht mehr schlafen. Neben mir auf dem Kopfkissen lag das graue Kätzchen und schnarchte leise. Mir war, als würde es träumen. Ich griff nach meinem Rucksack mit den Badesachen, den ich seit dem letzten Besuch an der Mole Porporela nicht angerührt hatte, schlüpfte in die erstbesten Klamotten, die herumlagen, und machte mich auf den Weg in die Stadt. Die Steine in den Straßen glänzten nass, obwohl es nicht geregnet hatte. Jeden Morgen vor Sonnenaufgang kippten Arbeiter in komischen Hosen kübelweise Wasser über den Stradun und wuschen den Dreck der Besucher weg. Einmal, als ich nicht schlafen konnte, ging ich im Morgengrauen spazieren und sah sie. Ich fand, sie waren eigentlich keine Straßenreiniger, sondern Bühnenbildner. Dubrovnik ist ein schwerer Teppich, unter den nicht gekehrt wird, sondern gespült. Der Kalkstein schimmert in der Morgendämmerung wie wasserloses Meer, und es bilden sich Pfützen in den Kratern der Granateneinschläge.

Ich steuerte auf die Bücherei neben der Synagoge zu. Der Laden hatte sogar schon geöffnet, und ich sah mich um. Eine ältere Dame hinter der Kasse hob ihren Blick von einer Zeitung und fragte mich höflich, ob sie mir helfen könne. Hilfe, ein Mensch spricht mich an. Ich verneinte, es war mir unangenehm, dass wir gemeinsam in diesem kleinen Raum steckten, es fühlte sich an, als würde ich sie bei ihrem Morgenkaffee stören, als würde sie mich beobachten. Ich konnte mich nicht auf die Bücher konzentrieren. Ich verabschiedete mich und trat hinaus.

In dem Café »Dolce Vita« holte ich mir zum Frühstück einen Eierkuchen, obwohl ich kaum Appetit hatte. Als ich hineinbiss, quoll die warme Nussnugatcreme aus der Rolle heraus und tropfte auf meine Finger. Ich schaute auf die Flüssigkeit. Dabei schoss mir Adam in den Kopf. Ich merkte, dass mich das unruhig machte. Ich streifte durch die Gassen der Stadt, stieg Treppen hinauf und wieder hinunter, schlängelte mich durch Winkel, vorbei an Hinterhöfen, Terrassen, Torbögen, landete bei dem Haus von Anka und tat vor mir selbst so, als sei das ein Zufall. Adam stand draußen auf einer Leiter und reparierte etwas am Dach. Mein Hals pochte. Ich sah dabei zu, wie er hämmerte. Ich hatte ein paar Sekunden, um seinen Körper zu betrachten, bevor er mich bemerken würde. Obwohl sein Körper einen Abdruck auf meinem Körper hinterlassen hatte, war es etwas anderes, ihn nun bei Tageslicht und mit Abstand anzuschauen. Wir hatten uns seit jener Nacht nicht gesehen. Schutt rieselte die Hauswand herunter. Atmen, Anna. Ich trat näher. Dann sah er mich.

»Hi.«

»Hi.«

Er stieg die Leiter hinab und kam auf mich zu. Die Zigarette im Mundwinkel warf er weg. Dann sah er die zerknüllte Tüte des Cafés und meine verklebten Finger, nahm meine Hand und leckte den Rest Schokoladensoße aus meiner Handfläche. Meinen Körper durchzog ein Schwall.

»Dolce Vita?«, fragte Adam mit Blick auf den Papierbeutel.

»Haha, ja«, sagte ich und atmete zu viel Luft ein. »Ist Anka da?«

Er schüttelte den Kopf. »Sie ist beim Arzt.« Er legte den Kopf zur Seite. »Lust, baden zu gehen?«

Oh. Ja! Ich nickte. Er nickte auch, klappte die Leiter zusammen und lehnte sie an die Hauswand. Er zündete sich eine neue Zigarette an, ging ins Haus und kam wenig später mit zwei großen Handtüchern und einer Flasche Wasser zurück.

»Lass uns los«, sagte er.

Neben Adam zu gehen machte mich ruhig und unruhig zugleich. Manchmal schaute er zu mir und legte seine Hand auf meinen Rücken, wenn wir Treppen hinabstiegen oder uns durch einen Pulk drängen mussten. Wir schritten über den Kiesplatz einer kleinen barocken Kirche. Unter meinen Sandalen knirschte es, und ich bemerkte, dass der Boden hier nicht aus diesem omnipräsenten Kalkstein war, der wie Perlmutt schien. Es war der erste Fleck der Altstadt, der nicht perfekt war. Und er war es deswegen natürlich trotzdem. Ich staunte über die Bauwerke, Adam sah mir dabei zu und lächelte. Die Nebengebäude waren schimmelgrau und von nachlässiger Schönheit. Die Kirche sah aus wie eine gigantische Schatulle. Ihr gegenüber war eine Pizzeria mit Holzstühlen und geringelten Sonnenschirmen. Vom Kiesplatz herunter führten Stufen, die mich an die Spanische Treppe in Rom erinnerten. Unten lag der Platz mit dem Denkmal des Dichters Ivan Gundulić, den ich schon kannte. Hier tranken Leute an den Tischen Kaffee, aßen Spaghetti oder Pizza. Aus dem Konzum schlenderten Touristen mit Schlapphüten im Gesicht und Krapfen in der Hand. An dem Brunnen an einer Häuserecke beugte ich mich unter den Hahn, der aus dem Relief eines Löwenkopfs ragte, und trank. In dieser Stadt floss an jeder Ecke das leckerste Wasser, das ich je getrunken hatte.

Wir kamen zum alten Stadthafen und spazierten die Promenade entlang. Würde Adam mich mit zum Wasserballfeld nehmen, wo seine Bekannten sich trafen? Plötzlich blieb er stehen, ging in die Hocke und beugte sich über die Hafenmauer. Er griff nach einer Leine, zog ein Fischerboot zu sich und stieg hinein. Er stellte sich breitbeinig hin und streckte seine Hand zu mir aus.

»Komm.«
Wow, was? »Wir fahren Boot?«, fragte ich ungläubig.
»So sieht es aus.« Er lächelte.
Ich kann mich nicht erinnern, wann ich das zum letzten Mal tat: Bootfahren – die wenigen Gelegenheiten konnte ich an einer Hand abzählen, weil man das mit jemandem zusammen macht, und die meisten Dinge, die ich in meinem Leben tat, tat ich allein. Ich griff nach seiner Hand und machte einen großen Satz in das Boot. Es wankte, und ich quiekte. Adam setzte sich ans Heck und warf den Motor an. Wir tuckerten durch den Hafen, an den Stadtmauern und der Mole vorbei. Ich hielt mein Gesicht in den Fahrtwind und meine Nase in die Sonne.
»Wo fahren wir hin?«, rief ich nach hinten.
Adam streckte seinen Arm aus und zeigte auf die Insel Lokrum. Ich grinste. Als wir an ihr entlangfuhren, staunte ich über ihr Grün, das wie ein eigener Kosmos wirkte.
»Sie ist so schön«, stieß ich aus.
Adam lächelte. »Ja. Lokrum ist sogar Weltnaturerbe. Ein Schutzgebiet. Wir hier achten sehr auf sie.«
»Wohnt dort jemand?«, fragte ich.
Er schüttelte den Kopf. »Nein. Und es ist verboten, über Nacht zu bleiben. Und man darf auf ihr nur zu Fuß gehen.«
Nach ein paar Minuten erreichten wir eine Anlegestelle der Insel. Sie war wirklich nur einen Katzensprung entfernt. Dubrovnik und Lokrum lagen so nah beieinander wie ein Liebespaar, oder Dubrovnik war der Kopf eines

Körpers und Lokrum sein absurder Heiligenschein. Ich war neugierig auf diesen Ort. Adam knotete die Leine am Steg fest. Ich konnte es kaum erwarten, mir alles anzuschauen. Aber Adam blieb sitzen.

»Warum gehen wir nicht an Land?«, fragte ich.

Adam zog hastig an einer Zigarette. »Weil man auf der Insel nicht rauchen darf.«

Ich wartete und guckte mich um. Er drückte den Stummel in einer Blechtasse aus, machte einen Schritt aus dem Boot und gab mir die Hand. Das Erste, das ich bemerkte, war die Klangkulisse. Die Grillen zirpten hier ohne menschliche Misstöne. Dann strömte der Geruch von Kiefernwald in meine Nase. Ich fühlte mich wie von einer Aura umhüllt. Mir war, als könnte ich süßes Harz riechen, oder Honig. Wir gingen den Steg hoch, und ein paar Meter nachdem wir einen sandfarbenen Kiesweg betraten, kreuzte unseren Weg ein Pfau mit ausgebreitetem Federkleid. Es schillerte in der Sonne. Mir blieb der Mund offen stehen.

Adam guckte mich an. »Gut?«

Ich nickte.

»Die wohnen hier«, sagte er.

Na klar, dass auf dieser Insel auch noch eines der prächtigsten Geschöpfe der Tierwelt lebte. Warum nicht einfach übertreiben. Und kaum hatte ich das gedacht, hoppelte ein flauschiges Kaninchen aus einem Busch, blieb vor uns stehen und huschte dann fort.

»Die wohnen wohl auch hier?«

Adam grinste. »Japp.«

Wir spazierten auf einem Weg aus weicher Erde an

einem Café vorbei und erreichten einen Salzwassersee mit Kiesstrand, der von Felsen umschlossen und von Kiefern umrahmt war. Es leuchtete türkis und smaragdgrün. Ich schaute Adam mit großen Augen an.

»Den See nennen wir unser Totes Meer«, sagte er.

»Können wir darin baden?«, fragte ich.

»Der ist eher für Kinder. Klein und flach. Lass uns weitergehen.«

In der Tat planschten vor allem Eltern mit Babys und ältere Menschen darin. Wir spazierten über eine Wiese, bis wir an ihrem Ende an einem von getrockneten Kiefernnadeln gepolsterten und von Eichen, Palmen und Agaven gesäumten Weg vor einem Gemäuer stehen blieben. Das Benediktinerkloster, wie Adam erklärte. Ich hatte selten in meinem Leben solche Gebäude gesehen. Dennoch fühlte ich mich sofort zu dem Bauwerk hingezogen und fragte mich, ob es jedem so ginge, weil es vielleicht doch so etwas wie universelle, die Zeit überdauernde Schönheit gibt. Wir schritten den Kreuzgang aus der Renaissance mitsamt seinen Säulen entlang, und ich fühlte mich wie im Film. Ich fühlte mich immer schon wie in einem Film, einem Theaterstück, oder wie in einem schlechten Sketch, aber jetzt hatte ich endlich die adäquate Kulisse dazu. Der Kreuzgang rahmte einen Garten ein, in dem Magnolien wuchsen. Im Zentrum stand eine gotische Mittelsäule, und ich betrachtete Adam, wie er sie betrachtete. Phallus neben Phallus neben Phallus. Er ging vor mir her, und ich beobachtete seinen Rücken und seine Ruhe. Dann waren wir umgeben von der Ruine einer Kirche, Trümmer lagen herum, dazwischen Reste einiger Fresken. Der ockerfarbene Sand knirschte unter meinen Sandalen, sonst war es ruhig. Ich stellte fest, dass Adam und ich seit unserer Ankunft auf der Insel kaum ein Wort gewechselt hatten. Normalerweise war Schweigen schwer auszuhalten, aber mit ihm war es nicht so. Wir spazierten nebeneinanderher. Er sagte kein Wort, ich weiß nicht, für wie lange. In seiner Gegenwart hing mein Kopf meinen Gedanken nach, als wäre ich allein, und das empfand ich als Gnade. Adam führte mich zum Botanischen Garten, der neben dem Kloster angelegt war. Ich las die Schilder vor dem Eingang: Eukalyptus, Kakteen und Sukkulenten. Olivenbäume, Oleander und Myrten. Dabei war doch die ganze Insel schon ein botanischer Garten? Wir gingen durch die verschlungenen Pfade des Naturparks und atmeten den Duft. Genau genommen liegt Geruch nicht in der Luft, sondern er ist eine Berührung. Moleküle krochen in meine Nase und fassten mich an.

»Weißt du etwas von Andri?«, fragte ich auf einmal.

Adam kräuselte die Stirn. »Nein.« Er hielt inne. Es war nicht so, dass er wirkte wie jemand, der nicht angesprochen werden möchte. Eher wie jemand, der nicht von sich aus ein Gespräch beginnt. »Ehrlich gesagt: Bevor du kamst, habe ich den Namen Andri noch nie gehört. Meine Oma hat ihn bis jetzt nie erwähnt.«

Ich war überrascht. Ich überlegte. »Wann ist dein Opa gestorben?«

»Als ich noch ein Junge war.«

»Wie ist er gestorben?«

»Im Krieg. 1992.«
Was antwortete man darauf?
»Kannst du dich daran erinnern?«
»Ich erinnere mich an alles.«
»Warst du zu der Zeit hier?«
»Ja.«
Plötzlich fühlte ich mich eingeengt von dem befestigten Pfad und den von Menschen angelegten Blumenbeeten und dass sie immer alles eingrenzen mussten.
»Können wir weiter?«, fragte ich.
Er nickte.
Beim Anblick der Agaven, Pinien und Zypressen machte ich einen kurzen Faktencheck. Bäume: Sie sehen im Laufe ihres Lebens viel Leid, halten es aus, bleiben stabil, bieten Schutz, nehmen Kohlenstoffdioxid auf. Ich: Ich sehe Leid, halte es nicht aus, bin labil, brauche Schutz, verursache Kohlenstoffdioxid. Und nach meinem Ableben konnte man nicht einmal ein Bücherregal aus mir bauen. Was kann ich eigentlich?
Ich folgte Adam durch den Wald und einen steilen Pfad hinauf zum höchsten Punkt der Insel. Wir stapften schweigend den Schotterweg hinauf und keuchten wegen der Hitze. Mir war nicht bewusst, wie trittfest ich war, obwohl ich nur Sandalen trug. Auf dem Gipfel thronte eine Festung. Dicke Mauern unter blauem Himmel. Auf einem Schild war zu lesen, dass die Burg Fort Royal zu Beginn des 19. Jahrhunderts während der Napoleonischen Kriege von Franzosen erbaut wurde. Der Blick vom Hügel über die Insel, das Meer und die Stadt ließ mich demütig werden. Wie schaut man in die

Welt, wenn man hier geboren ist? Ich fragte mich, wie Adam den Ort finden würde, an dem ich aufgewachsen bin. So was hatte er bestimmt noch nicht gesehen. Dass es möglich ist, sich damit abzufinden. Andererseits: Was hatte er gesehen, was ich nicht gesehen hatte?

»Es tut mir leid wegen deines Opas.«

»Ach, danke.« Er schüttelte unmerklich den Kopf. »Lange her.« Nach einer Weite fügte er hinzu: »Ehrlich gesagt mochte ich ihn nicht.«

»Nein?«

»Er war ein harter Mann. Anka musste ihn heiraten, als sie noch sehr jung war. Ich glaube, sie mochte ihn auch nie.«

»Sind das die Eltern deiner Mutter oder deines Vaters?«

»Meiner Mutter.«

»Und wie geht es ihr damit?«

»Sie ist tot.«

Ich stockte. »Auch ...?«

Adam schüttelte den Kopf. »Nein, die starb nach dem Krieg. Irgendwann, als wir schon nach Australien geflohen waren.«

»Irgendwann?«

»Ja. Ich weiß gerade nicht mehr genau, wann.«

Wie konnte man den Todestag seiner Mutter nicht wissen? Auf den Tag genau?

»Lass uns baden gehen«, sagte er.

Wir wanderten den Hügel hinunter zum Ufer. Auf dem Weg begegneten wir wieder einem Pfau. Er lief ein Stück mit uns, sein Federkleid hinter sich herziehend wie die Schleppe eines Abendkleids. Der Waldboden aus Kie-

fernnadeln war so weich wie ein Teppich. Ein Schmetterling flatterte an uns vorbei. Es duftete nach Orangen- und Zitronenbäumen. Es roch so gut, überall hier roch es so gut. Das hatte ich vermisst.
Wir passierten ein Restaurant und stiegen auf die dahinter liegenden Felsen. Einige waren schroff, andere glatt, mit tiefen Spalten dazwischen. Es sah aus wie eine Mondlandschaft am Meer. Adam tänzelte über sie hinweg, als wäre es ein Leichtes, während ich mehr oder weniger auf allen vieren hinter ihm her gurkte. Irgendwann wurden die Felsen ebenmäßiger und formten sich zu Terrassen. An einer Klippe hielt er an. Ich trat an den Rand und schaute in die Bucht hinunter, die wie eine Schlucht war. Plötzlich schoss mir die Nacht vor meinem dreißigsten Geburtstag in den Sinn. Die Wasseroberfläche lag geschätzt fünfzehn Meter unter mir. Ab wie viel Meter Höhe wird Wasser zu Stein?
Ich drehte mich um. Adam faltete sein Handtuch auf und begann, sich auszuziehen: erst das T-Shirt, dann die Hose, schließlich die Boxershorts. Ich war irritiert. Ich wandte meinen Kopf zur Seite und sah ihn nur noch aus den Augenwinkeln. Er war in mir drin gewesen, warum war ich nun so beschämt, ihn auch nur anzuschauen? Er nahm einen Schluck aus der Flasche und machte keine Anstalten, eine Badehose überzuziehen. Ich stand wie angewurzelt da. »Das ist ein Nacktbadestrand«, sagte er. Ich drehte mich um. Nur ein paar Badegäste lehnten an Felswänden oder lagen in Felsspalten wie Eidechsen. Offenbar war ich auf dem Hinweg so damit beschäftigt gewesen, nicht aus-

zurutschen, dass mir nicht aufgefallen war, dass alle um mich herum nackt waren. Beim Anblick seines Körpers hatte ich einen Haufen Gefühle, die ich zu ordnen versuchte. Es war nicht allein Erregung. Es war auch Bewunderung. Und war es auch Neid? Ich schaute an meinen Brüsten entlang auf meine Füße. Nein, genau genommen fühlte es sich an wie Wehmut.

Ich zog mich auch aus und stieg mit Adam einige Klippen hinab zum Meer. Er glitt mit einem Köpfer hinein, ich kletterte eine Metallleiter hinab. Das Wasser war hier noch klarer als im Hafen. Ich guckte hinein und zuckte zusammen, weil ich den Grund sehen konnte, obwohl es bestimmt zwanzig Meter in die Tiefe ging. Mir schwindelte etwas, als hätte ich Höhenangst. Adam schwamm zu mir. »Komm.« Ich folgte ihm um die Felsen herum in eine Bucht. Er kraulte durchs Wasser, und ich kraulte ihm nach. Mir war nicht bewusst, dass ich so gut schwimmen konnte. Aber woher hätte ich es auch wissen sollen, ich tat es ja fast nie. In Hallenbädern fühlte ich mich eingesperrt, in Freibädern beobachtet. Die Seen meiner Kindheit waren Tümpel. Und die Ostsee fand ich erbärmlich, Wasser so braun wie die umliegenden Dörfer. Es war nicht mal ein richtiges Meer, sondern Brackwasser, halb süß, halb salzig, für nichts gut.

Wir schwammen in die Bucht hinein und erreichten eine Grotte mit einem Kiesstrand. Es tropfte von der Decke. Das Wasser war kühler als draußen und sehr salzig. Ich stützte mich an der Wand ab und achtete auf jeden Tritt. Manche Steine waren bewachsen und rutschig. Dann fand ich sicheren Stand und blickte in

den Bauch des Felsens. Jede unserer Bewegungen hallte. An der Decke flatterte etwas. War das eine Fledermaus? Adam trat einen Schritt auf mich zu und drückte mich gegen die Wand. Ausatmen. Stöhnen. Dann nahm er mein Gesicht in seine Hände und küsste mich. Er tat es auf eine Art, als würde er mir küssend von sich erzählen. Vielleicht war ich für Adam eine Höhle, oder ein Haus ohne Wände und Türen, durchlässig, porös, genug Spielraum für mein Gegenüber, um in mich hineinzugehen und sich in mir einzurichten.
Es heißt, kurz bevor man stirbt, ziehen Szenen des Lebens vor dem inneren Auge vorbei. In Windeseile würde man die eigene Vergangenheit sehen, vielleicht sogar begreifen. Als ich später neben Adam auf dem Handtuch lag, stellte ich fest, dass ich mich gerade an dem schönsten Ort befand, an dem ich je war, und dass es mir bereits jetzt bewusst war. Prognose. Nostalgie. Mir war, als würde die Zeit rückwärtslaufen, oder als könnte ich zwei Zeitebenen gleichzeitig erleben. Ich schaute aus der Zukunft auf die Gegenwart, für den Bruchteil einer Sekunde.
Ich drehte mich zu Adam. Er hatte sich auf die Seite gerollt und döste in der prallen Sonne. Meine Augen wanderten seine Lende hinauf und die Wirbelsäule entlang. Plötzlich stach mir ein eigentümliches Feuermal auf seinem rechten Schulterblatt ins Auge. Trotz seiner auffälligen Form musste es mir bisher entgangen sein. Es war zartbraun und breitete sich wie eine Flamme kreisförmig aus. Ich berührte die Stelle mit meinen Fingerspitzen.

»Das ist ein ungewöhnlicher Hautfleck«, sagte ich.
»Hmm?« Adam brummte träge.
»Der runde Fleck auf deiner Schulter«, sagte ich.
»Hm-hm.« Er legte sich nun auf den Bauch und breitete die Arme seitlich aus.
»Was ist das?«
Er atmete laut aus. »Erbstück. Von meinem Opa. Mein Vater hat das auch, nur stärker.« Weil er auf seiner Wange lag, waren seine Worte vernuschelt.
»Was meinst du mit Erbstück?«
Er seufzte. »Du stellst viele Fragen.«
Ich hielt die Luft an und fühlte mich auf den Schlips getreten. Er schien das zu merken, drehte den Kopf zu mir und richtete seinen Oberkörper auf, indem er sich auf den Unterarmen abstützte. »Als mein Großvater ein Junge war, stürmten Tschetniks sein Elternhaus, vergewaltigten seine Mutter und seine Schwester, verbrannten sie mit einem Bügeleisen und schnitten ihnen vor seinen Augen die Kehlen durch. Als er aus dem Fenster in den Garten kletterte und durch das Dickicht wegrannte, schossen sie auf ihn und trafen ihn mit einer Kugel in die rechte Schulter.« Er hielt inne. »An der Stelle, wo ich den Fleck habe.«
Ich war sprachlos. So etwas hatte ich noch nie zuvor gehört oder gesehen. Und so etwas hatte ich auch noch nie von einem Menschen erzählt bekommen. Ich war getroffen von der Grauenhaftigkeit des Geschehens, und wie er es mit sich herumtrug, im wahrsten Sinne des Wortes. Mir war geläufig, welchen Einfluss die Umwelt auf die Gene von Lebewesen hat, und dass diese

Ereignisse in der Epigenetik untersucht werden. Mir fiel ein, dass viele Kinder, die im Hungerwinter von 1944 auf 1945 auf die Welt kamen, als Erwachsene an Diabetes oder Übergewicht erkrankten, weil sie genetisch auf Hungersnot programmiert waren und ihr Körper nicht darauf eingestellt war, mit ausreichender Nahrung umzugehen. Und das war genau genommen eine Prägung der Babys im Mutterleib und noch nicht einmal ein generationenübergreifendes Trauma.

»So was gibt es?«

Adam nickte und legte sich wieder zur Seite.

Wenn er ein Kind hätte, würde es auch eine ähnliche Wunde haben? Und selbst wenn man keine sehen würde, woher wüsste man, dass da keine ist? Vielleicht läge die Wunde innen? Plötzlich stockte mir der Atem. Vielleicht hatte er ja ein Kind. In Australien. Hatte Adam Kinder?

»Du hast die Vergangenheit auf deinem Rücken.«

»Wie jeder.«

Vielleicht läge die Wunde innen. In mir waren dreißig Sommer, aber tausend Winter.

»Redet ihr hier über den Krieg?«, fragte ich.

»Ja und nein«, antwortete er.

»Was heißt das?«

»Wir reden ständig darüber, aber wir sagen dabei nichts.«

Wir schwiegen eine Weile, und ich schaute zu, wie ein paar Wolken das Licht dämpften.

»Und wie ist es bei euch?«, fragte er.

Ich testete mich immer wieder, wie lange ich direkt in

die Sonne schauen konnte, bevor es brannte. Dann schloss ich die Augen.

»Ähnlich«, antwortete ich.

Als wir in den Stadthafen von Dubrovnik zurückgekehrt waren, half mir Adam aus dem Boot. Dann standen wir einen Augenblick voreinander. Er hatte die Hände in den Hosentaschen vergraben und schaute in der Luft herum. »See you around«, sagte er schließlich. Er nickte mir zu und ging. Ich blieb zurück und schaute ihm hinterher.

Ich schlich den Stradun entlang wie eine streunende Katze. Mir war unwohl. Ich weiß nicht, ob es ein Sonnenstich war oder Bauchweh. Ich schleppte mich durch die Gassen und wusste nichts so recht mit mir anzufangen. An einem altmodischen Süßwarenladen blieb ich stehen. Dort konnte man Bonbons aus Holzfässern selbst abpacken. Keine Ahnung, ob ich Lust auf etwas Süßes oder Salziges hatte oder ob dieses Unbehagen überhaupt Hunger war. Ich schlurfte weiter und blieb vor einem Eckladen mit Handtaschen und Sonnenbrillen stehen. Dort kaufte ich ein blau-rot-weißes Tuch mit einem Boot und einem Anker drauf, obwohl ich nie Tücher trage. Als ich es mir um die Schultern legte und mich darin einwickelte, merkte ich, dass ich Agnes vermisste. Souvenirs sind blöd. Die kaufen nur Touristen. Ich streifte das Tuch ab, knüllte es zusammen und legte es in einer Gasse auf eine Fensterbank. Vielleicht würde es eine Frau für sich entdecken. Wenn man in einer schönen Umgebung traurig ist, wirkt Traurigkeit noch viel schlimmer. Man war in Dubrovnik sehr viel trauriger als in Finsterwalde, beispielsweise, weil hier setzte es sich ja viel mehr von der Umgebung ab. Sollte ich nicht so langsam in einem Alter angelangt sein, in dem nicht Gefühle das wirkliche Leid bereiten, sondern das Finanzamt? Oder die Bandscheibe? An einem der vielen Kioske blieb ich vor einem Ständer mit Postkarten stehen und überlegte, Agnes und Alex eine zu schicken. Die meisten Motive zeigten die berühmte Ansicht der Altstadt aus der Sicht von Sveti Jakov. Auf vielen war die Insel Lokrum in Szene gesetzt. Die Dauerbrenner waren die Kathedrale, die Kirche des Sveti Vlaho sowie Marienbilder und, klar, der traurige, halb nackte Jesus am Kreuz.

Ganz unten im Gestell verbanden einige Postkarten Religion mit Humor – eine Kombination, auf die die Welt noch vergeblich wartet. Ein Motiv fiel mir ins Auge: Im Garten Eden überreichte Adam Eva den Apfel der Verführung – nicht andersherum. In der Sprechblase über seinem Kopf stand: »Madam, I'm Adam.« Eine runde Sache. Das gefiel mir! Ich kaufte sie trotzdem nicht. Was sollte ich Agnes und Alex schon auf ein paar Zeilen mitteilen, was sie nicht eh schon wussten? »Die Sonne scheint, das Meer ist schön, das Leben ist trotzdem überall schwer«, so? Ich will keine Postkarten verschicken. Weil sie nur ein Symbol sind: »Ich habe an dich gedacht.« Ich will keine Symbole. Ich will nie wieder Symbole. Symbole machen alles kaputt. Ich schlich um einen Imbiss herum, der Pizza anbot. Ich überlegte, ein Stück zu kaufen, stellte aber fest, dass Pizza letztlich auch nur belegtes Brot ist. Alles war so

furchtbar ernüchternd. Dann kaufte ich mir eine Tüte Pommes.
Die Sonne war bereits untergegangen. Über dem Weiß und Rot der Altstadt spannte sich Nachtblau. Am liebsten hätte ich jetzt mit Agnes gesprochen. Aber nicht per Telefon aus meiner Absteige. Ich wollte, dass sie da ist. Ich streifte durch die Straßen und blieb vor dem Sponza-Palast neben dem Uhrenturm stehen. Menschengruppen strömten zwischen seinen Bögen und Säulen ein und aus und erregten meine Neugier. Ich trat durch die Arkaden ein und fand mich in einem Innenhof wieder. Ich bestaunte die Gewölbe und Verzierungen. Drinnen gab es rechts eine Galerie und das historische Archiv der Stadt, links einen Raum mit Porträtfotos an der Wand und einer Vitrine in der Mitte. Auf Ecktischen lagen Blumensträuße. Der Boden hatte das gleiche Parkett wie die Synagoge. Ich trat ein und stellte fest, dass ich mich in der Gedenkstätte der im Kroatienkrieg von 1991 bis 1995 gefallenen Soldaten befand. Serbische und montenegrinische Soldaten der Jugoslawischen Volksarmee hatten Dubrovnik neun Monate lang belagert und bombardiert. Auf einer Tafel stand, dass bei den Angriffen vom 8. bis 14. November und am 6. Dezember 1991 rund 5.000 Artilleriegeschosse die Stadt trafen, 53 Zivilisten und Verteidiger töteten und mehr als 180 Menschen verletzten. Auf einem Bildschirm liefen Videoaufnahmen von Bombeneinschlägen, Granaten, brennenden Dächern. Eine Explosion am Turm Sveti Ivan an der Porporela. Ein Fischerboot ging in Flammen auf. Mir stockte der Atem. Ich ertrug

die Aufnahmen nicht. Ich drehte mich um, trat an die Wand und betrachtete die Porträts. Viele der Männer auf den Fotos waren in meinem Alter oder jünger. Ich schaute den abgebildeten Personen direkt in die Augen. Ich wollte sehen, ob in ihnen eine Vorahnung zu erkennen war, dass sie bald sterben würden.
Als ich geboren wurde, erkrankte ich an Gelbsucht. Die Ärzte dachten, ich würde es nicht überleben. Meine Eltern durften mir kein Blut spenden, weil es sich nicht mit meinem vertrug, was mich nicht wunderte. Mir rettete schließlich das Blut von Fremden das Leben. Als Kind war ich überzeugt, dass ich nicht alt werden würde. Einfach, weil ich mir nicht vorstellen konnte, es so lange hier auszuhalten. Ich war kein Quastenflosser.
An einem der Porträts blieb ich hängen. Das Foto sah aus wie ein Passbild, das der Trainingsjacke und der Föhnfrisur zufolge in den Achtzigern aufgenommen wurde. Der junge Mann darauf hatte weiche Gesichtszüge und warme Augen. Ich las seinen Namen und sein Geburtsdatum. Er starb auf Lokrum. Auf Lokrum? Das Fort Royal auf dem Hügel diente ebenfalls als Verteidigung. Natürlich wurden auch Menschen auf Lokrum getötet. Was hatte ich denn gedacht? Ich stürzte aus dem Raum auf den Stradun und mischte mich unter die wohlriechenden und leinenbekleideten Touristen, die alles andere im Sinn hatten als Krieg.
Ich wollte mich ablenken und lief in das Labyrinth der Gassen jenseits der Hauptmeile. Am Ende einer Straße war neben einem Altersheim ein Freiluftkino. Ich zahlte

dem Mädchen an der Kasse das Ticket und huschte durch den Eingang. Zwischen Häuserwänden in einem Hof mitten in der Altstadt hatte man eine provisorische Zuschauertribüne mit Klappstühlen errichtet. Ich schlich um die Holzsitze herum und verzog mich in die hinterste Reihe. Der Film hatte bereits begonnen. Er war neu, aber in Schwarz-Weiß gedreht. Ich kannte keinen der Schauspieler, und die kroatischen Untertitel lenkten mich vom Geschehen ab. Mein Blick blieb an der linken Hausmauer hängen, wo ich durch ein Balkonfenster in eine Stube sehen konnte. Eine Familie räumte gerade den Tisch ab und spülte Geschirr. Hinter der Leinwand ragten die Dächer der Stadt auf und darüber der Berg Srđ, auf dessen Gipfel hell ein Kreuz leuchtete. Zwischen den Häusern wogten Bettlaken auf Wäscheleinen in der Brise. Ich wippte mit den Knien. Mein Körper zitterte. Das hier ergab keinen Sinn. Ich erhob mich vom Klappstuhl und eilte nach draußen. Dort rannte ich in eine junge Frau hinein.

»Hey!«, rief sie forsch.

Mein Ungeschick war mir unangenehm. Ich war nicht darauf vorbereitet, heute noch einmal mit einem Menschen zu sprechen, und ich spürte, wie mir die Tränen kamen.

Sofort erweichte sich ihr Blick: »Oh. Hey, kein Problem! Alles okay bei dir?«

Ich schloss die Augen. Meine Lider stießen die Tränen aus den Augenwinkeln die Wangen hinunter.

Die Frau fasste mich an den Schultern. »Na, schlechten Tag gehabt?«, fragte sie freundlich.

Das traf es noch nicht einmal. Wie hätte ein normaler Mensch den heutigen Tag bewertet? Warum konnte ich nicht einfach glücklich sein, oder zumindest gleichgültig. Warum konnte meine Innenwelt nicht mit der Außenwelt korrespondieren? Draußen alles okay = drinnen alles okay – so? Ich zuckte mit den Schultern und wischte die Tränen aus dem Gesicht.

»Ich bin Marta.« Sie streckte mir ihre Hand hin und lächelte, und auch ich stellte mich vor. Marta sah sympathisch aus. Sommersprossen, schwarze Locken, hellgrüne Augen. Sie trug einen smaragdgrünen Einteiler aus Satin mit Trägern so dünn wie Kordeln. Ihre Aura flirrte. »Du siehst aus, als könntest du einen Drink vertragen!« Nun. Dem konnte ich beim besten Willen nicht widersprechen. Sie zwinkerte mit dem rechten Auge. »Guys! Das ist unsere neue Freundin: Anna«, rief sie in eine Clique hinein. Jetzt erst sah ich, dass sie nicht allein unterwegs war. Um mich herum stellten sich Menschen mit munteren Gesichtern vor: Francesca, die wie Marta aus Bari kam, ein Pärchen – Ida aus Mazedonien und Dimitar aus Bulgarien –, das in New Jersey lebte, sowie der Belgier Rouven und der Spanier Patxi. »Komm mit, wir gehen was trinken!« Marta nahm meine Hand, als wir durch die Gassen trudelten. Ich wandelte hinter ihr her und sah dabei auf die dunklen Härchen in ihrem Nacken. Ich konnte das Parfüm in ihrem Haar riechen.

Ich hatte den Eindruck, dass die beiden Italienerinnen und der Spanier und der Belgier ein Auge aufeinander geworfen hatten und ihr Interesse füreinander zufällig

genau aufging. Jedoch waren die Männer zu sehr in ein Gespräch vertieft, das sich in einer imaginären Blase abzuspielen schien. Marta blickte zu ihnen hinüber und dann wieder zu mir und rollte mit den Augen.
»Die labern schon den ganzen Abend.« Sie winkte ab. »Ich bin doch nicht zum Reden hier!« Sie lachte.
Es stellte sich heraus, dass die vier sich erst an diesem Morgen im Bus bei einem Ausflug in das historische Küstenstädtchen Cavtat zwanzig Kilometer südlich von Dubrovnik kennengelernt hatten und die Männer sich seit der Rückfahrt festgequatscht hatten. Das Pärchen aus New Jersey hatten die Italienerinnen vor einer Woche im Hostel kennengelernt, und seitdem gingen sie gemeinsam feiern.
Wir streiften durch die Gassen der Altstadt. Als läge ein roter Teppich aus, schritten in Seide und Viskose gehüllte Menschen auf dem Stradun auf und ab wie auf einem Laufsteg. Man saß stundenlang in Restaurants, unterhielt sich gestikulierend und stieß mit Weingläsern an. Hinter der Kathedrale kamen wir auf einen kleinen Platz, der in einem Wald aus Barockgebäuden wie eine Lichtung wirkte. Er war fast vollständig von Tischen und Stühlen dreier Cafés vollgestellt, von denen man nicht sagen konnte, wo das eine aufhörte und das andere begann. Marta und Francesca schauten sich nach Sitzplätzen für uns um. Eine Jazzband spielte an einer Häuserecke Livemusik, die mich magisch anzog. Ich trat näher heran und stellte fest, dass sie zur Kneipe »Troubadour« gehörte. Männer mit hochgekrempelten Hemden, halb aufgeknöpft, spiel-

ten draußen vor der Bar Saxophon, Posaune, Gitarre und Schlagzeug, am meisten aber blieb mein Blick am Mann mit dem Kontrabass hängen. Die tief brummenden Töne massierten meine Brust und meinen Bauch. Ich betrachtete die Hand, die die Saiten zupfte, und die andere, die den Griff umfasste. Ein Pärchen tanzte, ein paar ältere Leute unterhielten sich und wippten dabei mit ihren Beinen, eine Frau bewegte sich zur Musik, und ihr Kleid flatterte dabei um ihre Hüften. Ein Vater hielt seine Tochter an den Händen und drehte sie um sich selbst. Als ich ein paar Schritte näher trat und meinen Kopf zur Seite wendete, sah ich am Ende der Gasse auf den Stufen der Kathedrale Adam sitzen. Er hörte der Jazzband zu und rauchte. Ich schaute mich um und stellte fest, dass er der einzige Mensch war, der allein war. Alle anderen hier saßen zu zweit oder in Gruppen, scherzten, nippten an Getränken, nickten zur Musik. War Adam allein, weil er es so wollte? Ich ging zu ihm herüber, und als er mich sah, hob er die Augenbrauen. Er stand nicht auf, und ich setzte mich nicht neben ihn.
»Hast du Freunde gefunden?«
Ich guckte zu Marta hinüber, die im Handumdrehen weitere Leute um sich geschart hatte, die nun alle an ihren Lippen hingen. Ich beobachtete sie, wie sie mit Menschen sprach. Marta ist ein Dschungel. Ich bin eine Verkehrsinsel. Ein Stück Natur, eingezwängt von Ziegeln, und um mich herum passiert das Leben.
»Vielleicht.«
»Schön.«
»Und du, was machst du?«

Er drehte seinen Kopf zur Seite, um den Rauch seiner Zigarette nicht in meine Richtung zu blasen. Dann schaute er zur Jazzband, überlegte und sagte: »Manchmal möchte ich tanzen. Aber dann tue ich es nicht.« Die anderen zogen weiter, und ich ließ mich von ihnen mitreißen. Wir bogen in eine der Seitengassen des Stradun, wo sich so viele Menschen tummelten, dass man auch hier nicht mehr zuordnen konnte, wer zu welcher der vier benachbarten Bars gehörte, was vermutlich allen hier ohnehin egal war. Man unterhielt sich laut, lachte und trank. Drei Dinge, die mir nicht unbedingt geläufig sind. Treppenstufen führten hinauf zu Prijeko, der höher liegenden Parallelstraße des Stradun. Marta stellte sich auf eine Stufe und klatschte in die Hände. »Guys! Drinks!« Es wirkte. Die anderen schauten auf und gaben den beiden Italienerinnen ihre Wünsche durch. Marta und Francesca schmiegten sich durch das Gedränge und kamen ein paar Minuten später mit Cocktails zurück. Sie tranken Sex on the Beach, die beiden Männer Cosmopolitan, das Pärchen stieß mit seinen Tequila Sunrise an, und ich hatte einen Old Fashioned bestellt. Der Belgier und der Spanier saßen in der Mitte der Stufen, ich kauerte etwas abseits mit einem Sitzkissen unter dem Hintern, Ida und Dimitar standen vor der Treppe – er hatte seinen Arm um ihre Schultern gelegt –, und Marta glitt geschmeidig hin und her, je nachdem, wer gerade die Stufen herauf- oder herunterschritt. Mit Blick auf die beiden in eine Diskussion vertieften Typen stieß Ida ihren Ellenbogen in Martas Taille.

»Ihr müsst die mal unterbrechen, wenn ihr da ranwollt!«
Martas Freundin Francesca bändelte jedoch bereits mit einer Alternative an, zumindest rückten an der Wand lehnend nun ein Schönling und sie langsam, aber sicher näher aneinander, während beide im Redefluss offensichtlich immer wieder neue Anlässe fanden, sich an Arm, Hals oder Hüfte zu berühren.
Dimitar nickte anerkennend: »Pragmatisch, die Frau.«
»Wir suchen halt beide die große Liebe«, kommentierte Marta und zwinkerte.
»Die hab ich ja schon gefunden.« Dimitar warf Ida einen überzuckerten Blick zu.
Beide Frauen ließen diesen Kitsch nicht durchgehen, aber Dimitar gefiel sich in der Rolle des Romantikers, bevor er im nächsten Moment das Ruder herumriss: »Du kannst ruhig ein bisschen froh sein«, sagte er und tätschelte Idas Hintern, »wenn ich in Italien groß geworden wäre, würde ich ja jetzt vielleicht mit Marta hier so stehen.«
Ida ließ mit gespielter Empörung ihr Kinn fallen. »Shocking«, konstatierte sie. Sie alle wirkten schon ziemlich betrunken, weil ihre Gesichter und Gespräche wie durch einen Filter überzeichnet schienen.
»Ich hab damit nichts zu tun!«, entgegnete Marta und hob entwaffnend die Hände. »Aber eure Wohnung in Amerika würde ich schon nehmen!«
»Liebe ist halt Zufall«, sagte Dimitar mit entschuldigendem Achselzucken.
»Du, passt schon«, entgegnete Ida. »Ich lach mir heute

Nacht einfach jemand Neues an. Per Zufall.« Sie kniff in Dimitars Brustwarze und drehte ihre Finger, woraufhin er »Aua!« rief, ihre Hand wegwischte und beide lachten.
»Mach. Man kann sich in jeden verliebt machen, den man will«, sagte Dimitar in dieser beschwingten Philosophierlaune, die man nur angezwitschert entwickelt.
»Das ist das komplette Konzept hinter der Ehe meiner Eltern«, warf Marta ein und lachte.
»Und unserer Beziehung!« Dimitar küsste Idas Schulter. Sie verdrehte die Augen und biss ihn in den Nacken.
»Und kann man sich auch wieder unverliebt von jemandem machen?«, schaltete ich mich ins Gespräch ein.
»Uuuh.« Dimitar hob das Glas. »Das ist eine andere Geschichte.«
»Woher kommst du eigentlich?«, fragte Marta. Sie schaute mich von oben bis unten an und lächelte, während sie ihre Locken wie zu einem Pferdeschwanz aus dem Gesicht strich, am Hinterkopf zu einer dicken Strähne drehte und das gezwirbelte Haar dann auf ihre linke Schulter legte. Ich war fasziniert, dass diese Frisur ohne Hilfsmittel hielt.
»Aus Deutschland«, sagte ich.
»Und was machst du hier so?«
»Ich recherchiere. Für eine Art ... für eine Arbeit.«
Alle machten große Augen, als hätte ich gerade überraschend einen guten Witz gemacht.
»Und worüber?«
»Über ... den Zweiten Weltkrieg.«
»Haha, was sonst!«, sagte Ida.

Ich wollte gern mit ihnen ins Gespräch kommen, ich wollte gern etwas Lässiges sagen oder tun, aber ich wusste nicht, wie man das macht. Also beugte ich mich zu den beiden Männern und versuchte, aus Satzfetzen das Thema ihrer Unterhaltung zu erhaschen. Es stellte sich schnell heraus, dass es sich weniger um einen Belgier und einen Spanier handelte, als vielmehr um einen Flamen und einen Basken. Rouven ließ eine Jahreszahl fallen, und ich spitzte die Ohren. Er erzählte von einer gewissen »Goldene-Sporen-Schlacht«, in der Flamen gegen Franzosen kämpften, und betonte, was dieser Sieg für Flandern bedeutete. »Wir waren nur zu Fuß, alles Bauern, einfache Leute. Und die Franzosen hatten Pferde, ein ganzes Ritterheer!«, redete Rouven auf Patxi ein, dem nur das Nicken blieb. Rouven schaute beim Sprechen eher in die Menge als in Patxis Augen. Wenn jemand »wir« sagt über etwas, was vor 700 Jahren war, dreht sich mir der Magen um, und ich denke reflexartig an meinen Globus und »Der Herr der Ringe«. Auch gingen mir ihre Schuhe auf die Nerven. Der Flame trug schwarze Chelsea Boots und der Baske weiße Sneaker. Schuhe ohne Schnürsenkel irritieren mich. Und sind Turnschuhe nicht zum Turnen? Ich muss die beiden aus Versehen zu lange angestarrt haben, denn nun drehte sich Rouven auch zu mir und hielt einen Vortrag über Sprachgrenzen, Straßenschilder und getrennte Schulen. Ich mochte nicht, wie nah er beim Reden kam. Er lehnte sich immer wieder zu mir, schaute dann aber doch jedes Mal an mir vorbei. Dabei stellte ich jedes Mal fest, wie gut er roch. Alles an seinem Aussehen war planvoll. Er trug eine enge schwarze Jeans und ein schwarzes T-Shirt, dessen V-Ausschnitt exakt so tief war, dass es die Tätowierung eines schwarzen Panthers auf seiner rasierten Brust entblößte. Er nahm Schluck um Schluck aus seinem Glas auf eine Art, als sei Trinken etwas, bei dem man sich mit Fleiß hervortun könne. Er erzählte in erdrückender Langatmigkeit über nationale Identitäten und glaubte sich alles davon.

»Ich dachte, Belgien entstand im 19. Jahrhundert, als Nationalstaaten erfunden wurden?«, sagte ich.

»Was meinst du mit ›erfunden‹? Gegründet wurden die.« Jetzt schaute mich Rouven mit zusammengezogenen Augenbrauen an.

Ich blickte in mein Glas und wünschte mich weg. Es war nicht der Ort und nicht die Zeit, um mit Fremden über Dinge zu diskutieren, die naturgegeben sind – oder die mithilfe von Flaggen, Hymnen und Mythen nur als naturgegeben ausgegeben werden. Man muss nur überall Blut und Boden beimengen, und alles wirkt echt.

»Das hat sie bestimmt gemeint: ›gegründet‹«, beschwichtigte Patxi und fasste Rouven am Arm.

»Naja, aber, das ist doch immer der Deal: Wir erfinden Dinge, und dann glauben wir daran?«, hakte ich nach. Ich merkte, dass auch ich inzwischen angetüdelt war. Im Small Talk bin ich eine Niete. Offenkundig war Rouven seine nationale Zugehörigkeit wichtig, und ich hätte aus Höflichkeit einfach nur nicken und schweigen sollen. Das hätte Adam bestimmt getan: genickt und geschwiegen.

»Komm, lass mal in die Bar jetzt«, unterbrach uns Patxi. Ich war ihm dankbar. Sie standen auf, und Rouven zupfte sein Shirt und seine Hose zurecht. »Kommst du mit rein?«, fragte Patxi. Ich winkte ab.
Mike aus der Klasse über uns hatte mal einem Typen im Getränkemarkt Hoffmann die Zähne ausgeschlagen, weil er das »falsche« Trikot anhatte. Der konnte eine Woche lang nicht in die Schule kommen, während Mike am nächsten Tag nicht mal Ärger bekommen hat, weil keiner der Lehrer was gesagt hat, obwohl es alle mitbekommen hatten. Möglicherweise hatten danach aber auch alle Angst vor Mike. Weil sie dachten, er sei der personifizierte Hass. Aber vielleicht ist Hass kein Gefühl, das ein Mensch empfindet, sondern ein Territorium, das man betritt, wenn man nicht auf seine Schritte achtet, wenn man den Weg nicht kennt. Oder ein Netz, in das man eingewoben wird, wenn man nicht aufpasst, und dann von einem Spinnenbiss vergiftet wird, und ausgehöhlt, und leer, und man kleben bleibt und sich sicher wähnt, weil man so nah am Raubtier ist, dabei ist man selbst dessen Opfer.
Ich fragte mich, ob der Unterschied zwischen einem Flamen und einem Wallonen und einem Basken und einem Spanier von außen ebenso schwer auszumachen war wie der Unterschied zwischen einem Kroaten und einem Serben, weil man muss ja so wahnsinnig viel dazu erklären, immer, bei allem. Aber ich wusste, dass ich diese Frage niemandem würde stellen können, weil es als ahnungslos und respektlos rüberkäme, so als wäre ich auf dem Mars aufgewachsen, als würde ich

die Wirklichkeit von Menschen infrage stellen, die ja, obwohl sie nur auf Konstruktionen beruht, reale Konsequenzen hat. Nur macht sie das nicht weniger konstruiert. Die Wahrheit war: Ich kaufte niemandem auch nur eine einzige Wirklichkeit ab, am allerwenigsten mir selbst. Wie würde Rouven mich wahrnehmen, wenn ich ihm sagen würde, dass ich jüdisch bin? Was an meinem Verhalten würde er einem imaginierten Jüdischsein zuschreiben? Ich schaute in mein Glas. Ausgetrunken. Jetzt war ich wieder allein in meinem luftleeren Raum, ohne Landkarte und Kompass. Mir war schwer, und ich kippte ein wenig nach hinten und lehnte mich an die Stufen. Es war ein langer Tag, und das viele Sonnenlicht hatte mich dämmrig gemacht. Vielleicht sollte ich Respekt für Rouven haben, weil er noch an etwas glaubte. Aber es fiel mir schwer. Weil Geschichte ist eben: eine Geschichte.

25

»Ich habe eine Frau geküsst.«
»Erzähl!«
In meinem Schädel war Gewitter. Ich war noch immer etwas beschwipst. Die Morgensonne erwärmte mein Zimmer. Ich hing krumm im Bett wie eine umgefallene

Topfpflanze und hatte den Telefonhörer zwischen mein Ohr und das Kissen geklemmt. Ich bildete mir ein, dass ich eine schlimme Fahne haben musste, zumindest verweigerte das Kätzchen heute jegliche Schmuserei und quartierte sich zu meinen Füßen ein.
»Sie war ein bisschen wie du, nur als Italienerin.«
Agnes lachte. Im Hintergrund hörte ich das Klappern von Frühstücksgeschirr. Ich erzählte ihr von der Bar »Buža«, die hinter der Stadtmauer versteckt hinter einer Metalltür lag und deren Tische und Stühle in den Winkeln der steilen Felsen drapiert waren, mit Blick auf das im Mondlicht strahlende Lokrum und das Meer.
»Sicher, dass du das nicht nur fantasierst? Klingt wie ein Filmriss.«
»Nee, kein Filmriss. Film!« Ich erzählte Agnes von der Stadt und der Insel und von dem Meer.
»Dann habe ich auch noch jemand anderen geküsst. Ganz oft.«
»Oha.« Sie riss im Hintergrund den Wasserhahn auf. »Diesen Andri?«
»Pfff, nein. Der ist doch schon lange tot. Außerdem bin Andri doch ich selbst.«
»Ach ja, stimmt. Klar.« Ich hörte, wie sie in ein Brötchen biss und ein wenig schmatzte. »Und wen?« Sie schlürfte einen Schluck – todsicher Kaffee –, der ihren Hals glucksend herunterrann.
»Er heißt Adam. Er ist der Enkelsohn der alten Frau, die mir vielleicht was über Andri erzählen kann.«
»Und wie ist der so?«
Ich überlegte. »Still.«

»Ist still gut?«
»Ich weiß es nicht.«
Ich überlegte, ob ich etwas hinzufügen sollte, tat es dann aber nicht. Agnes fragte, wie es mir geht, was ich nicht beantworten konnte.
»Wann kommst du wieder?«
»Wenn ich eines Tages einen Therapieplatz bekomme.«
»Na super, tja dann: War schön, dich gekannt zu haben!«
Nach dem Telefonat duschte ich lange kalt. Das Wasser prasselte auf meinen Rücken. Ich lebte wie ein Einsiedler von der Hand in den Mund, von meinen Ersparnissen, und es zeichnete sich keine Perspektive ab. Das machte mir Angst. Danach lag ich nackt im Bett und grübelte und schämte mich dafür. »Reiß dich zusammen!«, maßregelte eine innere Stimme, ein Echo der Stimmen aller Menschen, mit denen ich aufgewachsen bin, ein inneres preußisches Dorf. Deutschland ist das Land der Rechtecke, und auch die Emotionen sind Rechtecke. Sie sind abgesteckt durch Mauern und Markierungen und »Betreten verboten«-Schilder. Schwermut gilt als Exil in der Innenwelt, dabei ist sie ein Acker in der Außenwelt. Schwermut ist ein Acker, in dessen Matsch man zwar mal versinken darf, aber möglichst nicht zu lange, aus dem man so schnell wie möglich wieder herauswaten sollte, und dann muss man das Gatter hinter sich schließen und darf nicht zurückschauen. Darin hatte ich versagt. Bestimmt hatte ich den Therapieplatz trotzdem nicht verdient. Weil ich nicht gut genug versagt hatte. Bestimmt hatte ich auch

nicht verdient, hier zu sein. Bestimmt hatte es jemand anderes mehr verdient. Nicht, dass ich es ihm gönnen würde, aber vielleicht ja sogar Mike, weil so scheiße zu sein musste triftige Gründe haben. Vielleicht lag die Wunde innen.
Ich wusste nichts Besseres mit mir anzufangen, als die mir mittlerweile geläufigste Route durch die Altstadt einzuschlagen. Die Sonne brannte wie unterdrückte Wut. Ich klingelte bei Anka. Adam öffnete die Tür, verstrubbelt und offensichtlich gerade erst aufgestanden. Er trug ein Feinrippunterhemd, das die Mühe aufgegeben hatte, an sein altes Weiß anzuknüpfen. Bei ihm sah es nicht aus wie im Fernsehen, sondern wie im Kino.
»Anka ist nicht da.« Warum sagte er das? Er war doch da. Er musterte mich und holte eine Zigarette aus einer Schachtel in der Hosentasche. Schließlich bat er mich hinein und bot mir etwas zu trinken an. Ich setzte mich an den Küchentisch. Adam schien etwas unstet, aber vielleicht nur, weil er gerade etwas tat. Er holte eine Schüssel aus dem Schrank über der Spüle, zog eine Gardine in einer Mauer zur Seite, griff in dem Hohlraum aus einer Plastikwanne eine Tüte Haferflocken, schüttete sie hinein und kippte Milch darüber. Dann setzte er sich mir gegenüber. Das blieb das einzige Mal, dass ich ihn je frühstücken sah. Zum Frühstück gab es bei Kroaten sonst nur Kaffee und Sarkasmus, so viel wusste ich schon.
»Möchtest du auch etwas essen?«
Mir war flau im Magen, noch immer, oder wieder. Bevor ich antworten konnte, holte er schon einen Bastkorb

mit geschnittenem Weißbrot und stellte ihn auf den Tisch.

»Was möchtest du drauf haben?« Er öffnete den Kühlschrank.

»Habt ihr Schokolade?«

Er hielt kurz inne, schloss die Kühlschranktür und holte eine Handvoll Schokoladentäfelchen aus der Kommode, auf denen Tiere aufgedruckt waren.

»Die sind ja süß«, sagte ich mit Blick auf die Illustrationen.

»›Životinjsko Carstvo‹ – das Königreich der Tiere. Die gibt es hier schon ewig.«

Ich packte eine Tafel aus, auf der ein Krokodil auf einem Surfbrett abgebildet war, fand darin einen Sticker mit einem Fisch, der aussah wie ein Quastenflosser in hübsch, brach ein Stück ab, zupfte einen Fetzen Brot ab und schob beides in meinen Mund. Ich hatte wie immer kaum Appetit, aber wenn schon Frühstück, dann Brot mit Schokolade. Viele finden das irritierend, was wiederum ich irritierend fand. Vor allem, wenn man Schokobrötchen beim Bäcker kauft oder Nutella aufs Brot schmiert. War das nicht dasselbe? Adam kommentierte meine Vorliebe weder mit Blicken noch mit Worten, und das rechnete ich ihm hoch an.

»Was macht deine Recherche?«

»Welche Recherche? Ach so, äh ... gut.« Ich schluckte. »Ich war etwas abgelenkt.«

»Ah ja?« Er lächelte. Nach einer Pause fragte er plötzlich: »Mein Bekannter Pero heiratet. Willst du mit?«

Vor Überraschung hörte ich auf zu kauen. »Ähm, was?«

Huch. »Ja klar! Sehr gern.« Verrückt. Fragte man so etwas nicht seine Freunde, oder zumindest Leute, die man gut kannte? »Wann ist denn die Hochzeit?«
»Heute«, sagte Adam.
Ich verschluckte mich und musste husten. Ich klopfte mit der flachen Hand auf meinen Brustkorb. »Wie?« Ich merkte, wie ich die Stirn kräuselte: »Das kommt etwas überraschend. So was weiß man doch meistens länger im Voraus.« Ich war freudig und verstimmt zugleich. »Wieso hast du das nicht früher gesagt?«
»Warum? Die Hochzeit ist heute.«
Er schlürfte den Rest Milch aus der Schüssel, stellte sie ab und wischte sich den Mund mit dem Handrücken ab. Ich wurde nervös, nahm meinen Lederrucksack und wollte gehen, um mich umzuziehen. Adam schaute mich an. Er stand auf, schritt zu mir herüber, nahm den Rucksack aus meiner Hand und stellte ihn wieder auf den Boden. Dann ging er vor mir auf die Knie, schob mein Kleid hoch, spreizte meine Beine, zog die Unterhose zur Seite und begann, mich zu lecken. Ich grub meine Finger in seine Schultern. Bevor ich protestieren oder etwas sagen konnte, war ich urplötzlich in einem warmen Wahn. Ich schaute auf seinen Kopf zwischen meinen Beinen, dann schloss ich die Augen. Ich kam heftig. Danach sah ich ihn fragend an. Er küsste meine Oberschenkel und sagte: »Later.« Während ich durch die Altstadt in Richtung meines Zimmers taumelte, vorbei an den Souvenirläden und Boutiquen, fiel mir auf, dass dies das erste Mal in meinem Leben war, dass ein Mann mich mit dem Mund befriedigt hatte,

ohne eine Gegenleistung einzufordern oder in meinen Körper einzudringen. Es war ein eigenständiger Akt. Adam ist vor mir auf die Knie gegangen. Er hat mir einen geblasen, genau genommen.
Vor der Kapelle Sveti Jakov war eine Menschentraube versammelt. Frauen trugen Cocktailkleider, Männer Anzüge mit Krawatten. Es wurde fotografiert, gelacht, umarmt. Die Kirche lag am östlichen Stadtrand an einem Hang umgeben von einem Kiefernwald. Darüber lag der Berg Srđ, darunter eine Bucht mit Kiesstrand. Von hier aus konnte man Lokrum und die gesamte Stadt in ihrer Schönheit betrachten. Das Weiß und Rot der Häuser und das Grün der Bäume. In diesem Stadtteil waren also Andri und Anka aufgewachsen.
Adam und ich stießen zu den anderen Gästen. Entweder er kannte nicht viele von ihnen, oder er unterhielt sich nicht mit vielen, aber ich konnte nicht behaupten, dass mich das wunderte. Schwungvoll schritt der Bräutigam auf Adam zu und umarmte ihn.
»Eee mali!«, rief Pero und klopfte ihm beherzt auf den Rücken. Dann drehte er sich zu mir. Er schaute Adam fragend an.
»Das ist Anna aus Deutschland. Sie ist gerade bei uns zu Besuch.«
Irritiert, aber höflich gab der Bräutigam mir die Hand. Auf der Stelle fühlte ich mich unwohl. Meine Augen wanderten umher. Ich bildete mir ein, dass mich hinter der Fassade von Herzlichkeit alle mit Skepsis musterten. Der modrige Geruch in Kirchen ist überall derselbe. Kirchen riechen immer gleich und sehen sich alle ähnlich.

Kirchen sind wie Flughäfen. Diese Kapelle erinnerte mich an eine andere, in der ich schon mal war. Ich versuchte darauf zu kommen, wann und wo das gewesen sein konnte, aber wusste es nicht mehr und stellte dann fest, dass es kaum möglich war, weil ich nie in Kirchen gehe. Adam setzte sich in die letzte Bank, und ich setzte mich neben ihn, reichlich neben der Spur. Gut möglich, dass ich noch ein bisschen besoffen war. Es folgte ein Programm, das ich wie ein Schauspiel verfolgte, mit aufgesagtem Text, einstudierten Gesten, schwülstiger Musik, und weil ich kein Wort verstand, wurde mir die Absurdität der Aufführung noch augenscheinlicher. Die Braut schritt zwischen den Bänken Richtung Altar. Sie trug ein weißes Tüllkleid, zu viel Schminke und hatte die Haare toupiert. Wie originell. Selbst der angeblich besonderste Tag im Leben bot ja nur begrenzten Handlungsspielraum. Warum nicht einfach mal eine Hochzeit ganz in Schwarz und alle verwirren? Einen Schleier beispielsweise trug die Braut in der Historie ja vor allem, um zu verbergen, dass sie todunglücklich vor sich hin flennte, weil sie nämlich vermutlich erst dreizehn war und ihren einundfünfzigjährigen Großonkel heiraten musste. Und deswegen durften sich die Eheleute vor der Hochzeit auch nicht sehen, damit das Mädchen nicht schreiend weglief. Man behauptete einfach, dass es Unglück bringt, um zu verschleiern, dass das eigentliche Unglück danach kommt. Umdeuten – das kann sie, die Menschheit. Ich war Zeugin eines Rituals. Plötzlich merkte ich, wie dumpfe Panik von mir Besitz ergriff. Mir war schlecht. Ich war innerlich wie

aufgewirbelt, sodass ich nichts mehr erkennen konnte als den Staub in der Luft, den die Sonne durch die Kirchenfenster anstrahlte. Ich schaute mich um. Warum sind immer überall Menschen, früher oder später, und es kommen ständig neue nach.
Ich blickte auf die zittrigen Hände der Braut, das wohlwollende Lächeln des Pfarrers, die kerzenwächserne Erquickung in der Luft und auf den Holzbänken und in den Gesichtern der Besucher. All das kam leise und unaufhaltsam auf mich zu. In dem Moment fiel mir die Szene aus Star Wars ein, in der die Wände einer Müllpresse Prinzessin Leia, Luke Skywalker, Han Solo und Chewbacca zu zerquetschen drohen. Plötzlich erschien mir die Hochzeit, alles hier, so schal wie ein Schmierenstück, und ich konnte nicht mitspielen, weil ich im Publikum saß. Ich sitze immer im Publikum. Ich fühlte mich fremd, und ich wusste nicht, ob es daran lag, dass ich fremd war, oder ob ich unerwünscht war, und weil ich nicht wusste, ob ich mir das einbildete oder ob es wahr war, bekam ich Angst. Die frohe Hoffnung in den Augen der Leute machte mich traurig, und ich fragte mich, ob sie mir deswegen so sehr auffiel, weil sie so selten war. Heute auf dem Programm: Schlecht sitzende Synthetikanzüge und billiges Vanilleparfüm, und alle spielten mit. Also, dafür hab ich's nicht bis zum Erwachsenenleben ausgehalten.
Die Hände des Pfarrers glitten am Buchrücken der Bibel entlang. Ich fand, er sah Adam ähnlich oder seinem Vater, also, zumindest so, wie ich mir Adams Vater vorstellte. Es war so still, dass ich meinte, man

könnte diese zärtliche Geste hören. Er öffnete die Bibel und legte sie vor sich auf den Altar. Nun trug er daraus vor. Seine Stimme war dunkel und hallte und war überall, auch neben einem und hinter einem. Er sprach artikuliert, wirklich wie ein Schauspieler. Auf eine Art ist er ja auch Schauspieler. Weil er Kroatisch las, verstand ich kein Wort, aber er ließ jedes davon über seine Lippen gleiten. Ich merkte, dass mich die Stimme des Pfarrers erregte, und weil ich dachte, dass das nicht sein darf, versuchte ich, mich abzulenken. Ich schaute nach rechts zu Adam, aber das erregte mich noch mehr. Sein Lidschlag und sein Atmen. Ich blickte auf Adams Lippen und spürte, wie der Speichel in meinem Mund floss. Ich drehte mich wieder nach vorn. Der Pfarrer las. Sein Bariton surrte in meinem Schambein. Ich fragte mich, wie sein Penis aussah. Ich wettete, das fragten sich viele, allein schon aus Langeweile, aber das verbot man sich zu denken, weil alle immer so taten, als ob einem Pfarrer der Schwanz abgefallen war. Auch Pfarrer haben doch manchmal einen Ständer. Oder ejakulieren. Die Frage ist nur, wohin. Quastenflosser, Quastenflosser, Quastenflosser, sprach ich zu mir wie ein Mantra. Herrgott, das ist eine Hochzeit, sagte ich zu mir selbst, warum fühlte es sich nicht an wie eine Hochzeit.

»Wenn jemand der Anwesenden etwas gegen diese Verbindung einzuwenden hat, möge er jetzt sprechen oder auf ewig schweigen.« Diesen Satz trug der Pfarrer auf Lateinisch vor, und das verstand ich, das kannte ich aus Filmen. Als ob da jemals schon mal jemand aufgestan-

den wäre und gesagt hätte: »Ja, also, ich hab da schon was gegen, weil, ich mag ihn nicht, er ist ein Lauch.« Ich musste leise auflachen. Eine Frau mit einem stramm an den Kopf geklebten Dutt in einer Bank im Kirchenschiff gegenüber hörte es und blickte mich strafend an.
In den folgenden Akten wurden Ringe getauscht, Blumensträuße gereicht und auch einer geworfen, es wurde geweint und gelacht, es wurden Hände geschüttelt und Arme gestreichelt, es wurden Fotos geknipst und es wurde geklatscht, viel geklatscht, es wurde verliebt geguckt und wohlwollend und auch halbherzig, es wurde gesungen und es wurden Reden gehalten, es wurde gesessen, geschritten und viel rumgestanden, es wurde laut geredet und auch manchmal geflüstert. Mehr als das würde am Ende dieses Tages nicht passiert sein, aber die beiden Hauptdarsteller wurden von nun an Mann und Frau genannt, und wie durch einen Zauber hielten sich alle an diese Abmachung, als hätte sich wirklich etwas geändert, als formten diese Worte Realität.
Nach dieser Veranstaltung hatte ich Adam eine Weile nicht gesehen. Er schien immer wieder wie vom Erdboden verschluckt, um nur wenige Tage später wieder aufzutauchen, in einer Seitengasse oder auf einer Parkbank oder auf einer Türschwelle, mit seiner Unbeeindrucktheit. Einmal sagte er, er musste seinen Cousins helfen beim Hausbau in Mokošica, einem benachbarten Ort in der Rijeka Dubrovačka, einer Bucht so schmal und lang wie ein Fluss. Oder er hatte eine Angelegenheit an der Grenze in Bosnien zu erledigen. Meistens

aber sagte er: nichts. Vielleicht bedeutete das das Glück: Einen Menschen – oder einen Ort – zu haben, dem man nicht erklären musste, warum man kam und auch nicht, warum man ging oder wohin. Ich fragte Adam nie, wo er gewesen war, weil ich Angst hatte, dass er nicht antworten würde, oder weil ich Angst hatte, dass er antworten würde und vor allem, was.

26

»The Jews of Dubrovnik« von Vesna Miović war das einzige Buch über die Juden der Stadt, das die Bibliothek hatte. Ansonsten fand ich nur Bücher, die sich mit Juden und Judentum allgemein befassen. Außerdem wollte ich die traurig dreinschauende Jugendliche am Schalter nicht mit meinen Fragen behelligen. Sie hatte ihr glattgebügeltes, tiefschwarz gefärbtes Haar wie einen inkonsequenten, weil asymmetrischen Vorhang vor ihr Gesicht gezogen und sich mit Kopfhörern und einem MP3-Player aus jeglicher Kommunikation ausgestöpselt. Ich hatte morgens Adam gefragt, ob er mich begleiten würde, um mir bei der Übersetzung von Texten über religiöse und nationale Identität zu helfen, aber er hatte geantwortet: »Ich habe keine Zeit für Identität. Ich muss arbeiten.«

Ich griff das Taschenbuch aus dem Regal, schritt üb den Steinboden aus schwarz-weißen Karos, setzte mich auf einen Samtsessel, lehnte mich nach hinten, betrachtete den Kronleuchter an der Decke und fühlte mich wie in dem Brettspiel Cluedo, wo in exquisiten Interieurs zum Beispiel Oberst Günther von Gatow seinem Opfer Baronin Patrizia von Porz dann halt trotzdem nicht gerade piekfein mit dem Heizungsrohr den Schädel zerknüppelt oder den Dolch in sie reindübelt. Hier will ich nicht sterben, hier will ich lesen.

Das Buch beginnt im Jahr 1324 mit dem jüdischen Arzt Benedict – dem ersten jüdischen Bürger Ragusas, der schriftlich erwähnt wird. Die Stadt gehörte damals zu Venedig, erlangte dann die Autonomie und gründete 1358 einen Stadtstaat: die Republik Ragusa. Im 15. Jahrhundert stand sie unter dem Schutz des Osmanischen Reiches und blühte wirtschaftlich auf dank der damals stärksten Handelsflotte des Mittelmeers. Jüdische Kaufmänner aus Frankreich, Spanien und Portugal siedelten sich hier an. Ich las, dass die Republik Ragusa als erster Stadtstaat Europas die Sklaverei abschaffte im Jahr 1416, und dass Dubrovnik der erste Staat der Welt war, der die Unabhängigkeit der Vereinigten Staaten von Amerika im Jahr 1776 anerkannte. Das war interessant, aber ich suchte nach etwas anderem. Ich fragte mich, ob ich sechs Jahre Geschichte studiert hatte, weil ich immer schon nach etwas gesucht hatte. Ich blätterte weiter.

Um das Jahr 1709 pflanzte Raphael Cohen einen Weinstock vor seinem Haus in der Altstadt, pflückte die

Trauben von seinem Fenster aus und machte daraus koscheren Malvasia, einen der besten Weißweine der Stadt. Ich erfuhr die Geschichte von Luna Levi Mandolfo, die im Jahr 1698 als Sechzehnjährige vom Sohn des Bürgermeisters vergewaltigt wurde. Ich las vom Arzt Moshe Moralio, der im Jahr 1502 im Gefängnis stranguliert und dessen Asche ins Meer gestreut wurde, weil er mit sieben anderen Juden den rituellen Mord an einer Frau begangen haben soll, angeblich. Sicherlich aber war für die damalige Gesellschaft unverzeihlich, dass er ein konvertierter Jude war, der zum Judentum zurückkehrte.

Ich überblätterte die Spanne der sechsjährigen Herrschaft Frankreichs über Dubrovnik sowie die der Monarchie Österreich-Ungarns von 1814 bis 1918 und hielt beim Königreich Jugoslawien, das von 1918 bis 1941 dauerte. Das suchte ich. Ich setzte mich im Sessel aufrecht hin. Im April 1941 riefen faschistische Ustaša den Unabhängigen Staat Kroatien aus, der als Marionettenstaat des Deutschen Reiches galt. Vor dem Zweiten Weltkrieg lebten in Dubrovnik nur noch 87 Juden. 27 davon wurden ermordet.

So viele Namen fallen in diesem Buch: Sabato Tolentino, Elvira Kohn, Rabbi Jacob Pardo. Nirgends ein Andri. Kein Hinweis auf seine Existenz. Kein Geburtsdatum, keine Adresse, kein Foto. Bis heute habe ich kein Bild von ihm gesehen. Sie kann keines finden, sagte Anka jedes Mal, wenn ich sie fragte. Aber Fakten würden mir ohnehin nicht helfen. Mich interessierte, ob Andri auch diesen Malvasia mochte, oder vielleicht

Rum-Trauben-Nuss-Schokolade, weil die nämlich niemand mag außer mir und sehr alten Männern, die schon auf der Welt waren, als er noch lebte. Ich wollte wissen, ob Andri jemand war, der lieber sprach oder lieber zuhörte, was er tat, wenn er Angst hatte, wovon er träumte, wenn er wach war, und wovon, wenn er schlief, und inwieweit sich das voneinander unterschied. Und vor allem wollte ich wissen, was er liebte, was ihn glücklich machte und was unglücklich. War ich unglücklich, weil Andri es gewesen war? Ich wollte wissen, ob irgendeine seiner Eigenschaften eine Antwort wäre auf eine meiner Fragen. Aber ich hatte so viele Fragen, dass man wohl all die Menschen heranziehen müsste, deren Seelen mich vielleicht bewohnten. Ich klappte das Buch zu und atmete schwer aus. Ich lehnte meine verschränkten Arme auf den Tisch und legte meinen Kopf darauf ab. Eine Weile schweifte mein Blick aus dem Fenster und folgte Passanten, die an der Bibliothek vorbeiliefen. Dann schloss ich die Augen. Was mache ich hier. Was mache ich hier eigentlich.

Ich stand auf und schob das Buch zurück an seinen Platz im Regal. Daneben waren Werke mit Leineneinband aufgereiht, darunter moderne Klassiker wie »Andorra« von Max Frisch, »Der Fremde« von Albert Camus oder »Die Verwandlung« von Franz Kafka. Beim Stöbern fiel mir ein anderes Buch in die Hände, weil es auf Deutsch war. Ich merkte, wie lange ich meine Muttersprache nicht mehr gelesen hatte, und plötzlich schien mir, als ob der Text auf dem Umschlag erklang wie die Melodie in einem Frequenzbereich, der leise gedreht war und den ich nun endlich wieder hören konnte. Ich zog das Buch aus dem Regal und blätterte darin. Es war über Astronomie, ich verstand wenig, aber immerhin verstand ich die Sprache.

Ich machte es mir im Samtsessel bequem. Nun war ich die einzige Besucherin. Das traurige Mädchen vom Infoschalter lächelte mich kurz an, und ich lächelte zurück. Ihr Kopfhörer aus Metall sah aus wie ein Haarreif. In der Bibliothek war es so leise, dass ich hören konnte, dass sie Punk hörte. Ich gebe der zehn Jahre, und dann würde sie in einer Unternehmensberatung in Zagreb arbeiten. Ein Jammer.

In der Mitte des Buches war ein Poster des Periodensystems der Elemente, das ich fein säuberlich auffaltete und vor mir auf den Schoß legte. Alles, woraus diese Welt besteht, war aufgeteilt in acht Gruppen, etwa Alkalimetalle oder Halogene. Ich drehte das Plakat um und las die Texte auf der Rückseite. Atome haben einen Kern, der umgeben ist von verschiedenen Schalen wie bei Zwiebeln. Ich schaute mir die Illustrationen dazu an. In jeder dieser Schalen sitzen Elektronen, und jede Schale kann eine bestimmte Anzahl von Elektronen aufnehmen – je weiter entfernt vom Atomkern, desto mehr. Immer wenn eine Hülle voll ist, gewissermaßen erfüllt, öffnet sich eine neue. Und das Ziel der äußeren Schale, ja, das Ziel von Atomen ist es, außen ausgefüllt zu werden. Dazu müssen sie sich verbinden. Und das tun sie untereinander.

Ich las über eine sehr besondere Beziehung. Es ist die Geschichte eines perfekten Paares. Sie beginnt mit dem

Alkalimetall Natrium. Sein Atomkern ist von drei Schalen umhüllt: In der ersten schwirren zwei Elektronen, in der zweiten acht, und in der dritten eins. Und Natrium tut alles dafür, um dieses eine Elektron loszuwerden, oder eher: zu verschenken, um seine vollständig gefüllte zweite Schale zu seinem Mantel zu machen. Auf einer Party wäre Natrium diese eine Person, die allen um den Hals fällt, die mit allen befreundet sein will oder sogar ist, die laut lacht, vielleicht ein bisschen zu schrill, die als Erste kommt und als Letzte geht. Dieser eine Typ, der ein bisschen zu eifrig Frauen Getränke ausgibt, oder das Mädchen, das sich im Gespräch effekthascherisch durchs Haar streicht, so wie es uns gesagt wurde, dass wir es tun sollen. Von all diesen Szenen sind Spuren in meinem Körper. Kein Wunder, dass ich mein halbes Leben müde war. Wenn wir aus Atomen sind, wie sollte es also anders sein, als dass wir immer auf der Suche sind. Schicksal, wenn auf dieser Party dann ein Chloratom auftaucht. Denn auch Chlor hat drei Schalen, aber mit einer glücklichen Fügung: Seiner äußeren Schale fehlt exakt ein Elektron, um ausgefüllt zu sein. Und dieses eine Teil gibt Natrium liebend gern an Chlor. Und beide sind erfüllt. Gemeinsam sind sie: Natriumchlorid. Was für eine berauschende Vereinigung, was für ein Fest! Salz wohnt eine Liebesgeschichte inne.

Ich strich das Poster auf meinen Schenkeln glatt. Meine Aufmerksamkeit fiel nun auf die Edelgase. Sie sind die coolen Typen, die allein in der Ecke rauchen. Falls sie überhaupt auftauchen. Weil: Was sollen Edelgase schon auf einer Party. Denn Edelgase verbinden sich nicht.

Ihre Außenschale ist von selbst vollständig besetzt. Sie benötigen keinen Austausch. Sie suchen keine Bindung. Das macht sie inert, träge. Sie bilden mit einem anderen Element nur ein Molekül, wenn sie dazu gezwungen werden. Sie würden es niemals von sich aus tun. Sie sind satt, irgendwie selbstzufrieden. Als ich das las, dachte ich, wie gern ich ein Edelgas wäre. Ich stellte sie mir frei, unabhängig vor. Vielleicht würden sie nicht auf eine Party gehen, aber in eine Jazzbar, dort jedoch niemals tanzen.

Eines der Edelgase ist Xenon. Das Foto neben dem Schalenmodell zeigte eine blaue Leuchtstoffröhre, die an ein Lichtschwert aus Star Wars erinnerte. Vielleicht könnte ich Xenon sein. Es wird für Licht verwendet. Es ist das seltenste stabile, nicht-radioaktive Element auf der Erde. Weil radioaktiv will man doch echt nicht sein: Lebendiges durch seine bloße Anwesenheit auszulöschen ist traurig für alle Beteiligten. Meteoriten und unser Mond enthalten Xenon. Ich stellte es mir wahnsinnig schön vor. Es kann als Aufputschmittel beflügeln. Es ist gasförmig, kann sich aber unter Druck wie ein Metall verhalten, das leitfähig ist. Gleichzeitig luftig und fest sein, das ist das Ziel. Unter Druck auch noch etwas anderes leiten zu können, fand ich beachtlich. Xenon reagiert direkt nur mit Fluor. Wie muss es sein, eines Tages auf dieses Fluor zu treffen? Wenn man kann, aber nicht muss? Man sollte lieben, wie Xenon Fluor liebt.

Ich schmiegte mich in die Lehne und schloss die Augen. Plötzlich fiel mir Frau Neumann ein. Wieso sollte eine

Frau, die sich mit alledem auskennt – mit dem Periodensystem der Elemente, mit Atomphysik –, anderen Leuten erzählen, sie seien eine Wiedergeburt von irgendjemandem, und dafür viel zu viel Geld die Stunde nehmen und das in bar haben wollen, ohne Rechnung? Und wie kam ich überhaupt auf die Idee, die Visitenkarte von Frau Wachowiak anzunehmen? Frau Wachowiak glaubt auch, dass sie eine Reise nach Teneriffa gewinnen würde, wenn sie Fremden am Telefon ihre Adresse gibt. Und wenn sie einen Rechner hätte, würde sie auch glauben, dass sie rein zufällig einen entfernten Cousin in Saudi-Arabien habe, der ihr eine Million Euro vererben möchte, wenn sie in einer E-Mail nur irgendwo draufklickte.

Am Ende des Buches folgte ein Kapitel über Quantenphysik. Das Deckblatt zierte die Illustration einer goldenen Taschenuhr an einer Kette. Zeit verläuft nicht linear, sondern auch im Kreis, vielleicht rückwärts, sie hat Löcher, vergeht mal schneller, mal langsamer. Das würde sich mit meiner Beobachtung decken, dass die letzte Minute der Waschmaschine immer die längste ist. Ein Absatz mit einem Haufen Gleichungen erregte meine Aufmerksamkeit: Er handelte von der Viele-Welten-Theorie. Ich wiederholte den Erklärtext so oft, bis ich das Gefühl hatte, nicht ausschließlich Bahnhof zu verstehen. An jedem Punkt der Zeit teilt sich das Universum in eine Vielzahl von Welten auf. Vielleicht sind die Tagträume, die sich vor dem inneren Auge abspielen, wenn man in jemanden verliebt ist, Szenen, die geschehen sind oder die gerade woanders geschehen, und wenn es dann nicht sein soll, es nicht weitergeht oder man abgewiesen wird, kann man nicht glauben, dass das wahr sein soll, weil es wahr war oder wahr ist, nur eben nicht hier, und nicht jetzt. Alle möglichen verschiedenen Vergangenheiten des Universums existieren gleichzeitig. Was bedeuten würde: In einem Universum war ich tot, in einem anderen lebendig, in einem Andri, in einem Anna, genau genommen war ich alle und alles gleichzeitig, nur eben verteilt auf viele Welten.

Mein Magen knurrte. Ich klappte abrupt das Buch zu. Plötzlich hatte ich den Drang, mich zu bewegen. Ich ließ es auf dem Tisch liegen und ging ein paar Schritte ins Foyer der Bibliothek. Ich trat abwechselnd auf die schwarzen und weißen Karos auf dem Boden und versuchte, die Fugen nicht zu berühren. Dann ging ich mit Absicht genau auf den Fugen auf und ab, als würde ich auf einem Seil balancieren. Was bildeten wir uns eigentlich alle ein? Wir bestehen aus sehr gewöhnlichen Kohlenstoffverbindungen, wie Spreewaldgurken etwa, oder Farn, wir rennen deutlich langsamer als ein Gepard und haben vier Rollen weniger am Körper als ein handelsüblicher Einkaufswagen. Ich kehrte zurück und setzte mich wieder in den Sessel. Aus dem Physikbuch strömte ein Geruch wie von alten Briefen in einem Schuhkarton.

Laut der Quantenmechanik verhält sich ein Teilchen manchmal wie ein Teilchen und manchmal wie eine Welle. Ich dachte an Agnes, und wie wir in den Sommerferien auf dem Weg zum See genau so dicht nebeneinander Fahrrad gefahren sind, dass wir dabei Händchen halten konnten. Ich las, dass ein Teilchen sogar an zwei Orten gleichzeitig sein kann. Dann dachte ich an Adam, wie er in einem Moment beim Spaziergang auf Lokrum meine Hand nahm, als wir allein waren. Quanten können gleichzeitig zwei oder mehrere verschiedene Zustände annehmen, oft auch solche, die uns widersprüchlich erscheinen: Ein Atom kann zum Beispiel zwei verschiedene Energieniveaus besitzen, also zugleich viel und wenig Energie haben. In der einen Hand Pommes, in der anderen Zyankali.

Im Buch war ein Schwarz-Weiß-Foto des Physikers Erwin Schrödinger. Er trug eine Fliege und eine Brille mit kleinen runden Gläsern, durch die seine Augen mit festem Blick guckten. Manchmal denke ich, es gibt nur zwei Arten von Menschen: die, die hinschauen, und die, die wegschauen. Schrödinger konnte zeigen, dass der Beobachter die Wirklichkeit nicht bloß vorfindet, sondern definiert. Je nachdem, wann man wie und wo ein Geschehen beobachtet, beeinflusst man es. Mir fiel Rouven ein und wie mich sein Wichtignehmen genervt hatte, aber gleichzeitig nahm ich mein Nichtwichtignehmen seines Wichtignehmens wichtig, also war ich vielleicht keinen Deut besser als er. Marta jedenfalls schien sich daran nicht zu stören. Vielleicht lebte sie leichter. Es kann aber auch sein, dass Rouven sein schickes Aussehen in die Karten spielte, und sollte er je aufgehört haben, Patxi mit seinem Modelleisenbahn-Mikrokosmos vollzulabern, hatten Marta und er vielleicht in genau diesem Augenblick animalischen Sex im Hostelbett.

Ich schob das Buch von mir weg in die Mitte des Tisches, sah vor meinem inneren Auge die Zeichnungen von Schalenmodellen und überdachte meinen Wunsch: Edelgase sind einsam. Meine Außenschale war ganz und gar nicht ausgefüllt. Sie war löchrig, porös, voller Leerstellen. Viel schöner fand ich nun die Vorstellung, dass mein Körper und mein Geist zwei Wasserstoffatome sind und irgendjemand oder irgendetwas ist ein Sauerstoffatom, und zusammen sind wir: Wasser. Vielleicht liegt die Antwort auf Andri in Atomen. Das Individuum ist eine Illusion. Identität ist eine Illusion. Individuum sein heißt: Ohropax tragen. Oder Kopfhörer. Vielleicht ist die Leere in mir keine Stille, sondern Lärm. Vielleicht ist sie das Echo des Urknalls, seines Donners, dieser Gewalt, aus der alles entstanden ist, und das ist der Grund, warum es immer auch ein bisschen wehtut, dieses Leben.

27

Ich wünschte, ich wäre innerlich so belebt wie der Hafen Gruž um sieben Uhr morgens. Adam bestand darauf, sich so früh mit mir zu treffen, und da ich zu keiner Tageszeit wirklich wach bin, konnte ich seinem Wunsch ebenso gut nachkommen. Die Sonne schien wie neu.

Das kann sie halt. Wäre ein Tag ein Jahr, dann wäre der Morgen der Frühling. Adam und ich waren verabredet, um einen Ausflug mit dem Segelboot zu machen, das er sich von seinem Freund Pero geliehen hatte.
Die Promenade im großen Stadthafen Gruž im Westen der Stadt war aus dem gleichen perlfarbenen Kalkstein wie der Stradun. Die Schiffe und Jachten wiegten sich im Meer, im Wissen, wie viel schöner als Autos sie sind. Die Boote haben Augen. Wir haben uns eine Welt der Dinge gebaut, und die Dinge schauen zurück. Ebenso, wie man im Zug sitzt und sich bei den vorbeiziehenden Häusern fragt, wie das Leben in ihnen wohl aussieht, fragte ich mich, wie es wäre, eines dieser Schiffe zu besitzen. Was für ein Leben es sein musste, die Erdenwelt für einen Nachmittag oder ein Wochenende zu verlassen und zu sagen, so, mir wird's hier zu bunt, bin auf dem Wasser, tschüssi! Taxis, Stadtbusse und Vespas tröteten die Einbahnstraße neben der Promenade entlang. Zwei Nonnen kamen mir entgegen, ein Mann mit Pferdeschwanz und Vollbart, der laut telefonierte, eine junge Frau mit einer gigantischen Sonnenbrille. Im Park neben den Turngeräten tummelten sich auf den Bänken Jugendliche. Warum waren alle um diese Uhrzeit schon wach? Wer um sieben Uhr morgens wach war, meinte es ernst. Die Straße gegenüber des Kais säumten kleine Läden mit Lederwaren und Krimskrams. Ich ging in eines dieser Geschäfte, in denen alles für einen Euro verkauft wurde, oder wie hier für zehn Kuna. Ich brauchte nichts, aber mir gefiel der Akt, so zu tun, als gäbe es noch Tante-Emma-

Läden, während in Wahrheit das Gegenteil der Fall war. Die Frau an der Kasse begrüßte mich freundlich auf Kroatisch. Als sie merkte, dass ich nicht einheimisch war, sprach sie mich in makellosem Englisch an und bot mir an, mich zu beraten, falls ich Fragen hätte. Sie war geschminkt und hatte ihr an den Kopf gebügeltes Haar zu einem Zopf gebunden. Etwas planlos taperte ich durch die Reihen, vorbei an Körben voller Tand. Ich wollte etwas kaufen, aber ich wusste nicht, was. In der Kinderabteilung quillte aus Metallkörben Zubehör für einen Kaufladen: Cornflakespackungen in der Größe von Streichholzschachteln, Waschmitteleimerchen in der von Fingerhüten, Äpfel aus hohlem Plastik so groß wie Haselnüsse. Dann fiel mein Blick auf Spielgeld. Ich nahm ein Bündel in die Hand und musste schmunzeln, da es für meine Augen den hiesigen Scheinen verblüffend ähnelte. Damit ging ich zur Kasse, warum auch immer. Ich kaufte Geld von Geld. »Like real Kuna!«, lobte die Verkäuferin und lächelte höflich.

Als ich vor die Tür trat, merkte ich, wie unglaublich heiß es schon war. Wie ein Schwall umschloss mich die Hitze. Ich blinzelte, und meine Augen tränten. Nach wie vor fraglich, ob der Mensch wirklich so gut an die Umwelt angepasst ist. Ich versuchte vergeblich, mir mit einem Zipfel meines Leinenhemds Luft zuzufächern. Entlang der Ladenzeile ging ich Richtung Pier. In einer Halle, die eher wie eine Garage aussah, riefen Fischverkäufer ihre Ware aus oder plauderten über sämtliche Tische hinweg und lachten. Auf dem Marktplatz daneben verkauften Männer mit rauen Händen und Frauen in Hausschuhen Marillen, Mangold oder Spitzpaprika. Obst und Gemüse, Honig und Käse, Schinken und Nüsse – dieses Angebot war anders, als man es vom Supermarkt kennt: weniger riesenhaft, weniger bunt, nicht wie Essen aus einer Reklame, sondern wie echte Nahrung, oder so, wie sie früher wohl mal ausgesehen hatte.

Ich lief vorbei an Kiosk, Café und Kartenhäuschen zur Anlegestelle. Adam hatte mir gesagt, ich solle Ausschau halten nach einem Segelboot, das waldgrün war und »Ragusa« hieß. Ich fand, er hätte auch nach mir Ausschau halten oder winken können. Wobei, als ob Adam winken würde. Eine Gruppe Amerikaner stand sich am Kai die Beine in den Bauch, weil ihr Schiff offenbar Verspätung hatte. Die einen starrten auf den Boden, die anderen in die Luft und hielten sich dabei gelangweilt an den Riemen ihrer Outdoor-Rucksäcke fest. Das Horn einer nahenden Autofähre trompetete. Ich fand Adam in seinem Boot schließlich nur, weil er in allen Booten davor nicht war.

Er schielte gegen die Sonne. »Bereit?«

»Nein.«

»Gut.«

Adam gab mir seine Hand und hievte mich ins Boot. Er setzte das Großsegel, ging ans Heck und nahm die Pinne in die Hand. Ich saß am Bug in der Sonne und bedeckte meine Schultern mit einem Handtuch. Ich saß da wie eine Touristin. Dann fiel mir auf: Ich war ja eine. Der Gedanke missfiel mir.

Adam wollte mir die Elaphiten zeigen, eine Inselgruppe ein paar Kilometer westlich der Stadt. Drei der dreizehn Inseln waren bewohnt. Es fühlte sich schon von Weitem gut an, sie zu sehen. Das Meer hier war kein endloser Ozean, es gab Anhaltspunkte, an denen sich die Augen festhalten konnten. Wir glitten über das Wasser. Es war kein Blau – es sah aus wie Glas. Auch hier konnte man Dutzende Meter auf den Meeresgrund schauen, und man sah den Himmel darin. Ich fühlte mich nicht wie in einem Boot, eher wie in einem Ballon. Ich sah den Erdboden unter mir. Beim Anblick des Wassers wusste ich nicht, ob ich lachen oder weinen sollte. Jetzt, wo ich sah, wie schön Wasser sein konnte, würde ich nie wieder zu den alten Tümpeln meiner Heimat zurückkehren können. Schöne Dinge machen traurig, letztlich. Ich saß mit angewinkelten Beinen auf dem Boden des Segelbootes und hatte mein Kinn auf den Knien. Dann stand ich auf, wankte zu Adam und setzte mich zu ihm. Zwei Angler in einem winzigen Motorboot knatterten an uns vorbei und streckten die Arme zu uns aus. Sie hielten einen gewaltigen Fisch in die Höhe und jubelten. Adam nickte ihnen zu.

»Warum zeigen sie uns den Fisch?«, fragte ich.

»Weil er groß ist«, sagte Adam.

Kaum hatten wir den Hafen hinter uns gelassen, tauchte links eine Insel wie ein Fleck im Meer auf, nur ein paar Hundert Meter vom Festland entfernt. Nah genug, dass ich die Umrisse jeder Kiefer vor dem blauen Himmel erkennen und die Zerklüftungen der Klippen mit den Fingern in der Luft nachfahren konnte. Einen

Augenblick später segelten wir bereits an ihrem Ufer vorbei. Ich sah einen weißen Leuchtturm, Steinmauern und die Ruinen eines Klosters. Die Insel hatte irgendetwas Besonderes an sich. Es dauerte einen Moment, bis ich merkte, was mich irritierte. Nämlich nicht etwas, was dort zu sehen war. Sondern etwas, was dort nicht zu sehen war: Menschen.

»Wie heißt diese Insel?«

»Daksa.«

»Können wir dorthin?«

»Nein.«

»Warum?«

»Darum.«

Das Motorengeräusch eines vorbeifahrenden Bootes lenkte mich ab. Mein Blick blieb dennoch an der Insel haften.

»Ich sehe dort keine Touristen. Wir könnten doch kurz da halten und baden und hätten unsere Ruhe?«

»Dort badet man nicht.«

»Wieso?«

»Weil man da nicht hingeht.«

»Warum nicht?«

Adam antwortete nicht. Er war immer knapp – jetzt war er noch knapper. Irgendetwas verfinsterte ihn, ohne dass sich sein Gesicht tatsächlich verändert hätte, also beschloss ich, ein anderes Mal darauf zurückzukommen. Ich setzte mich wieder an den Bug des Segelbootes. Die Hitze lag schwer in der Luft, sodass man sie auch durch den Fahrtwind spürte. Die nächste Insel war schon von Weitem zu erkennen, deutlich grö-

ßer und bewohnt. Das musste Koločep sein. Diesen Namen hatte ich auf einem Reklameschild für Bootstouren bei einem Spaziergang in der Bucht Uvala Lapad gelesen.
»Ko-lo-tschep?«, rief ich Adam zu, ein wenig stolz über meine Aussprache.
»Ja«, rief er zurück. »Aber so nennt die hier keiner. Wir sagen Kalamota. Italienisch.«
Eine Brise trug den Duft der Pinienwälder in meine Nase. Ich stellte mir vor, wie ich hier durch Olivenhaine spazierte, vorbei an Zitronenbäumen, Agaven, Hortensien. Warum wohnen Menschen in Pasewalk? Ich wollte hier halten. Aber Adam hielt auch hier nicht.
Wir segelten bereits eine Weile, eine Stunde vielleicht, als wir eine dritte Insel erreichten. Auch sie war bildschön. Ich schaute an mir herunter, auf die Narbe entlang meines Schienbeins, und auf meine Fußnägel. Ich hatte sie lackiert, aber weil ich es nicht gut kann, sah es krumm aus. Ich ärgerte mich, dass ich es gemacht hatte. Ich ärgerte mich, dass ich es gemacht hatte, um Adam zu gefallen. Ich fühlte mich wie ein Kind, das sich mit den Klamotten der Mutter verkleidete. Immer schon, eigentlich.
Adam trimmte die Segel bauchiger. Wir fuhren in eine Bucht. »Die Insel heißt Lopud«, sagte er mit einer kurzen Kopfbewegung. Während er den Anker setzte, blickte ich ringsum. Ich musste kurz lachen, weil es so dermaßen idyllisch aussah. Ein so schamlos schöner Ort hat immer auch etwas Zynisches, weil es schon sehr verwegen ist, also, gesamtweltlich betrachtet. Dass es

mich zur selben Zeit und am selben Ort gab wie diese Insel: ein glücklicher Zufall. Trotzdem war ich auch überfordert. Diese Landschaft war vor mir da und würde mich überdauern. Sie war mir in jeglicher Hinsicht überlegen. Ich sah Kinder planschen und Erwachsene vergnügt schwimmen und konnte mich nicht mit ihnen identifizieren. Ich spähte über den Rand des Bootes auf den Meeresgrund und wunderte mich.

»Sand?«, fragte ich. Den hatte ich noch nicht gesehen, seit ich in Kroatien war.

»Ja, für ihren Sandstrand ist die Insel bekannt. Er heißt Šunj«, sagte Adam, während er Leinen knotete.

Schunj. Aha. Dann fiel mir auf, dass ich Sand bisher nicht vermisst hatte. Der hatte mich auch an der Ostsee immer genervt. Die meisten Menschen verstanden unter einem Strand sicherlich einen kilometerlangen Streifen aus weißem Sand. Aber warum eigentlich? Sand ist Stein, der kaputt ist. Zerbröselt. Man hat ja nach ein paar Metern verstanden, was da noch kommt, also, es ist, als ob einem jemand am Anfang eines Films schon das Ende erzählt. Jaja, da kommt noch ganz viel Sand, viel mehr noch, hier vorn und da hinten auch, zehn Kilometer lang, Sandsandsand, überall dasselbe, eine Landschaft als Zeitschleife, alles klar, hab verstanden. Aber diese Bucht war, das musste ich zugeben, recht umwerfend. Sie war umgeben von einem Kiefernwald, dessen Grün mit dem Blau des Meeres offenbar befreundet war. Das Zirpen der Grillen und Zikaden tönte in der Luft, sie schrien geradezu. Ich vermute, auch ihnen war einfach heiß. Um uns herum ankerten noch etwa ein Dutzend anderer Boote. Auf den Liegestühlen unter Sonnenschirmen am Strand bräunten sich Menschen. Sie waren überall. Wohin man auch ging, immer sind Menschen da, echt überall, und dann ist man halt leider selbst auch einer, es ist lästig. Als Kind hatte ich manchmal probiert, mich in der Sonne zu bewegen, ohne ihr im Weg zu sein bei dem, was sie tut. Ein Existieren, ohne Schatten zu werfen.

»Trinken?« Adam stand in Badehosen vor mir und blinzelte. Es war eine richtige Hose, ein Slip, genau genommen, keine Shorts. Er erinnerte mich an Cary Grant in einem seiner alten Filme. Und doch wirkte er nicht aus der Zeit gefallen. Ich mochte, wie er mit der Landschaft korrespondierte. Man sollte so leben, als hätte die Natur einen aus dem nächstbesten Felsen gehauen, und ein bisschen so war es ja auch. Adams T-Shirt sah aus, als hätte er es schon sehr oft angehabt, nicht nur in seinem Leben generell, sondern allein in den vergangenen paar Tagen. Er zog es aus und sah mich an. Ich nickte. Ich streifte mein Hemd über den Kopf und die Bermudas über meine Beine. Adam verfolgte jede meiner Bewegungen. Dann sprang er kopfüber ins Wasser. Das Boot schaukelte, und ich hielt mich am Metallgeländer fest. Dann hüpfte ich ihm nach. Ich kraulte zu ihm. Wir schwammen und tauchten gemeinsam und schauten uns unter Wasser an. Dann tauchten wir auf und wateten zum Ufer. Direkt hinter dem Strand lag ein Bistro. Während Adam uns ein Bier und eine Cola an der Theke holte, setzte ich mich auf eine Holzbank im Schatten und betrachtete das Meer. Er kam mit zwei

Gläsern zurück und nahm Platz. Er strich sein Haar mit einer Hand nach hinten. Dabei rieselte etwas Sand in sein Bier. Er fluchte.

»Magst du keinen Sand?«, fragte ich ihn.

Er lachte. »Nicht so. Wieso?«

»Weil mir vorhin klar geworden ist, dass ich Sand nicht mag.«

»Na, da hab ich ja deinen Geschmack getroffen heute.« Er grinste.

»Nein, so meinte ich das nicht! Der Strand ist toll.«

Er schüttelte noch immer sein Haar und zupfte mit Daumen und Zeigefinger genervt ein paar Sandkörner von seiner Zungenspitze. »Und was ist dir klar geworden?«

Ich zuckte mit den Schultern. »Es ist halt immer das Gleiche.«

In der Bucht bildeten ein paar Jungs im knietiefen Wasser einen Kreis und spielten einen faustgroßen Ball hin und her, im Versuch, ihn mit Händen und Füßen in der Luft zu halten, wobei das Vergnügen offensichtlich darin zu bestehen schien, sich nach Herzenslust ins Wasser zu schmeißen, um ihn noch zu erwischen oder manchmal auch gerade nicht.

Adam konnte mit einem Blick in den Himmel und auf die Wellen und den Wind sagen, wie das Wetter werden würde. Er erklärte mir die Eigenarten von Seesternen und Krebsen. Er sagte, dass bei Seepferdchen die Weibchen die Eier produzieren und diese in das Männchen spritzen, woraufhin diese schwanger werden. Adam schien immer dann am gesprächigsten zu sein, wenn es nicht um Menschen ging. Er zeigte mir, wie man nach Muscheln tauchte und wie man mit dem Rücken auf der Wasseroberfläche lag, ohne unterzugehen. Wir schwammen aus der Bucht hinaus, in die nächste Bucht hinein. So trubelig es auf Šunj war, so still war es hier. Umringt von hohen Felsen sah die Landschaft wie Kanada aus oder wie Norwegen, wenn es am Mittelmeer läge. Felsen ragten aus dem Meer wie der Eingang zu einer Burg. Dahinter öffnete sich eine Höhle. Der Spalt war gerade breit genug, dass ein Mensch sich ins Innere schlängeln konnte. Nach ein paar Metern wurde das Meer flacher, und wir standen auf Kies brusttief im Wasser. Der Platz reichte gerade so für zwei Personen. Das Meerwasser gluckerte durch die Felsritzen und schlug dumpf und rhythmisch gegen die Höhlenwände. Es fühlte sich an, als sei ich in einen Körper eingedrungen, als seien wir gemeinsam in einem Lebewesen. Durch eine Spalte schien ein Strahl Sonnenlicht. Die Geräusche, die wir machten, waren wie die eigene Stimme, die man im Ohr hört. Ich lehnte mich an den Felsen wie an den Rücken eines Freundes. Adam schaute mich an. »Hey«, sagte er. Er lächelte. Seine Stimme passte zu dem Bass des Meeres auf den Felsen. Er leckte sich mit der Zungenspitze Meerwasser von seiner Oberlippe. Ich drehte mich zu ihm. Jeder Gedanke hier drin war laut. Er küsste mich nicht. Ich küsste ihn auch nicht.

Zurück auf dem Boot hatte ich ein unbestimmbares Gefühl, hielt es für Hunger und dachte, Pommes könnten helfen. Ich fragte Adam, ob er auch etwas vom

Imbiss wollte, aber er schüttelte den Kopf. Er lag vorn im Boot in der Sonne, hatte einen Arm hinter seinem Kopf verschränkt, rauchte und schaute in den Himmel. Ich nahm meinen Rucksack und stieg die Leiter am Heck hinunter. Wir ankerten nah genug am Strand, dass ich durch das Wasser waten und meine Sachen dabei über dem Kopf halten konnte. Am Strand konnte ich kaum auf den erhitzten Sand treten und rannte Haken schlagend darüber wie ein verfolgtes Tier. Mit halb verbrannten Fußsohlen hinkte ich zum Tresen des Bistros. Dahinter lümmelte ein Typ in einer Ecke auf einem Hocker an einen brummenden Kühlschrank gelehnt und tippte auf den Tasten seines Handys herum. Ein Ventilator gegenüber blies ihm direkt ins Gesicht und ließ den linken Ärmel seines T-Shirts flattern. Ich hustete, damit er auf mich aufmerksam wurde. Keine Reaktion.

»Sorry?«

Nun schaute er auf und schlurfte zur Kasse. »Yes?«

Ich bestellte Pommes.

Er nickte, schüttete aus einer überdimensionalen Tüte aus dem Eisfach die Fritten in die Fritteuse, klappte anschließend sein Telefon auf und tippte wieder. In der Stille brutzelte es. Schließlich schmiss er Gewürzsalz über die Pappschale und schob sie mir hin: »Forty.«

Obwohl er sich so träge bewegte, hatte er etwas Rastloses an sich. Ich öffnete meinen Rucksack und stellte fest, dass ich meinen Geldbeutel in der Kajüte vergessen hatte. Ich schaute zum Strand und ließ meinen Blick über den Sand bis zum Boot streifen. Jetzt den ganzen Weg zurück durch diese menschenfeindliche Hitze? Der Verkäufer schaute mich wartend an. Die Luft flirrte. Ich blickte wieder zu Adams Boot. Ganz klein lag es da in der Sonne. Ein Miniaturmensch auf einem Miniaturboot. Die Sonne blendete. Dann fiel mir das Spielgeld ein. Ich wühlte in meinem Rucksack und griff das Bündel. Dann zog ich vier Scheine heraus und drückte sie dem Typen in die Hand. Lustlos öffnete er eine Schublade, legte die Scheine in eine Geldkassette, wuchtete das Fach mit seiner Hüfte zu, ließ sich auf den Hocker neben dem Kühlschrank fallen und hatte schon wieder sein Telefon in der Hand. Ich warf den Rucksack über meinen Rücken, nahm die Schale und hetzte über den Strand. Im Wasser sah ich mich um. Keine Auffälligkeiten. Aber warum auch. Die Welt war gleichgültig wie immer. Und das ist wohl das Verrückte. Oder das Normale. Wie bezahlte man in »Der Herr der Ringe«? Sie ist ein wenig lächerlich, die Welt, die wir uns gebaut haben. Ich watete durch das Wasser, stieg aufs Boot, legte Rucksack und Pommes unter Deck ab, griff nach meinem Geldbeutel, der neben der Spüle lag, kletterte ins Meer zurück, stakte durch ein paar Wellen – die Hand mit dem Portemonnaie stets in die Luft gestreckt –, spurtete über den Sand zurück zum Bistro, bis ich tropfend und außer Atem wieder vor dem Tresen stand. Der Junge schaute mich aus den Augenwinkeln an und kräuselte seine Stirn. Dann stand er vom Hocker auf und schlurfte mit fragendem Blick zu mir. Ich legte einen Fünfzigkunaschein auf den Ladentisch, den mit dem Burschen mit den Locken.

Der Junge wunderte sich und wollte das Geld nicht annehmen.
»Doch, ist für dich«, sagte ich.
Er schaute verdutzt auf den Schein.
Ich nickte und ging.
Adam saß am Heck und angelte. Ich lag vorn auf dem Rücken und schaute in den Himmel. Ich genoss das Schaukeln des Bootes. So könnte es im Mutterbauch gewesen sein. Wenn wir in Wasser heranwachsen, warum müssen wir jemals ins Trockene. Ich schielte zu Adam hinüber, der seelenruhig aufs Meer starrte. Beim Anblick, wie er da mit der Angel saß, hatte ich plötzlich ein Déjà-vu. Alles hier kam mir bekannt vor. Ich kniff meine Augen zusammen, musterte seine Hände und dann meine, aber ich war noch immer mittendrin. Ich war wie in einem Wurmloch. Meine Brust pochte. Sind die Dinge, die mir vertraut vorkommen, Dinge von Andri? Und was ist mit den Dingen, die für mich an mir fremd sind? Auf einmal durchzog ein Ruck Adams Körper, der das Boot ins Wanken brachte. Ich stützte mich auf meine Ellenbogen und verfolgte, wie er die Angelschnur aufrollte. Ein Fisch zappelte am Haken. Seine Schuppen glitzerten silbern im Sonnenlicht. Ich stand auf und balancierte am Baum des Segelbootes entlang zum Heck. Adam zog mit einem Ruck das Metall aus dem Maul des Fisches und warf ihn auf ein Holzbrett. Der Fisch sprang auf und nieder. Dann verebbten seine Bewegungen zu einem Zucken. Seine Kiemen hoben und senkten sich. Sein Schwanz schlug schwach auf das Holz. Er zappelte gegen den Tod an. In seinem letz-

ten Kampf lag ebenso Panik wie Ruhe. Ich ging in die Hocke und näherte mich dem Fisch, bis meine Nase beinahe seinen Körper berührte. Ich sah in seine glasigen Augen und fragte mich, ob er auch in meine sah, weil seine Augen keine Richtung zu haben schienen. Sie schienen alles und nichts zu sehen. Ich wendete meinen Blick nicht von ihm ab, während er langsam erstickte. Vielleicht hatte auch ich Kiemen, und vielleicht ist die Dauer der Atemzüge, die ein Fisch an Land tun kann, bevor er stirbt, in einer anderen Welt die Dauer meines Lebens. »Ein Drachenkopf«, sagte Adam, »Anka macht daraus eine gute Suppe.« Er griff nach dem Tier, legte es in einen Plastikeimer und grub es in zerstoßene Eiswürfel. Dann kletterte er in die Kajüte und stellte den Eimer zurück in eine Kühlbox. Ich beobachtete jede von Adams Bewegungen. Er hatte die Hülle eines Menschen, der körperlicher Arbeit nachgeht. Seine Muskeln ergaben Sinn. An seinen Lenden hatte er zwei Kerben, die aussahen wie Grübchen. Er hatte sogar schöne Füße, das faszinierte mich, denn eigentlich hat niemand schöne Füße, vor allem Männer nicht. Ich auch nicht. Plötzlich musste ich an die Nase von Agnes denken. Agnes hatte wirklich eine ausgesprochen schöne Nase. Wobei ihre Nase an sich vielleicht gar nicht bemerkenswert schön war, sie passte aber ausgesprochen gut in ihr Gesicht. Ich setzte mich im Schneidersitz auf die Schiffsplanken, stützte meine Ellenbogen auf die Knie und meinen Kopf in die Hände und beobachtete Adam beim Herumwerkeln. Er rollte Leinen auf. Sein welliges Haar fiel ihm immer wieder ins Gesicht.

»Du siehst ein bisschen aus wie Jesus«, sagte ich plötzlich.
»Was?« Er stieß ein kurzes Lachen aus.
Von der Bibel kannte ich nur das übliche Drama: Steintafeln, brennende Dornenbüsche, Heuschreckenplagen. Klatsch und Tratsch vom Hörensagen. Gott war grotesk. Aber seinen Sohn mochte ich mittlerweile ganz gern.
»Jesus ist schon«, ich blinzelte in die Sonne, »heiß.«
Adam zog die Augenbrauen hoch. »Okaaay«, sagte er lang gezogen. Er schob mit seiner Zunge die Zigarette von einem Mundwinkel zum anderen und blies langsam Rauch aus. Er schaute zu mir, schmunzelte kurz und wandte sich dann wieder der Angel zu, die er zusammenpackte.
»Was?«, fragte ich angriffslustig.
»Och, nichts, nichts«, sagte er und schien still in sich hineinzulachen.
»Jesus wird von so vielen Leuten vergöttert, aber vielleicht ist alles ein großes Missverständnis.« Ich fixierte Adams Blick. »Es geht nur um seinen Körper!«
Adam riss die Augen auf, nahm einen tiefen Zug von seiner Zigarette, während er mich aufmerksam ansah und schließlich grinste. Dann nickte er.
»Findest du mich pervers?«, fragte ich. Meine Beine zitterten ein wenig.
Er stand auf, legte die Angelsachen auf den Boden, kam zu mir, beugte sich herunter und flüsterte: »Ja.«
Dann stieß er mit beiden Händen meinen Oberkörper um und legte sich auf mich. Seine Haut glühte von der

Sonne. Er zog meinen Kopf an den Haaren zur Seite und leckte langsam den Schweiß von meinem Hals. Er roch nach Sonne und Meer. Natriumchlorid. Er hielt inne und blickte mir mit gespieltem Ernst in die Augen: »Dann bist du ja jetzt wohl mein Abendmahl.« Wir schauten uns an: Ein Wettkampf, wer es länger aushält, ohne zu lachen. Tatsächlich lachte Adam zuerst. Ich umarmte sein Kreuz und schlug meine Beine um seine Hüften. Er drückte meinen Körper an sich. Ich spürte seinen harten Penis auf meinem Schambein wie einen Stein. Das machte mich nass. Wir küssten uns, als linderten unsere Zungen und Lippen Hunger und Durst. »Allo allo!«, grölte plötzlich eine Stimme. Ein Einheimischer mit Bierbauch und Käppi schien uns von einem der benachbarten Boote anzuprollen. Ich verstand nicht, was er von sich gab. Wie ich inzwischen gelernt hatte, wurde Kroatisch hauptsächlich geschrien oder wild gestikulierend gerufen und klang immer, als würde man pöbeln oder zetern, während man in Wahrheit gerade ein Kochrezept austauschte oder sich nach den Kindern erkundigte. Adam rollte mit den Augen, aber er fand den Gröler offenbar auch amüsant. Er löste sich von mir und röhrte etwas zurück. Ich zuckte zusammen, weil seine Stimme so durchdringend war, wo wir doch eben noch in einer lautlosen Blase weilten. Unser Nachbar paffte an seiner Kippe und glotzte beim Palavern immer wieder mich an. Seine Körpersprache verriet, dass das Gespräch etwa in der Ficki-Ficki-Ecke angesiedelt sein musste. Er johlte. Das Wort »mala« verstand ich mittlerweile: Kleine. Adam strich sich sein

Haar hinter die Ohren. Der Bierbauchmann salutierte und warf seinen Zigarettenstummel ins Meer.
»Was wollte der denn?«, fragte ich Adam.
Er zuckte mit den Schultern. »Ach, er hat nur gesagt, was für ein geiler Stecher ich bin.« Er grinste. Kroaten sabbelten eine Viertelstunde lang über etwas, das man auch in einem Satz zusammenfassen kann.
»Geiler Stecher?« Ich rümpfte die Nase. »Na ja. Ich find dich eher so mittel«, sagte ich und grinste.
»Wie bitte«, tat er empört. Er packte mich am Nacken und flüsterte: »Ich mach dich fertig, mala.«
Adam zog mich in die Kajüte unter Deck, hob mich hoch und setzte mich auf die Spüle. Dabei rissen wir den Kalender und ein Telefonbuch herunter. Plastikgeschirr polterte zu Boden, und wir lachten. Ich griff in seine Hose, er seufzte laut auf. Ich hielt ihm den Mund zu, worauf er noch mehr stöhnte. Ich schob ihm meine Finger in den Mund und leckte sie danach ab. Wir küssten uns wie wilde Tiere. Ich zog an seinen Haaren, schaute ihn an und sagte: »Ich will, dass du in mir bist.« Und ich meinte das auch auf eine Art, die ich ihm nicht würde erklären können, weil ich zu weit ausholen müsste. Andri, Aschkenasi, Ragusa. Dann legte er einen Arm um meine Taille und hievte mich auf den Boden. Wir rangelten wie Jungs, bevor sie Männer werden. Ich lachte. »Bitte nicht kitzeln!« Aus. Stille. Von einem Moment auf den anderen hielt Adam inne. Er drückte meine Arme an den Handgelenken auf den Boden. Er tat es sanft, aber ich konnte mich nicht mehr bewegen. »Hmm.« Er blickte ernst. »Was mache ich nur mit dir?«, fragte er

mehr zu sich als zu mir und beugte sich herunter. »Was mache ich jetzt nur mit dir?«, flüsterte er in mein rechtes Ohr und küsste es. »Was mache ich jetzt nur mit dir?«, flüsterte er in mein linkes Ohr und küsste es. Aus den Augenwinkeln sah ich die Kühlbox, in der der tote Fisch lag. Die zart verlaufende Zeit beendete Adam abrupt, indem er meine Bikinihose mit einer Hand zur Seite schob und sich in mich hineinrammte.

Nachts träumte ich, ich sei ein Lachs und der Osten von Deutschland mein Süßwasser, und ich merkte, dass ich darin nicht atmen kann, also machte ich mich auf den Weg flussaufwärts, kämpfte gegen die Strömung, schwamm um Steine herum, sprang über Wasserfälle, und als ich endlich das Meer erreichte, konnte ich auch im Salzwasser nicht atmen und fand den Tod. Bevor ich im Traum erstickte, schlug ich die Augen auf. Ich war voller Schweiß. Durch die Luke sah ich in den Nachthimmel. Ich dachte an Agnes und wie wir damals auf dem Friedhof im Gras zwischen den Gräbern lagen und die Sterne betrachteten. Seit Monaten hatte ich nicht richtig durchgeschlafen. Dafür, dass ich mich noch immer so antriebslos fühlte, drehte mein Hirn ausgesprochen viele Runden. Ich versuchte, das Bild des Fisches aus meinem Traum vor meinem inneren Auge nachzuzeichnen, aber es gelang mir nicht. Vielleicht stand ich ja tatsächlich an der Grenze zwischen zwei Gewässern und musste mich entscheiden, in welches ich gehörte, aber ich konnte nicht. Vielleicht stand ich nicht an dieser Grenze, vielleicht war ich sie.

Ich drehte mich zu Adam. Durch die Luke schien

Mondlicht auf sein Gesicht. Zu meinem Erstaunen war er wach und starrte an die Decke. Ich schmiegte mich an seine Brust. Ich schob ein Bein zwischen seine.
»Warum kannst du nicht schlafen?«, fragte ich. Das Segelboot wiegte sich sanft, und selbst die Grillen schienen zu ruhen.
Auch er drehte sein Gesicht zu mir und schaute mir in die Augen. »Warum kannst *du* nicht schlafen?«, fragte er. Ich wandte mich wieder von ihm weg. Nun lagen wir beide auf dem Rücken. Dann fragte er: »Stört es dich, wenn ich Musik anmache?« Ohne auf eine Antwort zu warten, stand er auf, zog eine CD aus seiner Tasche und legte sie in das obere Deck des Kassettenrekorders auf dem Boden. Dann kam er wieder zu mir auf die Matratze. Wie aus einer unendlichen Weite, wie aus einer fernen Zeit schlichen sich geisterhafte Klänge, die eher ein Rauschen waren, in die Kajüte, surrten über unsere Körper, flimmerten vor meinen Augen, und ich fand, dass sie schimmerten.
»Was ist das?«
»Jupiter.«
»Der Planet?«
Wow.
»Ja.«
»Eh …?«
»Eine Raumsonde hat sein Magnetfeld aufgenommen.«
»Ich wusste nicht, dass es im Weltall Klänge gibt.«
»Es ist doch nirgends still.«
Und das aus seinem Mund. »Wolltest du als Kind auch Astronaut werden?«

Er drehte sich zu mir. »Was?«
»Ich wollte früher Astronaut werden.«
Jetzt lächelte er. »Ja, das passt.«
»Was wolltest du als Kind werden?«
»Erwachsen.«
Wir schwiegen eine Weile.
»Und dabei kannst du einschlafen?«
»Es beruhigt mich.«
Stille.
»Ich glaube, deine Oma war verliebt in Andri.«
»Wie kommst du darauf?«
»Weil sie den ganzen Tag redet, aber nie von sich aus von ihm spricht.«
Adam war ein schwarzer Schatten oder eine weiße Leinwand, genau konnte ich es nicht sagen. Manchmal überkam mich die Angst, dass ich nur deswegen Gefühle für ihn hatte, weil er so schweigsam war und ich ihm in Gedanken Worte in den Mund legen konnte, die er nie gesagt hatte, und ihn für mich zu einer Person formte, die er nicht war. Und dass er vielleicht dasselbe mit mir machte. Aber andererseits, was würde uns dann so sehr von anderen Paaren unterscheiden. Und wir waren nicht mal eines.
Ich starrte an die hölzerne Decke der Kajüte und konnte nicht einschlafen. Neben mir atmete Adam inzwischen ruhig und gleichmäßig. Ich schob seinen Arm von meinem Bauch, hob das Laken zur Seite und kletterte nackt an Deck. Das Meer ruhte im Mondlicht. In der Bucht lagen nur noch drei andere Boote vor Anker. Kein Blau, Weiß, Grün mehr, keine grellen Farben, nur

noch Graustufen. Bei Tag war es eine Landschaft der Abgrenzung, bei Nacht eine Landschaft der Verschmelzung. Ich beugte mich über die Reling und schaute in die Weite. Dann schlich ich zur Leiter am Heck und ließ mich langsam ins Wasser hinabgleiten. Das Meer war so warm wie die Luft. Ich schwamm ein paar Züge. Die Bewegungen meiner Glieder waren die einzigen Geräusche in dieser Bucht. Das Wasser, tagsüber klar und transparent, war nun dicht und dunkel, aber ich stellte fest, dass mich das nicht beunruhigte. Ich drehte mich auf den Rücken und ließ mich treiben. Ich spürte keine Trennung mehr zwischen meinem Körper, dem Wasser und der Luft. Es war friedlich. Ich betrachtete den Sternenhimmel, und wenn ich meine Arme bewegte, glitzerte es um mich herum. War das eine Spiegelung oder eine optische Täuschung? Ich drehte mich um die eigene Achse. Ich bewegte meine Arme, glitt mit den Fingern durchs Wasser. Meine Beine waren umgeben von kleinen Lichtern, sie umhüllten meinen nackten Körper. Abwechselnd zog ich die linke und die rechte Hand durchs Wasser. Jedes Mal waren meine Finger von flackernden Lichtpunkten überzogen, entstanden durch meine Bewegungen. Es war mein Körper, der im Wasser malte. Ich funkelte. Meine Hände zeichneten Leuchtstreifen. Ich schaute in den Himmel und dann aufs Meer und konnte keinen Unterschied mehr erkennen. Es sah aus, als würde ich im Sternenhimmel baden. So etwas Schönes hatte ich noch nie zuvor gesehen.

28

Die Katze war tot. Ich fand sie am Morgen auf dem Rückweg in meine Unterkunft neben der Schnellstraße, die stadtauswärts in die Jadranska Magistrala übergeht, jener geschlängelten Küstenstraße entlang der Adria, die bis nach Montenegro führt. Ihr Anblick war für mich wie ein Schlag. Ihr Kopf war zertrümmert. Sie lag in einer Blutlache. Eine Kolonne Ameisen transportierte jene Bestandteile aus ihrem Körper, die durch ihre Verwertung weiterleben würden. Mir war, als würde ich ihre Arbeit unterbrechen, aber ich wollte die Katze nicht neben der Straße zurücklassen.

Ich suchte die Umgebung ab nach etwas, womit ich sie wegtragen könnte. Ich lief eine Weile, bis die Leitplanken in ein Geländer übergingen, kletterte darüber, eilte zu den Häuserblocks und fischte eine Frauenzeitschrift aus einem Container neben einer Garage. An ihr klebten noch Fäden von einer Bananenschale. Dann hastete ich zurück auf die Straße und passte ein paar Sekunden ab, in denen kein Auto vorbeirauschte. Ich hockte mich vor das Kätzchen und schob das Magazin unter seinen Körper. Ich atmete tief durch. Dann hob ich es hoch. Ich wollte das Tier begraben, aber hier war weit und breit nur Zement, Asphalt oder Stein. Also trug ich es durch die Straßen und Höfe der Vorstadt. Der schlaffe Körper war schwerer als sonst, aber gleichzeitig auch leichter. Durch meine Schritte rutschte eine Pfote über den Rand des Heftes und legte sich auf meine Hand. Ich presste die Lippen aneinander und schob sie mit der anderen Hand zurück. Das Blut des Kätzchens matschte auf das Hochglanzmagazin, auf dessen Titel eine Frau im roten Etuikleid in die Kamera lächelte. Mir liefen Tränen über die Wangen bis in die Mundwinkel. Die wenigen Leute, denen ich an diesem Vormittag begegnete, beachteten mich entweder nicht oder drehten sich zur Seite. Wie kommt man darauf, man sei in seinem Leben die Hauptfigur, während man ziemlich sicher einfach eine Nebenfigur ist, ein Kleindarsteller oder ein Sidekick. In der Geschichte der Katze wäre meine Rolle gewesen, sie vor dem Tod zu retten, und ich bin nicht da gewesen.

Irgendwann schritt ich die Stufen zu meiner Unterkunft hinauf. Meine Vermieterin hing auf der Terrasse gerade Bettlaken und Handtücher auf. Sie war eine schwerhörige alte Frau, die nur Kroatisch sprach, aber auch das nicht mehr richtig, die nicht fragte, wie lange ich denn noch bleiben würde, die eigentlich gar nichts fragte, weil wir uns nur mit Händen und Füßen verständigen konnten, und die ich nur ab und zu im Vorbeigehen durch einen Türspalt sah, wie sie italienische Seifenopern schaute und dabei weinte. Als sie sah, wie ich verheult das Kätzchen auf meinem Tablett des Todes brachte, ließ sie eine Wäscheklammer fallen und eilte zu mir. »O mišu, mišu! O moj mali miš!«, rief sie wehklagend und fasste sich mit den Händen an die Wangen. Ich zog Rotz die Nase hoch, und sie tätschelte mir den Rücken. Dann nahm sie mir die Zeitschrift mit dem toten Tier darauf ab und legte sie auf den Boden neben der Mauer. Sie tippte sich auf die Brust und wiederholte immer wieder »Jelena«, dann zeigte sie auf das Tier und sagte »Miš«, und ich verstand, dass das der Name der Katze war, und nach einigen weiteren Handzeichen ebenfalls, dass das auf Kroatisch »Maus« heißt. »Miš« klingt wie »Misch«. Dann ahmte sie mit Armen und Beinen Bewegungen nach, als würde sie mit einer Schaufel ein Loch buddeln, zeigte dann auf das Haus des Nachbarn und faltete die Hände zum Gebet, und mir war klar, dass sie sich um die Bestattung von Miš kümmern würden. Ich hockte mich noch einmal vor die Katze und betrachtete sie eine Weile. Ich versuchte es auszuhalten, ihr in die toten Augen zu schauen. Dann verabschiedete ich mich von Jelena und ging ins Haus.

In meinem Zimmer bemühte ich mich, Schlaf nachzuholen, aber es gelang mir nicht. Es war ein bewölkter, drückender Morgen. Ich hatte Schmerzen in den Gliedern, es fühlte sich wie Rheuma an. Ich lag im Bett und starrte aus dem Fenster an die Mauer. Diese Stadt war halt auch nur ein Ort, an den ich mich selbst mitgebracht hatte. Und sie konnte nicht mehr vor mir verbergen, welche Finsternis sich hinter ihrer Schönheit verbarg. Dubrovnik strahlte zu verdächtig, um keine schweren Schatten zu werfen. Schönheit wohnt Schweigen inne. Andri, Aschkenasi, Ragusa.

Eine Fliege surrte durch den abgedunkelten Raum. Sie war plötzlich da. Wobei das nicht stimmte, denn alle Dinge, die angeblich plötzlich da sind, waren ja schon vorher da, nur fallen sie einem in dem Moment erst auf. Die Fliege schwirrte in der Bude herum und auch in meinem Kopf. Unruhig rieb ich meine Füße aneinander. »Mann!«, rief ich in den kleinen Lärm in der großen Stille. In diesem Moment schien ein Licht durchs Fenster und kam auf mich zu. Ich weiß nicht mehr, ob ich das durch meine geschlossenen Lider gemerkt habe oder ob meine Augen die ganze Zeit geöffnet waren, ohne dass ich es wahrgenommen hätte. Mein Körper saugte das Licht an. Da war nichts, aber es war sehr nah. Durch meinen Hals kam keine Luft mehr. Ich röchelte. In meinem Bauch regte sich Schrecken. Was war mit mir? Einen Augenblick später strömte ein Atem durch mich. Da war etwas, das nicht da war, wie ein Lichtkegel, und es hatte die Silhouette eines Mannes. Ich zitterte, aber nicht, weil der Mann mir Furcht einflößte, sondern weil ich nicht verstand, was mit mir geschah. Ich redete auf mich ein, dass man ja auch oft Menschen nicht sieht, die da sind, warum also könnte es nicht auch mal andersherum sein. Ich blinzelte. Im Schatten erkannte ich Umrisse aus Licht. Als ich den diffusen Mann genauer betrachten wollte, war er verschwunden. Aber es fühlte sich auch so an, als sei er noch bei mir, oder in mir. Dann schlief ich ein.

Ich träumte, ein Faun zu sein oder ein Zentaur. Vielleicht waren meine Beine auch die eines Hirsches, ich konnte es nicht richtig erkennen, aber was ich erkennen konnte, ist: Agnes ritt auf meinem Rücken. Ich fühlte mein Fell und die Haut ihres Körpers. Als ich aufwachte, hatten sich die Wolken verzogen und die

Mittagssonne knallte auf die Mauer vor meinem Fenster. Zu meiner Überraschung fühlte ich mich putzmunter. Ich drehte meinen Kopf zum Nachttisch. Es war 12:12 Uhr. Neben dem Wecker lag die Fliege auf dem Rücken mit den Beinen in der Luft. Das Licht schimmerte bunt auf ihrem toten Körper. Ich stellte fest, dass meine Haut schmerzte. Ich schob das Laken zur Seite und entdeckte, dass ich einen Sonnenbrand hatte. Offenbar war dies schon länger der Fall, ich hatte es bloß ignoriert. Meine Haut schälte sich bereits. Vor allem an den Schultern und am Bauch lösten sich löchrig Hautfetzen. Ich fuhr mit den Fingern darüber, es brannte. Ich grub meinen Hinterkopf tief ins Kissen und pustete Luft durch gespitzte Lippen. Dann begann ich, die Haut abzuziehen. Die ersten Fetzen gingen noch einfach. Aber als die oberste Schicht abgezogen war, begann die Herausforderung. Ich pulte an meinem Bauch wie an einem alten Buch, das man in einem Antiquariat findet und an dem man einen Aufkleber wegzukratzen versucht, der dort seit Jahrzehnten haftete. Blut drang durch mein Fleisch. Ich zischte. Mein Magen zuckte zusammen. Weitermachen, immer weiter. Mein Körper lag vor mir wie eine Landschaft. Irgendwann rann Blut in meinen Bauchnabel. Es tat stechend weh. Ich pustete. Ich tupfte das Blut mit dem Bettlaken ab. Dann zog ich mir etwas Weites über und ging hinaus. Bei jedem Schritt suchte ich die Sonne, jetzt erst recht, weil ich hoffte, dass mein Körper dann Tag und Nacht voneinander unterscheiden lernt. Ich liebe die Nacht, weil sie einen in Ruhe lässt. Aber auch die hiesige Hitze lernte ich lieb zu gewinnen, weil sie sich schwer auf alles bettete und einem nicht nahelegte, tätig werden zu müssen, und das war eine süße Lüge.

Als ich in die Gasse zu Ankas Wohnung einbog, sah ich sie schon vor der Haustür auf der Bank sitzen mit einem Topf auf dem Schoß. Ächzend brach sie mit den Händen Spaghetti in suppennudelgroße Stücke und fluchte dabei. »Mala! Gut, dass du kommst!«, plärrte sie ohne aufzuschauen. »Ich brauch dich hier!« Mit einem Satz hüpfte sie von der Bank, verschwand im Haus und rumpelte minutenlang herum, während ich am Zaun des Spielplatzes wartete. Eine Tigerkatze lugte hinter einer Mauer hervor und traute sich nach anfänglichem Zögern, um meine Beine zu wuseln. Es kitzelte ein wenig, aber ich hielt es aus. Dann klirrte es. »Jebote!«, schrie es aus dem Haus. Ah, das Schimpfwort, das »Ficken« beinhaltete. Die Katze zuckte und huschte zwischen die Häuser.

»Was machst du denn?«, rief ich ins Haus. Ein paar Minuten später marschierte Anka mit einem Packen Plastikschüsseln aus der Tür, von denen keine zur anderen passte.

»Wir gehen jetzt in den Garten!«, verkündete sie. Dann knallte sie die Tür hinter sich zu und lief strammen Schrittes los.

»Welcher Garten denn?«, fragte ich.

»A joj!« Anka blieb urplötzlich stehen, fasste sich an den Kopf, drückte mir den Turm Schüsseln in die Hand, ging zurück, sperrte die Haustür auf, rumpelte abermals – diesmal offenbar nicht mehr in der Küche, sondern es knallten Schranktüren und Schubladen von Kommoden in der Stube –, bevor sie einige Minuten später mit einer Kopfbedeckung zurückkehrte, die sich als Werbegeschenk der Stadt Bietigheim-Bissingen herausstellte. Nein, Anka musste nicht nur ein Baseball-Käppi tragen zu ihrem immerschwarzen Hauskleid und ihrer Schürze, sondern es musste auch noch ein quietschbuntes aus der deutschen Provinz sein. Für mich war Anka ein obskurer sprechender Baum oder ein uralter Kobold. Schnurstracks lief sie durch die Gassen, während ich etwas bedröppelt den Schüsselberg hinter ihr her balancierte. Vor allem hatte ich Mühe, die Deckel zusammenzuhalten, da keiner auf das jeweilige Gefäß passte.

»Gute Mütze!«, rief ich.

»Ich weiß!«, rief sie zurück.

Ich trabte vor, um neben ihr zu laufen. »Wo hast du die her?«

»Na, aus Bietigheim-Bissingen!«

Ich vermutete, dass dieser Ort irgendwo in Süddeutschland liegen musste und irgendetwas mit Autos zu tun hatte. Aber was hatte Anka damit zu schaffen? »Wann warst du denn da?«, fragte ich.

Sie winkte ab. »Ach. Lang her.« Der Kappe nach zu urteilen stimmte das. Das Logo sah aus wie aus den Achtzigern, das textmarkerfarbene Bunt war längst verwaschen.

»Und was hast du da gemacht?«

Statt einer Antwort röhrte Anka eine Begrüßung einer Frau zu, die uns nun von einem Balkon aus winkte.

»Kenova!«, rief sie, das verstand ich inzwischen, das hörte ich ständig, es heißt so viel wie »Was gibt's Neues«, und war wohl eine Abwandlung des italienischen »C'è nuovo«. Anka rief etwas von »jardin«, das verstand ich auch, weil es auf Französisch »Garten« heißt, obwohl sie es komisch aussprach. Ein einziges Durcheinander hier. Die Frau nickte, wünschte uns offensichtlich viel Spaß und zog eine Wäscheleine mit einem Badeanzug zu sich, die zwischen den Häusern gespannt war.

Ich folgte Anka treppauf und treppab, durch schmale Wege und versteckte Hinterhöfe. Es erstaunte mich, wie man nur hier und da einen Haken schlagen musste, um sich fernab der Touristenströme in menschenleeren Gassen wiederzufinden. Wir trieben durch dieses Labyrinth eigener Logik. Wir kamen an geöffneten Küchenfenstern vorbei, aus denen man hinter vergilbten Gardinen den Fernseher laufen hörte und Meeresfrüchte in Öl brutzeln. Wir passierten Terrassen mit Basketballkörben an Hauswänden, wir schritten Stufen hinauf, die vollgestellt waren mit Blumenkübeln, begegneten schlafenden, essenden oder sich das Fell leckenden Katzen. In einer abgelegenen Gasse stieß Anka ein verschnörkeltes Gatter auf. In einem Winkel zwischen Mauern lag ein Garten wie ein Geheimnis. Ich staunte über diesen Mikrokosmos: Hier wuchsen Bäume mit Mandeln, Zitronen und Feigen, zwischen Lavendel, Flieder und Hibiskus. Ich atmete tief ein. Mir war, als läge auf allem ein Filter, der alles bunter machte. An Holzstreben einer Überdachung schlängelten sich Weinreben.

»Die gucken dich an!«, sagte Anka und zeigte auf die prallen Trauben. Sie legte eine Hand hinters Ohr und imitierte ein Horchen: »Die rufen dich, hörst du? Aaaannaaaa!« Dann setzte sie mit krächzender Stimme zu einer haarsträubend schiefen Melodie an, die sie sich offenbar während des Singens erst ausdachte und deren Liedtext nur aus meinem Vornamen bestand. Lachen schüttelte mich so sehr, dass mein Sonnenbrand am Bauch schmerzte.

Aus einer morschen Holzhütte in einer Ecke kramte Anka wie selbstverständlich eine Gartenschere und einen ramponierten Plastikstuhl, der mir als Leiter dienen sollte, da ich offensichtlich nun als Pflückerin angeheuert war. Sie selbst scharrte mit einem Klappstuhl über die Erde, plumpste in den Sitz und schaute mir zufrieden beim Schneiden zu, während sie ihr Gesicht in einer Feige vergrub.

»Das ist ein schöner geheimer Garten«, sagte ich, während ich die ersten Trauben von den Reben abknipste.

»Aha«, nuschelte sie, anstelle eines »Mhm«. »Wo wart ihr überhaupt gestern?«, fragte sie laut schmatzend, ohne aufzuschauen.

»Auf Lopud«, antwortete ich.

»Aaah, Lopud, jaja, scheeen, is' scheeen«, nuschelte sie mit vollem Mund.

Dann fiel mir etwas ein, was ich in der Hitze vergessen hatte. »Wir sind auf dem Weg dahin an einer Insel vorbeigefahren, von der Adam sagte, da darf man nicht drauf.«

Sie nickte, »Daksa«.

Ich unterbrach das Schneiden der Reben und ließ meinen Nacken kreisen. »Wieso darf man sie nicht betreten?«
»Darf man schon. Macht halt keiner.«
»Warum?«
Sie fummelte ein Stück Frucht aus dem Mund, betrachtete es kritisch und stopfte es dann wieder zurück. »Wegen der Geister.«
Ich umklammerte die Gartenschere. »Geister?«
»Na, die der Toten.« Wie immer sprach sie mit offenem Mund und schmatzte.
»Ja, aber welcher Toten?«
»Ach.«
Ich stieg vom Stuhl herunter und setzte mich. Sie fischte eine weitere Feige aus der Kuhle, die sie mit ihrer Schürze in ihrem Schoß gebildet hat. Sie kaute seelenruhig und ließ sich von meinem forschenden Blick offensichtlich kein bisschen ablenken. Anka machte beim Essen extra laut »Mmmh« und schielte an mir vorbei auf den Weinstock.
Ich machte vor Anstrengung einen kleinen Mund.
Sie lachte.
»Ja, also, verrätst du es mir jetzt?«
Sie zog die Schultern nach oben. »Im Zweiten Weltkrieg haben sie Leute aus der Stadt da hingebracht und abgeschlachtet.« Sie holte Luft. »Einfach so. Gefoltert und getötet. Da hast du's!« Ein bisschen Saft spritzte aus ihrem Mund.
»Welche Leute?«
»Die besten der Stadt!«

Ich wartete.
»Also, ein Priester und der Bürgermeister und Studenten. Lauter schlaue Leute!«
Ich kratzte an der Wunde an meinem Bauch. »Wie viele waren es?«
»Fünfzig oder sechzig oder so. Also, von denen man's weiß.«
Ich fixierte sie noch immer.
»Ja, und deswegen geht man da nicht hin, weil da noch Geister von denen sind.«
»Aber ... sind da Gräber?«
»Jaja, schon, man hat die wohl irgendwann ausgebuddelt und begraben. Also, das, was noch übrig war von denen.«
»Waren das die Nazis?«
»Nee, die jugoslawischen Partisanen. Kommunisten. Alles dasselbe!« Sie fuchtelte erzürnt mit dem Zeigefinger.
»Kann man die Insel nicht betreten?«
»Was willst du denn da?!« Sie klang wie eine Krähe. »Da ist doch nix!« Sie zeigte mir den Vogel. »Also, wenn ich ein Geist wär, ich würd hier spuken und nicht da draußen.« Sie leckte sich die Handfläche. »Fahr doch lieber wieder nach Lopud.«
Ich stand vom Stuhl auf. »Ja, vielleicht. Da gibt es zumindest keinen solchen Horror.«
»Ach, wobei. Außer das KZ halt.«
Ich sank in den Stuhl zurück. »Das KZ?«
»Ja.«
»Da, wo ich gestern war?«

»Ja. Auf Lopud.«
»Ein KZ?«
»Naja. Ein Internierungslager. Da hatten die Italiener damals Aufsicht. Im Grand Hotel. Aber da siehst du nix. Das ist verfallen.«
Mir war flau im Magen. Ich dachte an den gestrigen Tag. Man hätte ihn idyllisch nennen können. Weil Konzentrationslager in Deutschland an Orten wie Oranienburg sind, war mir peinlicherweise vorübergehend entfallen, dass es sie auch an schönen Orten gegeben hat, weil überall da, wo es schön ist, immer auch Menschen sind. Ich war beschämt. Ich hätte es besser wissen müssen. Die Welt ist ja ein großer Ort, verteilt auf viele kleine.
»Allo! Trauben!« Anka stand vor mir in der Sonne, hatte eine Hand in ihre Hüfte gestemmt und wies mit der anderen energisch auf die Reben. »Jetzt mach doch nicht so ein Gesicht, meine Güte. Dass dich das so schockt. Du bist doch Deutsche!«
Eine Weile gingen wir schweigend unseren Tätigkeiten nach. Also, ich pflückte, und Anka futterte. Das Schneiden der Weintrauben beruhigte mich. Aber jedes Mal, wenn ich mich bückte, um eine Rebe in eine der Plastikschüsseln zu legen, pochte mein Sonnenbrand und ich zuckte zusammen. Ich hob mein Hemd und sah, dass mein Bauch wieder blutete. Dann dachte ich an das tote Kätzchen. Wenn ich in der Welt des Tiers nur eine Nebenfigur war, wieso sollte ich nicht auch in der Welt der Menschen eine Nebenfigur sein? Wie kommt man darauf, dass man die Dinge, die man macht, wegen sich

selbst macht? Ich war hergekommen, um Antworten zu finden, obwohl ich nicht genau wusste, was eigentlich meine Fragen waren. Aber vielleicht musste das alles ja auch nicht für mich Sinn ergeben.

»Können wir Andris Grab besuchen?«

Urplötzlich verdunkelte sich Ankas Gesicht. »Nein.«

»Warum nicht?«

»Darum nicht.«

Ich überlegte. »Es würde mir bei meiner Recherche sehr helfen.«

»Nein.«

»Aber wieso?«

Sie stand urplötzlich auf. »Weil es kein Grab gibt!« Sie stellte den Klappstuhl weg und befahl knapp: »Los. Fertig hier.«

29

Als ich ein paar Tage später die Stufen zu Ankas Haus hochstieg, fand ich sie auf der Bank gegenüber dem Spielplatz in einer seltsamen Position sitzen. Ein Bein hatte sie angewinkelt und hielt den Fuß in beiden Händen. Dann sah ich, dass sie sich, mit in Falten gelegter Stirn und gespitzten Lippen, vertieft und seelenruhig, die Fußnägel schnitt. Ich stieg rückwärts zwei Stufen wieder hinab und lehnte mich an die Mauer, um sie eine Weile zu beobachten. Ich schmunzelte. Von den Touristen, die vorbeispazierten, manchmal stehen blieben, sich augenzwinkernd anschauten, nahm sie keinerlei Notiz. Auch nicht von den drei Jugendlichen, die kicherten und »Joooj!« riefen. Irgendwann schritt ich zur Bank und nahm neben Anka Platz. Mit meiner rechten Pobacke saß ich jetzt ein Stückchen auf ihrem schwarzen Kleid. Weder grüßte sie mich noch schaute sie auf. Sie war ganz und gar auf das Fußnägelschneiden konzentriert. Ab und zu schnaubte sie leise. So saßen wir einfach nebeneinander, ich abwechselnd in den Himmel und auf Ankas Füße guckend.

»Na?«

Sie brummte zur Begrüßung wie ein Elch.

»Warum machst du das denn hier draußen?«, fragte ich irgendwann.

Anka riss den Kopf hoch und glotzte mich an wie eine Schülerin, die eine besonders dämliche Frage gestellt hat.

»Hä, die Sonne scheint!«, antwortete sie.

Ich blinzelte gegen das Licht an. Es war in der Tat ein schöner Tag. Anka wandte sich wieder ihrem Tun zu. Sie schien sich nie zu schämen. Jeden geschnittenen Fußnagel legte sie ordentlich in einer Reihe neben sich auf die Armlehne der Bank. Nach getanem Werk betrachtete Anka sie zufrieden. Anschließend wischte sie mit einer Handbewegung die Fußnägel auf den Boden wie Kuchenkrümel. Dann zupfte sie ihren Kittel zurecht. Von dem Zug unter meiner Arschbacke kippte ich etwas zur Seite. Dann schüttelte Anka ihr Kleid, strich es glatt, schlüpfte in ihre Hausschuhe und schlurfte grußlos ins Haus. Ich blieb noch eine Weile sitzen und studierte die Halbmonde aus Horn, die nun auf der Straße lagen. Es ist ein bisschen absurd, wie viel totes Material an unseren lebendigen Körpern dran ist, Nägel an Händen und Füßen, Haare, all diese Haare am Körper, es kommt tot aus uns heraus und ist dann tot an uns dran, und wir laufen mit dem toten Zeug rum wie Zombies oder Vampire, wir balancieren immer an der Schwelle - und da dann Angst vor dem Tod zu haben, nein, das leuchtet einfach nicht ein. Vielleicht habe ich Angst vor dem Leben, aber ich habe sicher keine Angst vor dem Tod.

»Mala! Pasta!« Ankas Quäken riss mich aus meinen Gedanken. Sie stand im Türrahmen und winkte mich ins Haus. Ich trat in den Flur, sie quasselte von der Küche aus, als sei ich die ganze Zeit schon da gewesen, und das mochte ich. Es roch nach Knoblauch, der in Olivenöl briet. Sie kochte Spaghetti Napoli. Während Anka lautstark von der gestrigen Telenovela schwärmte und dann über die serbische Nachbarin lästerte, holte sie eine Dose geschälter Tomaten aus jener Kommode, deren linke Tür quietschte.

»Nona!«, danach ein lautstarker Kommentar aus dem Wohnzimmer auf Kroatisch. Adam kam in die Küche.

»Oh.«

»Hi.« Ich fummelte am Saum meines T-Shirts herum.

Er lächelte entschuldigend. »Zum hundertsten Mal: Die

Katze ist der Nachbarin weggelaufen«, sagte er auf Englisch.

Anka zog an der Metalllasche der Dose, aber diese drückte sich nicht in das Blech, sondern brach ab. Nun hatte sie einen Metallring in der Hand, aber keine offene Dose. »Warum kann es nicht mal eine Sache geben, die in diesem Land funktioniert!« Sie schüttelte den Kopf und murmelte etwas, das ich nicht verstand, das genervt oder amüsiert klang oder beides. »Wenn das eine Dose aus Deutschland wäre, dann wäre die jetzt offen.« Als sie an der Spüle mit dem Rücken zu uns stand, umfasste Adam meine Taille und küsste mich auf den Nacken. Huch. Dann drehte sie sich um und er ließ mich sofort los.

»Allo! Dose!« Anka wedelte mit der Metalllasche vor unseren Augen herum. Adam öffnete eine Schublade, holte ein Messer heraus, stach mit einem Ruck ins Blech und schnitt den Deckel kreisrund heraus. Sie drückte ihm einen nassen Schmatzer auf die Wange. »Andri, ti si mi najbolji!«, sagte sie, etwas in der Art wie: »Andri, du bist mein Bester!«

Adam grinste. »Sicher, dass du mich meinst?«, fragte er auf Englisch.

Anka warf die Hände in die Luft. »Mein Gott! Ihr macht mich alle noch meschugge«, sagte sie, wieder ins Deutsche gewechselt.

Nach dem Essen machte Anka die Ansage, sie werde jetzt fürs Abendessen einkaufen gehen, und sie sagte es so selbstverständlich, dass ich sie einfach begleiten musste. Wir standen im Flur, und sie klemmte sich einen Korb in die Armbeuge. »Adio, Adam!«, plärrte sie. Adam war nach dem Mittagessen in die obere Etage verschwunden und antwortete nicht. »Ach, der.« Sie winkte ab. Dann hakte sie sich bei mir ein und zog mich mit nach draußen. Es war wie immer ein heißer Tag, aber in den Gassen war es kühl. Auf dem Markt wuselten Menschen um die Statue des Dichters Ivan Gundulić herum, Hände klopften auf Schultern und Rücken.

»Ich mache Ćevapčići. Magst du selbst gemachte Pommes frites?«

Ich hüpfte innerlich. Plötzlich ergriff ich Ankas Hand wie ein Kind. Und sie hielt sie fest wie ein Erwachsener.

»Wir gehen zu Mato, der hat die besten Dinger!« Wir bummelten Hand in Hand durch die Stände des Markts. In mir war Wonne. Ich konnte mich nicht sattsehen an dem Obst und Gemüse, den Nüssen und Gewürzen.

»Eeee, Mato, kenova!«

Mato war ein sonnenvertrocknetes altes Männlein mit verschmitzten Jungsaugen. Er schaute zu mir und hob seine Schiebermütze. »To je moja mala!«, sagte Anka. Ich grüßte.

»Aaaa, Švabica!«, rief Mato.

Ich schüttelte den Kopf, »nicht schwäbisch«.

Anka nickte. »Doch, doch, Schwabo.« Dann lehnte sie sich zu mir. »Wir nennen alle Deutschen Schwaben.«

Wie?

»Aber ihr seid hier doch sonst so genau mit ... Zuschreibungen?«

Anka winkte ab.
»Ja, aber doch nicht bei den anderen. Die sind ja alle gleich! Nur wir natürlich nicht.« Sie lachte laut und stieß mir dabei mit dem Ellenbogen in die Seite.
Sie drehte sich zum Verkäufer und fragte ihn nach »patate«, also Kartoffeln.
Mato zeigte auf riesige Exemplare. Anka nickte zufrieden. Dann nahm er eine Süßkartoffel von einem Haufen, plapperte enthusiastisch auf Kroatisch und hielt sie uns unter die Nase.
Anka blaffte ihm etwas zu und drehte sich zu mir. »Die kenn ich. Die schmecken wie Karotten, die es nicht zur Kartoffel geschafft haben.« Sie verzog angewidert das Gesicht. »Solche Arschlöcher esse ich nicht!« Dann lud sie sich so viele Kartoffeln in ihren Korb, als hätte sie die halbe Nachbarschaft zum Pommesessen eingeladen.
»Eeee, Anka!«
Eine ältere Dame tippte ihr auf die Schulter.
»Oooo, Dubravka!«, rief Anka zurück. Dass Kroaten immer so schreien müssen. Die beiden Frauen standen gestikulierend voreinander. Anka stellte uns einander vor, und ich war ehrlich erstaunt, dass sie eine so schicke Frau kannte.
»Sie heißen ja fast wie die Stadt?«, stellte ich fest.
Dubravka lächelte. »Sehr aufmerksam! Ja, das kommt von dubrava, das bedeutet Hain«, erklärte sie freundlich in bemerkenswert gutem Deutsch mit einem Einschlag, den ich irgendwo in Österreich verorten würde.

Während die beiden schnatterten, schaute ich mir Dubravka genau an: ihre sorgfältig blondierten Haare, die Ohrringe in Form von Muscheln, den Bleistiftrock.
»Wollen wir einen Kaffee trinken gehen?«, fragte sie.
»Ach, ihr alle immer mit eurem Kaffee. Kaffee, Kaffee, Kaffee. Ich will jetzt ein Eis!«, blökte Anka. Sie klatschte in die Hände und drückte mir, ohne mit der Wimper zu zucken, den steinschweren Einkaufskorb in die Hand. Die beiden Frauen liefen vorneweg und plauderten, während ich, die nichts von der Unterhaltung verstand, mit etwas Abstand hinterhertrottete. Wir gingen durch eine Gasse mit einem Juwelier, über den Platz mit den Cafés und der Jazzbar, vorbei an der Kathedrale und durch einen Torbogen in den alten Stadthafen hinein. Beim Blick auf die Promenade, die Mauern der mittelalterlichen Festung, der Jollen aus Holz, hätte es gut das Jahr 1930 sein können, oder 1800 – außer dass Anka, Dubravka und ich jetzt vor einer Eisdiele stehen blieben, die auch Schlumpfeis verkaufte.
»Da muss Anka mal mit dir essen gehen, das ist die beste Peskarija der Stadt«, sagte Dubravka und zeigte auf die rot-weiß gedeckten Tische des Fischrestaurants. Sie schabte mit einem Löffelchen an ihrer Kugel Stracciatella im Pappbecher.
»Nö, ich geh da nicht hin, das ist für Touristen«, brummte Anka, die unterste ihrer drei Kugeln Nusseis tropfte aus der Waffel auf den Boden. Sie schleckte sich den Handrücken ab. »Da kann ja Adam mit ihr hingehen!«

Dubravka hielt inne. »Wieso denn Adam?« Dann trat sie näher zu Anka und flüsterte wieder auf Kroatisch mit ihr. Anka machte beschwichtigende Gesten. Dubravka runzelte die Stirn. Anka winkte ab. Dann lächelte mich Dubravka an und räusperte sich. »Du könntest natürlich auch in das Maritime Museum gehen, das ist vorn im Sveti Ivan«, sagte sie.

»Aber geh bloß nicht ins Aquarium nebendran«, fügte Anka schmatzend hinzu. »Die verkaufen nur Nebel. Nebel in Tüten!« Diesen Ausdruck auf Kroatisch kannte ich mittlerweile, Anka verwendete ihn oft, »prodavanje magle«, das Pendant zu unserer »heißen Luft«, aber undurchsichtiger, sarkastischer – kroatischer offenbar. Und sie ergänzte: »In dem Aquarium vegetiert in einem kahlen Becken eine Meeresschildkröte einsam vor sich hin. Die hat alle Kriege hier miterlebt!« Dubravka lachte leicht nervös.

Wir liefen die Promenade entlang, um die Festung Sveti Ivan herum und zur Mole Porporela. An der Spitze des Hafendamms direkt neben dem Leuchtturm setzten wir uns auf die letzte Bank. Anka holte aus der Bauchtasche ihres Kleides zwei Feigen heraus. Ich hatte sie diese nicht kaufen sehen.

»Wo hast du die denn her?«, fragte ich sie.

»Die hab ich mir geschenkt«, sagte Anka und stopfte sich sogleich eine in den Mund.

»Aber die gehören dir doch nicht?«

»Pff«, erwiderte sie schmatzend, ein wenig spritzte der Saft zwischen ihren Zähnen heraus, »dem Verkäufer gehören die auch nicht.«

Wir schauten auf das Meer. Wasser liefert seit vier Milliarden Jahren ab, durchgehend, alles Leben kommt aus ihm – absolute Erfolgsstory. Anka schien das anders zu sehen. Sie rümpfte die Nase, während sie an der Feige saugte: »Das Meer ist mörderisch.«
Während wir eine Weile auf dem Wellenbrecher mit Blick auf die Verteidigungsmauern der Festung saßen, begann Dubravka zu erzählen. Sie kam eigentlich aus der Stadt Vukovar im äußersten Osten Kroatiens, das lediglich die Donau von Serbien trennte. Sie berichtete vom Tod des Diktators Josip Broz Tito im Jahr 1980, und wie danach Jugoslawien in die vorigen Länder zerfiel.
»Die Serben wollten ein Großserbien errichten!«, rief sie. »Vukovar liegt an der Grenze. Die ganze Region war während des Kriegs das am stärksten umkämpfte Gebiet.«
»Das Stalingrad Kroatiens!«, warf Anka ein und haute mit der flachen Hand auf die Bank. Ich fragte mich, ob Ankas Freundin deswegen so ausführlich ausholte, weil ich Deutsche war. Ob sie es bei jedem anderen auch so machen würde? Vukovar wurde von der Jugoslawischen Volksarmee und serbischen Freischärlern belagert und bei der Schlacht weitgehend zerstört, erzählte Dubravka. Vukovar leistete 87 Tage Widerstand, was sie zur tragischen Heldenstadt machte, zum Symbol kroatischer Selbstbehauptung. Während Anka sich immer tiefer in ihre Feige vergrub, setzte Dubravka sich immer aufrechter hin.
»Früher war Vukovar eine der reichsten Städte Jugoslawiens. Wir haben in Einheit und Frieden miteinan-

der gelebt.« Sie erzählte in schwelgerischem Ton, w
das Städtchen zur Zeit der Habsburgermonarchie so hübsch gewesen sei, dass man es wegen seiner barocken Baukunst auch »kleines Wien« nannte. »Heute ist die Bevölkerung gespalten in Kroaten und Serben: getrennte Schulen, Geschäfte, Cafés. Jeder weiß, wo er hingehen soll und wo nicht«, sagte Dubravka. »Heute misst dort jeder, wessen Leid das größere ist.« Aus diesem Grund sei sie weggezogen.

»Die Stadt ist eine Leiche!«, warf Anka ein. »Erzähl ihr vom Krankenhausmassaker!«

Dubravka atmete tief ein, und ich auch. »Die Serben haben Kranke und Verwundete aus dem Krankenhaus zu einem Acker verschleppt und hingerichtet. Mehr als 250 Seelen. In einem Massengrab verscharrt. Eines der schlimmsten Kriegsverbrechen!«, sagte Dubravka und schüttelte sich. Kriegsverbrechen – was für ein Pleonasmus. Mir fiel auf, dass die Farbe der Linie, die ihre Lippen umrandete, dunkler war als die Farbe des Lippenstifts, und dass sie sich in den Falten um ihren Mund absetzte. Sie kam mir beim Sprechen etwas zu nah. Ich erinnerte mich an Rouven.

Dubravka erzählte, wie ihr Mann ihr zum Hochzeitstag im April 1988 einen Zweiteiler aus Rock und Bluse geschenkt hatte. Er habe drei Monate dafür gespart. Eine Schneiderin mit einem Geschäft unweit des Schlosses der Grafen von Eltz, die schon ihrer Mutter das Hochzeitskleid genäht hatte, schneiderte ihr das Kostüm auf den Leib: Wildseide, blau wie Tinte. Zwei der schönsten Kleidungsstücke, die sie je besessen hätte.

Sie habe es so oft getragen, dass es die Form ihres Körpers annahm, an der Hüfte, an der Brust und an den Schultern.
An einem Morgen im Spätsommer sei sie mit ihren Töchtern bei der Essensausgabe der Caritas im Pfarramt gewesen. Es war ein Tag mit Sonne und Stille, doch als sie in ihr Haus zurückkehrten, fanden sie alles geplündert vor. Die Täter hinterließen nichts als Verwüstung und raubten alles bis auf die Bücher. Danach habe sie mit ihrem Mann und ihren Kindern im Keller des Krankenhauses gehaust, zusammengepfercht mit Hunderten anderen.
Dubravka erzählte, wie sie im Herbst des Jahres 1995 einige Wochen nach dem Krieg an einem Samstag auf den Markt gegangen war. Dort habe sie eine Frau bemerkt, die sie von früher vom Sehen kannte, die aber nie gegrüßt hatte, obwohl sie in der Nachbarschaft wohnte. Die Frau stand da und kaufte Auberginen, steckte sie in den Korb in ihrer Armbeuge, drückte sich zwischen den Ständen herum. Dabei trug die Frau ein Kostüm: Wildseide, blau wie Tinte. Es war ihr etwas zu weit. Dubravka erzählte, wie sehr sie damals gezittert habe. Sie sei zu der Frau hinmarschiert und habe sie angeschrien, sie solle sich schämen, ihre Kleider zu tragen, und das wisse sie auch. Doch die Frau sei nur stehen geblieben, habe sie von oben bis unten gemustert und gesagt: »Nein, das ist meins.«
Auf dem Rückweg trotteten Anka und ich nebeneinanderher. Es dämmerte, und die scharfen Kontraste wichen einem sanften Violett. Menschen schlenderten

den Stradun auf und ab. Stille füllte unseren Spaziergang aus.

»Glaubst du, Dubravka ist glücklich?«, fragte ich schließlich.

Anka zuckte mit den Schultern.

»Sag! Was denkst du?«, insistierte ich.

Anka wiegte den Kopf beim Gehen hin und her. »Ach du!« Sie warf die Arme in die Luft. »Es gibt Leute, die waren in Lagern und haben ihr Leben weitergelebt. Und dann gibt es Leute, die werden als Jugendliche von ihrer ersten Liebe verlassen und werden nie wieder ihres Lebens froh.«

Ich schleppte den Einkaufskorb mit beiden Händen und auf meine Hüfte gestützt. »Deine Freundin ist nett«, sagte ich.

»Ach, die ist nicht meine Freundin«, entgegnete Anka.

»Nicht?« Ich war verwundert.

»Nee, die nervt mich eigentlich. Mit ihren alten Geschichten.« Rhetorische Pause. »Eigentlich nerven mich alle!« Sie tat so, als sei es ein Witz, aber das kaufte ich ihr nicht ab. Ich schaute sie im Gehen von der Seite an.

»Wobei«, fuhr sie fort, »du nervst mich nicht, Schwabica.« Sie lächelte. Dann streichelte sie über meinen Kopf. So etwas hatte ich lange nicht gefühlt.

Als ich den Korb mit den Kartoffeln auf dem Küchentisch abstellte, bedeutete mir Anka, sie wolle mir etwas zeigen. Wir gingen die Stufen hinauf in den ersten Stock. Zum ersten Mal betrat ich ihr Zimmer. Ein Schneckenhaus für Menschen. Es roch nach alter Tapete und Mottenkugeln. Auf einem Hocker stand ein Plastikpott voller Knöpfe mit einem ausgeblichenen Langnese-Logo darauf, das ich seit meiner Kindheit nicht mehr gesehen hatte. Bevor ich mich umschauen konnte, schloss Anka mit einem Schlüssel eine Tür in der Wand auf, hinter der eine schmale Holztreppe lag. »Da geht's zum Dachboden«, verriet Anka. Während sie die Stufen hochschlurfte, schnaufte sie, blieb immer wieder stehen und fasste mit der einen Hand an das Geländer und mit der anderen an ihren Rücken. »Ubit ću se!«, krakeelte sie und seufzte theatralisch, »ich bring mich um!« Adam hatte mir beigebracht, dass man das in Kroatien halt so sagt, wenn einen etwas nervt. Die Menschen hier kündigen Selbstmorde an, wie wenn man in Deutschland »Och nö« sagte, oder »Uff«. Adam hat mir auch erklärt, dass Kroaten sehr penisfixiert fluchen, während Deutsche in dieser Hinsicht ja in der analen Phase hängen geblieben sind. Während in Deutschland alles kacke oder scheiße ist und jemand ein Arschloch, ist in Kroatien alles und jeder ein Schwanz. »Das ist mir scheißegal!« wird hier zu »Da tut mir doch der Schwanz weh!«, und etwas ist nicht »im Arsch«, sondern »im Schwanz«. Alles dreht sich um den Penis, er ist Dreh- und Angelpunkt, er hält die Sprache, ja, die ganze Gesellschaft zusammen, man muss einmal mehr vor Neid erbleichen, keinen zu haben. Und immer geht es ums Ficken, das man natürlich nur mit männlichem Genital kann, klar. Und die Königsdisziplin ist, in Beleidigungen mit Pimmeln die eigene Mutter oder – die Champions League der Schmähung – die Heilige Maria einzubauen. Am eindrücklichsten fand ich die

Redewendung »Idi u pizdu materinu!«, was so viel bedeutet wie »Geh zurück in die Fotze deiner Mutter«. Das hat doch fast etwas Philosophisches. Das plärren sich hier bereits Kinder im Sandkasten zu. Nein, ein Volk, das so etwas erfindet, hat keine Zeit, gute Blechlaschen für Konservendosen zu bauen.

Der Dachboden sah aus, wie Dachböden in Jugendfilmen aussehen: verträumt und voller Geheimnisse. Hier oben war nicht Mittwoch und nicht abends und nicht Sommer, hier war die Zeit stehen geblieben. In einer Ecke stand ein aus einem Fernsehkarton gebasteltes Puppenhaus, auf einem zerschlissenen Sessel thronte eine Schreibmaschine, auf dem Boden lag ein verrostetes Kinderfahrrad, eine Luftmatratze, ein Tennisschläger, dazwischen allerhand Kisten. Ich wollte am liebsten alles anfassen, die Kartons und Schatullen, die Bilderrahmen und Bücher. Ich nahm eine Mandoline in die Hand, der die Saiten fehlten. Aus einer Schachtel lugte eine zerknüllte Kroatienflagge. Deutschland ist das Land der Rechtecke – aber Kroatien hat sogar ein Schachbrett in seiner Flagge. Anka fasste mich an der Schulter, blieb in der Mitte des Raumes stehen und stemmte ihre Arme in die Hüften. »Stop. Hier wird nicht geschnüffelt.« Sie spähte mit zugekniffenen Augen durch den Raum wie ein Cowboy, der gerade breitbeinig in einen Saloon getreten war. »Ich weiß, wo wir suchen müssen.«

Sie kickte ein paar Stühle zur Seite, wühlte in einer Truhe. Nach einer gar nicht mal so langen Weile stieß sie plötzlich ein »Da!« aus und zeigte auf einen großen Koffer neben einer Sporttasche aus den Achtzigern, deren Mintgrün, Lila und Zitronengelb mal grell gewesen sein mussten. Ich half ihr, den Koffer zwischen dem Gerümpel hervorzuziehen. Er war aus Schlangenleder, das echt aussah und wie aus den Tropen, und ich fragte mich, wie er an diesen Ort gekommen war. Anka öffnete die einzige Schnalle, die noch nicht kaputt war, und wuchtete den Koffer auf. Nach ein paar Handgriffen zog sie ein Leinenhemd heraus. »Das ist es! Das habe ich gesucht.« Sie reichte es mir, und es fühlte sich nicht so an, als ob sie mir etwas gab, sondern als ob sie mir etwas zurückgab. Aber gut, hatte ich bei der Hulk-Faust nicht auch gedacht, sie gehört einfach zu mir?

»Das war Andris Lieblingshemd.«

Wir erhoben uns aus der Hocke, Anka hielt sich dabei an mir fest, aber diesmal fluchte sie nicht wie sonst. Wir schritten zum Spiegelschrank. Er hatte in der Mitte einen Sprung, sodass man sein eigenes Abbild in zwei Hälften geteilt sah. Auf seinem verschnörkelten Rahmen saß eine Fliege und rieb sich die Beine. Im Licht der untergehenden Sonne, das durch das Deckenfenster ins Halbdunkel schien, tanzten Staubkörner. Es machte alle Kanten weich. Ich mochte an Staub, dass es das Finale ist, die Endstation aller Dinge, das letzte Level. Staub war die Mauer der Stadt, die Haut der Menschen, Autoabgase, Blüten, Buchrücken. Und wischt man einmal über seinen Fenstersims, hat man eine ganze Welt auf dem Zeigefinger. Anka hustete. Sie stellte sich hinter mich und hielt mir das Hemd vorn an den Körper. Sie begutachtete mich im Spiegel. Dann murmelte sie wie in einem Tagtraum etwas auf Kroatisch, was ich nicht verstand. Das Spiegelbild zeigte, dass sie feuchte Augen hatte, es war das erste und letzte Mal, dass ich das bei ihr sah, und dabei sah ich es nicht mal direkt, aber noch bevor ich mich zu ihr umdrehen konnte, sagte sie abrupt: »Hajde, mali.« Wie ein Dirigent bedeutete sie mir mit einer Armbewegung, das Hemd anzuziehen. Ich drehte ihr den Rücken zu und zog mein T-Shirt über den Kopf. Ich zuckte zusammen, als es über meinen Bauch streifte an den Stellen, an denen nach dem Sonnenbrand neue Haut wuchs. Ich legte das T-Shirt auf den Boden, stand nackt im Raum, schlüpfte dann in das Leinenhemd. Es passte wie angegossen. Dann schaute ich in den Spiegel, eine kleine Ewigkeit. Ich blinzelte und starrte ins Nichts und sah alles - und mich darin. Andri, Aschkenasi, Ragusa. Mein Ich wurde nun von sieben Knöpfen zusammengehalten. Mich überkam eine Ruhe, die meinen Körper stärkte. Ich fragte mich, ob Männer sich so jedes Mal fühlten, wenn sie ein Hemd anlegten. Was für eine Haltung in der Welt musste das sein. Ich stellte mich aufrecht hin und machte meine Schultern so breit ich konnte. Ich fühlte mich nicht groß, sondern noch immer nichtig, aber es fühlte sich nicht mehr sinnlos an, sondern milde. Dann sah ich meine Mutter und meinen Vater vor meinem inneren Auge, meine beiden Schwestern, meinen Onkel, und auch den einen Opa, den wir nie etwas fragen durften. Ich sah sie als das, was sie waren: irgendwelche Frauen und irgendwelche Männer.

»Wie war Andri?«
Anka leckte ihren Zeigefinger ab und pulte sich damit im Ohr. »Ach du immer mit deinen Fragen.«
»Bitte antworte.«
Sie setzte sich auf die Truhe, ließ ihren Blick aus dem Dachfenster schweifen und überlegte. »Er war oft einfach so traurig. Aber er war auch oft einfach so fröhlich.« Sie betrachtete mich. »Du bist schon eine komische Type, Schwabo«, sagte sie. Für ihre Verhältnisse hatte sie schon ganz schön lange nicht nur des Plapperns wegen geplappert. Ich studierte mein Spiegelbild und zupfte das Hemd an den Schultern zurecht. Dann drehte ich mich um meine eigene Achse, schritt auf und ab und präsentierte mich Anka.
»Ich bin Andri«, sagte ich.
»Jaja, genau!« Sie kicherte heiser und musste davon husten.
»Du lachst wie ein Mann!«, sagte ich und setzte mich auf die Truhe neben sie. Nun musterte ich mein Spiegelbild aus einiger Entfernung. Ich bewegte mich und gefiel mir auch jetzt. Ich setzte mich breitbeinig hin, stützte meine Ellenbogen auf den Knien ab und ließ die Hände baumeln. Dann lehnte ich mich zufrieden nach hinten. Anka schaute mir dabei zu. Dann nahm sie mein Kinn in ihre Hand und inspizierte es.
»Und du, sag mal, hast du ein bissele einen Bart?« Sie grinste. Und sie tat etwas, das sie noch nie zuvor und nie mehr danach tat: Sie küsste mich auf die Stirn.
Anka hatte mir Andris Hemd geschenkt. »Allo, nimm, mali, nimm«, hatte sie gesagt. Am Abend dieses Tages

legte ich mich mit dem Hemd ins Bett und schlief ein, als würde ich friedlich sterben. Wir üben den Tod jeden Abend, beim Einschlafen, wir sterben jede Nacht vorübergehend, und trotzdem haben wir solche Angst davor. Ich glaube, Menschen, die schlecht einschlafen können, haben nur Angst vor dem Tod. Am Ende dieses Tages schlief ich so schnell ein wie noch nie.

30

Adam und ich lagen auf dem Bett in meiner Bruchbude, die nun eine Höhle war, verborgen und schummrig. Die Schwüle dämpfte alle Bewegungen. Es gab ein Badezimmer, eine Nasszelle eher, die offensichtlich nachträglich in eine Wand gehauen wurde und in der man sich nicht um sich selbst drehen konnte, ohne dabei an etwas anzustoßen. Das Fenster stand offen, ein ramponierter Ventilator surrte darunter auf dem Flickenteppich, der mal bunt gewesen sein musste. Hier wuchs nichts. Warum auch tun Leute Pflanzen in eine Wohnung? Was machen die denn drinnen?
Adam und ich wollten baden gehen, vor Stunden schon, aber jedes Mal, wenn einer von uns aufstand, um sich ein Glas Wasser zu holen oder um endgültig die Tasche mit den Schwimmsachen zu packen – diesmal wirk-

lich! –, fasste einer von uns den anderen am Arm, griff um den Hals, manchmal auch um die Hüfte, und wir schliefen miteinander. Sogar einmal in dem schmalen Bad. Ich weiß nicht, wie wir das hinbekamen. Wir waren wie Tiere in einem Bau. Die Zeit mit Adam musste man nutzen, weil nie sicher war, ob es ein Morgen gab, ein Danach, also, mit ihm noch weniger als mit irgendwem sonst, oder ob er dann wieder spurlos verschwinden würde, ohne dass Anka mir sagen konnte oder wollte, wo er war und wann er zurück wäre, geschweige denn er selbst. Ich nahm mir jedes Mal vor, ihn beim nächsten Wiedersehen zu fragen, was er so gemacht hat, wer er überhaupt war, was ich aber jedes Mal vergaß oder eher: verdrängte, weil ich wieder Angst hatte, die Fragen würden etwas verändern.

»Magst du noch baden gehen?«

»Hmm.« Adams Kopf lag auf meinem Brustkorb und ich kraulte ihn. Seine Haare waren ein Dschungel, durch den sich meine Finger gruben. »Wie spät ist es denn?«

»Viertel vor zwei.« Das sagte ich einfach so, ich weiß nicht, warum ich das tat. Ich schaute auf den Wecker auf meinem Nachttisch. In Wahrheit war es 15:07 Uhr. Adam brummte, sagte aber nichts weiter. Mir fiel ein, dass vor 1893 in jeder Stadt in Deutschland eine andere Uhrzeit herrschte, orientiert am Stand der Sonne. In Filmen über die Zeit der Industrialisierung stiegen manchmal Reisende aus der Eisenbahn und schauten im Ankunftsort als Erstes auf den Kirchturm, um ihre Taschenuhr danach zu stellen, um eine halbe Stunde vor oder zurück vielleicht sogar, je nachdem, ob sie in Köln waren oder in Cottbus. Die Menschen haben einfach die Uhrzeit festgelegt, per Gesetz. So, wie sie festlegen, ob man ein Duschgel als Kundengeschenk von der Steuer absetzen darf oder ab welcher Anzahl von Bäumen man von einem Wald spricht. Alles ausgedacht, wie halt: alles. Ich kann den Bums hier gern mitmachen. Aber warum sollte man ihn ernst nehmen. Oder kann ich mich noch immer dagegen entscheiden?

»Ah, nein, es ist kurz nach drei.«

Adam murmelte nur leise »Mhm«. Vermutlich war es eh egal. Vielleicht hat jeder eine eigene Zeit, und deshalb verpassen wir uns alle immer wieder. Durch das offene Fenster hüpfte ein Kätzchen herein. Neugierig lugte es durchs Zimmer, und als es ans Bett trat, erstarrte ich.

»Was ist?«, fragte Adam und schmiegte seinen Kopf tiefer in meine Handflächen, damit ich ihn weiter kraulte.

»Da ist ... die Katze«, sagte ich.

»Welche Katze?«, fragte er schläfrig.

»Die Katze, die tot ist.«

»Was?« Er hob den Kopf. Ich richtete mich im Bett auf und lehnte mich am Kopfende an die Wand. Adam setzte sich an die Bettkante, griff mit beiden Händen unter den Bauch des Kätzchens, hob es in die Luft und vor sein Gesicht. »Kenova mala. Kako si?«, fragte er freundlich. Sie miaute, er lächelte. Dann setzte er die Katze auf meinen Schenkeln ab. »Also, ich weiß ja nicht, aber die wirkt ziemlich lebendig auf mich.« Er zog eine Schachtel Zigaretten aus der Hosentasche seiner Jeans vom Boden und zündete sich eine an. Er hat noch nie gefragt, ob es mich stört, aber ich glaube, nicht aus Unhöflichkeit, sondern weil er nicht daran denkt, dass er nicht allein ist. Das Kätzchen hatte dasselbe Grau, dasselbe Gesicht und denselben weißen Fleck zwischen den Augen wie die, die ich neulich zu Grabe getragen hatte.

»Ich verstehe das nicht. Sie sieht exakt so aus wie die, die neulich gestorben ist!«, sagte ich.

Adam ließ seinen Rücken aufs Bett sinken und blies den Rauch Richtung Decke. Ich schaute auf den Boden, auf dem unsere Klamotten verstreut lagen. Ich streifte mir sein T-Shirt über, schlüpfte in meine Flip-Flops, nahm das Kätzchen in meine Arme und ging in den Flur. Es miaute und schmiegte sich an mich. Meine Vermieterin kochte gerade in der Küche. Die Tür stand einen Spalt offen. Es roch nach Fleischsuppe. Ich klopfte an, was sie nicht hörte, also klopfte ich lauter und räusperte mich, was sie noch immer nicht hörte, also trat ich schließlich ein. Erst zuckte sie vor Schreck zusammen, dann begrüßte sie mich mit Lächeln und Nicken. Ich zeigte mit dem Kinn auf die Katze an meiner Brust.

»Miš?«, fragte ich die Vermieterin irritiert.

»Ah! Ne, ne!«, sagte sie und lachte. »Maca! Maca!«

Die Suppe blubberte. Die Vermieterin ballte ihre Hände zu Fäusten, die sie erst aneinanderpresste und dann voneinander löste. Da ich nicht verstand, was sie sagen wollte, riss sie aus einem Konzum-Prospekt eine Seite heraus, griff nach einem Kugelschreiber in dem Korb neben dem Festnetztelefon, in dem auch Münzen und Nähzeug lagen, und kritzelte in eine Ecke neben den Sonderangeboten der Wurstwaren einen großen

Kreis. Diesen teilte sie in der Mitte mit einem Strich und malte zwei kleinere Kreise hinein. In den einen schrieb sie in Blockschrift Miš, in den anderen Maca. Es handelte sich also um den Zwilling des toten Kätzchens. »Ah!« Ich nickte und lächelte, und sie nickte und lächelte zurück. Dann nahm sie mir die Katze ab und küsste sie auf den Kopf. Ich verabschiedete mich und schlurfte zurück ins Zimmer. Vermutlich hatte ich all die Zeit abwechselnd mit beiden Katzen gespielt. Seltsam nur, dass ich sie nie gleichzeitig sah, vor allem, da es Geschwister waren.

»Und?« Adam lag noch in derselben Position auf dem Bett, streichelte mit einer Hand an seinem Bauchnabel herum und drehte langsam seinen Kopf zu mir.

»Das ist einfach der Zwilling der toten Katze.«

»Na siehst du.«

»Was heißt noch mal ›Maca‹?«

»Katze.« Eine Katze namens Katze. Ich musste schmunzeln. Warum einen Namen ausdenken, wo schon ein Name ausgedacht wurde.

Adam stand auf, ging zum Fenster, drückte seine Zigarette am Sims aus, lugte heraus, überlegte kurz und warf den Stummel in den Mülleimer im Bad. Dann legte er sich wieder aufs Bett.

»Du hast wenig Bücher hier, dafür, dass du für eine Arbeit recherchierst.«

Ich antwortete nicht.

Dann griff ich nach der Bettdecke auf dem Boden. Ich kletterte auf die Matratze, fasste in die Ecken am unteren Ende an der Knopfleiste und schüttelte sie auf. Es

war ein Irrsinn, bei dieser Hitze eine Decke zu verwenden.
»Was machst du denn da?«
Etwas wacklig auf den Beinen schleuderte ich ihm Luft ins Gesicht. »Ich hasse es, wenn die Bettdecke den Bezug nicht ausfüllt. Wenn am oberen Ende dieses leere Stück Tuch wie so ein Lappen auf einem liegt.« Ich krümmte meine Finger zu Krallen und verzog das Gesicht.
Adam grinste mit einem Mundwinkel. »Aha. Mhm.«
Manchmal hat er ja Grübchen, dachte ich. Ich sank auf die Knie, und er richtete sich auf Knien im Bett vor mir auf. Dann zog er mir mein T-Shirt, das eigentlich seins war, langsam über den Kopf. Er hielt inne und schaute mich eine Weile an. Dann küsste er mein Schlüsselbein.
»Du hast schöne Knochen«, sagte er.
Ich hob die Augenbrauen. »Das hat noch nie jemand zu mir gesagt.«
»Was hast du noch alles für Macken außer halb gefüllten Bettdecken und deinen komischen Geräuschen?«
»Was denn für komische Geräusche?«
»Na, die komischen Geräusche, die du ständig machst.«
»Was denn für welche?«
»Wie so ein Hausgeist.«
Ich machte eine Grimasse. Er lächelte. Dann überlegte ich laut: »Ich kann eine Hose erst anziehen, wenn ich schon Socken anhabe.«
»Warum?«
»Weil es sich sonst seltsam anfühlt. Wenn die Hosen-

beine an den nackten Knöcheln entlangstreifen. Das ist die falsche Reihenfolge.«

»Aber was ist, wenn Sommer ist und du eine Hose anziehst, aber keine Socken?«

»Dann ist es egal.«

»Natürlich.« Er schmunzelte.

Wir legten uns nebeneinander. Die neue Haut an meinem Bauch war heller an jenen Stellen, die die Sonne verbrannt hatte. Vom Schambein bis zum Brustkorb war ich nun blass gestreift, ein wenig wie ein Zebra. Ich beobachtete eine Spinne, die in ihrem Netz im Winkel der Zimmerdecke saß und auf Beute wartete. Adam drehte seinen Körper zu mir und legte sich auf mich. Mit seinen Knien öffnete er meine Beine. Er strich eine Haarsträhne aus meinem Gesicht und klemmte sie hinter mein linkes Ohr. Dann legte er eine andere hinter mein rechtes. Er streichelte mit einer Hand über meine Wange. Er küsste meine Stirn. Er fuhr mit seinen Fingern meine Augenbrauen und meinen Nasenrücken nach. Adam entmenschlichte mich, weil er mich betrachtete wie ein Tier. Er machte mich zu einem Wesen, und das empfand ich als Gnade. War das Freiheit? Ich wünschte, alle Menschen würden mich betrachten, wie sie ein Tier betrachten, bei dem man sich auch nicht gleich fragt: Bist du ein Männchen oder ein Weibchen, sondern nur denkt: Hallo Tier, was für ein Zufall, wir sind gleichzeitig auf der Welt! Ich wünschte, dass man, wenn man mir begegnet, erst nur die Beschaffenheit meines Fells betrachtet, meine Federn, die Transparenz meiner Flügel, den Sitz meiner Kiemen.

Adam senkte sich hinab zu meinem Gesicht. Er küsste mich nicht, sondern er hauchte mir seinen Atem auf meine Lippen. Instinktiv öffnete ich meinen Mund und nahm seinen Atem auf. Ich atmete ihn tief ein und hauchte meinen Atem zurück. Und nun öffnete er seinen Mund, atmete ein und hauchte seinen Atem zurück in meinen Mund. Das taten wir eine Weile, eine ewige Weile. Dann glitt er an mir hinab und begann, mich zwischen den Beinen zu küssen und zu lecken und aufzusaugen. Ich war seine Nahrung und er war meine. Er trank von mir und ich trank von ihm. Hinterher stellten wir uns unter den kalten Wasserstrahl. Beim gemeinsamen Duschen kann man die Enge der Duschkabine mit Nähe verwechseln und diese dann mit Liebe.

»Wie ist es dort, wo du herkommst?«

»In Deutschland meinst du?«

»Ja. Also da, wo du aufgewachsen bist.«

Ich überlegte. »Wie das Gegenteil von hier.«

»Ja?«

»Wobei ... irgendwie auch genau wie hier.«

Wir legten uns noch tropfend ins Bett. Da war dieser Hunger. Er hatte dieses Körperteil, das ich ihm neidete, geneidet habe, aber ich war die, die aufgefüllt wird, und er war der, der entleert wird. Als er in mir war, stellte ich mir vor, dass eigentlich ich in ihm bin. Eigentlich hatten wir denselben Körper, je nachdem, aus welchem Blickwinkel man ihn betrachtete. Meine Vulva war mein Penis. Sein Penis war seine Vulva. Nicht er dringt in mich ein – ich stülpe mich über ihn.

Die Hitze hatte abgenommen. Ich drehte mich zu ihm und legte meinen Kopf auf seinen Bauch. Er hob und senkte sich sanft, auf und ab. Auf und ab. War ich wirklich verliebt in diesen Mann oder wollte ich nur so sein wie er, und hat sich das jemals voneinander unterschieden? Aber ich bin nicht eifersüchtig auf ihn, ich sehe es ihm nach, denn auch er kann nichts für diesen Zufall der Natur, nichts für diese Laune der Gegenwart, also bin ich jetzt ganz ruhig, beinahe friedlich, während mein Kopf auf seinem Bauch ruht, auf und ab, auf und ab, während mein Atem sich in seinem Brusthaar verfängt wie ein Rascheln in einem Wald. Und ich weiß, dass ich nur warten muss, geduldig sein, so, wie ich bisher geduldig gewesen bin, und dass meine Zeit kommen wird, dass meine Zeit wiederkommen wird, ich würde irgendwann der Bauch sein und jemand anderes der Kopf, ich würde lebendig sein, und es wäre eitel, es jetzt zu wollen, weil es nicht wichtig ist, wer ich bin, und vor allem nicht, was.

»Manchmal fühlt es sich an, als seien wir zusammen.«

Sagte ich das gerade laut? Meine Aussage brachte Adam nicht aus der Fassung. Genau genommen regte er sich ebenso wenig, als hätte ich nichts gesagt.

»Wir sind ja auch zusammen. In den Momenten, in denen wir zusammen sind.«

Ja, nun. »Werden wir uns wiedersehen?«

»Wann? Morgen?«

Der Ventilator surrte unbeeindruckt.

»Wirst du mal nach Deutschland kommen?«

»Warum nicht.«

31

Es knackte im Unterholz. War das ein Tier? Auf einmal hatte ich das Gefühl, dass alle Büsche und Bäume mich anstarrten und stumm schrien: Was willst du hier? Und diese Frage war berechtigt. Der Mond leuchtete auf das überlebensgroße Kreuz und die vier Gedenktafeln aus weißem Stein, die auf einem Podest in einer Waldlichtung aufgestellt waren. Ich drehte mich zu dem eingezäunten, von vertrocknetem Gras überwucherten Feld. Das war also das Massengrab. Ich leuchtete mit der Taschenlampe auf die in die Gedenksteine eingravierten Namen. Insgesamt 53 Menschen wurden Ende Oktober 1944 auf dieser Insel hingerichtet, hieß es, darunter Ante, Antun, Aleksandar. Kein Andri. Auf einem Schild an der Mauer stand auf Kroatisch, Englisch, Französisch und Deutsch, dass durch Exhumierung und DNA-Analysen die Identität von 18 Personen festgestellt wurde, 35 wurden bis heute nicht identifiziert. Was hieß »bis heute«? Auf den Grabsteinen standen mehr als 18 Namen. Auf dem Schild stand kein Datum.

»Psss«, zischte ich zu Adam, der neben einem Steinhäuschen lehnte, in dem hinter einer Gittertür ein Holzkreuz und zwei Grablichter sowie ein Besen herumlagen.

»Was ist denn?« Er kam ein paar Schritte auf mich zu.

»Weißt du, wann das Denkmal hier errichtet wurde?« Ich meinte, einen Uhu zu hören.

»Was weiß denn ich!« Adam wirkte, als würde er mit den Füßen scharren, aber innerlich. »Lass uns gehen«, sagte er mit einem beinahe flehenden Unterton.

Wir hatten am Abend in meinem Zimmer Rotwein getrunken, und irgendwie hatte ich ihn überredet, mit seinem Boot nach Daksa zu fahren. Die Insel war klein, nur ein paar Hundert Meter lang, ein Fleck im Meer, geformt wie ein Magen. Es war ein seltsames Gefühl zu wissen, dass außer uns kein Mensch hier war. Nur ein Trampelpfad führte von der einen Seite des Eilands zur anderen, vorbei an zwei verfallenen Häusern, die offenbar seit Jahrzehnten sich selbst überlassen worden waren. Sie standen da wie Wunden, mit eingestürzten Dächern, querliegenden Balken, zerbröckelten Ziegelsteinen, Scherben und Schutt auf der Erde. Das Nichts fraß sie langsam auf. Wenn es in Gebäuden spuken kann, warum sollte es nicht auch in Menschen spuken?

Wir streiften durch den Wald wie Einbrecher, und das waren wir ja irgendwie auch. Ich dachte daran, dass die Menschen, die während des Zweiten Weltkriegs dem Massaker der jugoslawischen Partisanen zum Opfer gefallen waren, denselben Weg gegangen sein mussten. Und jetzt traten wir in ihre Fußspuren. Welcher der umliegenden Bäume war wohl der letzte, auf den der stadtbekannte Priester Petar Perica seine Augen gerichtet hatte, bevor die Kommunisten ihm in den Kopf schossen?

»Das ist die unheimlichste Insel, auf der ich je war«, sagte ich. Aber genau genommen war sie das nur, weil ich noch nie zuvor nachts auf einer Insel war. Die

Umrisse der Bäume sahen vor dem Nachthimmel aus wie Gespenster. Bäume füttern uns mit Luft, auf dass wir gedeihen und irgendwann sterben und zu Erde werden, und dann ernähren sie sich von uns. Wer bewirtet auf dieser Erde eigentlich wen? Ich machte größere Schritte, um Adam einzuholen, der mir immer ein wenig voraus war. Als ich gleichauf mit ihm war, nahm ich seine Hand. Zu meinem Erstaunen zog er sie nicht weg. Vielmehr griff er fest zu.

»Es gibt Inseln, die sind unheimlicher als die hier.«

»Welche denn?«

»Musst du das jetzt wissen?«

»Ja!« Ich drückte meine Hand noch fester in seine.

»Goli Otok, zum Beispiel«, sagte er. »Das bedeutet ›Nackte Insel‹.«

»Und was ist auf Goli Otok geschehen?«

Sein Blick war gesenkt. »Da schickte Tito seine politischen Gefangenen hin: Ein falsches Wort – zack, Zwangsarbeit in den Steinbrüchen, bis man verreckte.«

»Wie viele sind dort umgekommen?«

»Ach, wer weiß das schon. Tausende.«

Nun löste ich mich aus seiner Hand und legte stattdessen meinen Arm um seinen Rücken. »Jaja, der große Marschall Tito«, murmelte Adam. Ich schmiegte mich beim Gehen an ihn, und er drückte mich an sich. »Aber naja, dir muss ich ja nicht sagen, wie Kommunisten sind.«

»Ist Goli Otok in der Nähe?«

»Nein, das ist im Norden, neben der Insel Rab.«

»Vielleicht fahre ich da auch hin.«

»Hast du nichts Besseres zu tun?« Er sagte es nicht streng oder schnippisch, eher verwundert, aber trotzdem traf es mich. Seine Frage war berechtigt, und die ehrliche Antwort müsste lauten: Nein, habe ich nicht. Vermutlich merkte er, dass ich mit mir haderte, und beschwichtigte: »Man kann Daksa übrigens kaufen. Die Besitzer wollen sie nicht. Und auch sonst keiner.«
»Echt jetzt?«
»Ja, wirklich. Für nur zwei Millionen oder so.«
»Was?«
»Kannst sie ja kaufen. Du bist doch Deutsche. Ihr habt doch Geld.«
»Ich bin Ostdeutsche. Ich habe kein Geld. Zumindest nicht für Inseln.« Eine Mittelmeerinsel als Mängelexemplar. Wegen Massaker auf dem Grabbeltisch. Unter unseren Füßen knirschte der von Steinen durchzogene Waldboden. »Verrätst du mir, was auf Goli Otok war?«
»Ein KZ, ein Umerziehungslager. Da gibt es nichts zu sehen. Außer Felsen. Es ist wie Alcatraz«, sagte Adam. »Das Alcatraz der Adria.«
Ich schaute umher und versuchte herauszufinden, ob man Daksa ansehen konnte, was auf ihr geschehen war. Vielleicht an der Art, wie sich die Blätter der Eichen im Wind wiegen, oder an der Art, wie viele oder wenige Nadeln die Kiefern tragen, oder ob das Meer an diesen Felsen anders anbrandet. Ich dachte, es müsste ein Echo geben, weil ich immer ein Echo hörte, egal, wo ich war, schon immer, ein Echo von Orten, von Menschen und von allem, was je passiert ist. Aber auf Daksa war es still.

Da war das, was schon immer da war, das, worauf man sich immer verlassen konnte, das, was vielleicht nicht die größte Angst sein sollte, sondern der größte Trost, die zärtliche Gleichgültigkeit: das Nichts. Seit ich denken konnte, kam mir alles sinnlos vor. Aber zum ersten Mal fragte ich mich, warum das etwas Schlechtes sein musste.
Vielleicht denke ich nicht, vielleicht werde ich gedacht. Von etwas, das mit etwas anderem verknüpft ist, das außerhalb von mir ist, das größer, älter ist als ich. Und vielleicht bin ich so beschaffen, dass diese Gedanken der Welt sich genau in mir festsetzen, und nicht in Adam. Sie ankern in meinem Fluss, und in den Ritzen seiner Mauern siedeln sich andere an.
Wenn Andri, oder Aspekte von ihm, in mir wieder auf die Welt gekommen waren, woran würde ich das merken? Wann wüsste ich, dass es so ist? Wenn es keinen Beweis geben konnte, dass er in mir ist, gab es auch keinen, dass er es nicht ist. Und dann würde ich von allen Menschen, die je lebten, etwas in mir finden. Und dann war jeder eine Abwandlung von jedem. Alle Menschen waren ein Mensch, verteilt auf viele Körper.
Aus irgendeinem Grund hatte ich nun das Bedürfnis, barfuß zu gehen. Während ich meine Sandalen auszog, blieb Adam nicht stehen, sondern steuerte schnellen Schrittes den winzigen Hafen an, in dem er das Boot befestigt hatte. Ich spürte jede Kiefernnadel, jeden Kieselstein, jede Wurzel unter meinen Füßen. Ich dachte an das Physikbuch aus der Bibliothek und dass Dinge nie verschwinden, sie wandeln nur ihre Form. Atome

verbinden sich und trennen sich. Zusammen, alle zusammen, allein. Alles auf dieser Welt war aus Material, das schon immer da war. Warum also sollte es beim Menschen nicht auch so sein? Vielleicht war das schon alles, was die Hypnotiseurin meinte?
Ich blieb stehen. Ich schaute an mir herunter. Dann stellte ich fest, dass es zudem schlichtweg unwahrscheinlich war, dass nicht wenigstens ein einziges Atom in meinem Körper im Lauf der Erdgeschichte mal an einem Lebewesen mit Penis dran war, ich hatte also mal einen Penis, einen jüdischen Schwanz hatte ich, unter anderem, so wie jede Frau mal einen Penis hatte, man muss sich nur erinnern. Und Männer müssen sich erinnern, dass auch sie Frauen waren.
Wir essen Tote, letztlich. Denn wenn es nie etwas Neues gab, sondern jedes Ding nur seine Form änderte, dann waren überall die Überreste aller Menschen, die je gelebt haben. Wie zum Beispiel unter der Eisdiele vom Mandolini. Und in jeder Portion Pfirsich Melba. Sie sind inzwischen zerfallen und selbst zu Erde geworden. Und in dieser Erde bauen wir unsere Nahrung an. Also essen wir Tote. Ich war an diesen Planeten gebunden, und ich würde so lange auf ihm bleiben, wie er existierte. Nur nicht als das, was ich jetzt bin. Aber ich werde nicht sterben. Ich werde nur anders lebendig sein. Irgendwann bin auch ich Erde, mal wieder Erde, und es werden Sachen aus mir wachsen, zum Beispiel Kartoffeln, und dann wird jemand Pommes aus mir machen. Und das waren doch keine so schlechten Aussichten, oder nicht?

Adam lief vor mir. Mir fiel auf, dass er seit dem Gespräch über Titos Gräueltaten kein Wort mehr von sich gegeben hatte. Und seit wir den Fuß auf die Insel gesetzt hatten, hatte er sich keine Zigarette angezündet. Ich streckte beim Gehen meine Hände links und rechts zu den Büschen aus und streifte sie. Die Nacht war schwarz und klar. Ich fand Daksa nicht mehr gruselig. Vielmehr fühlte ich mich seelenruhig. Natur ist innen. Ich bin die Nahrung, die meine Mutter gegessen hat, als ich in ihrem Bauch wuchs. Ich bin verwandelter Weizen und Raps und Milch. Mich hat nur ein Mensch gestillt, aber Hunderte Kühe. Ich bin die Hände der Menschen, die Gemüse aus der Erde gegraben haben, ich bin die Spuren der Jahreszeiten, Reste von Sonne, Wind und Schnee, ich bin Schmutz, ich bin das Plastik der Tüten, in das Äpfel und Karotten gepackt waren, ich bin der Stahl der Autos, in denen Früchte und Nüsse durch die Welt nach Deutschland transportiert wurden, ich bin die Unterhaltungen der Menschen während all dieser Arbeit, und ich bin der Regen, der dabei darauf fiel.

Plötzlich trat ich in etwas Matschiges. Ich ging noch ein, zwei Schritte und merkte dann, dass es stank. Ich fluchte, und Adam blieb stehen. »Was?« Er drehte sich zu mir. Ich stellte mich auf mein rechtes Bein, umfasste mit den Händen die linke Wade und zog den Fuß so weit zu mir heran wie möglich. Ich musste mich gar nicht weit bücken, weil mir sofort klar war, was unter meinen Sohlen klebte: Hundescheiße. Wie konnte das sein, hier war doch angeblich nie jemand? Adam kam zu mir. Ich zeigte ihm meinen linken Fuß.

»Na, du bist ja ein Glückspilz«, sagte er und grinste.
»Ich dachte, hier kommen nie Leute her. Und dann kommen die sogar mit ihren Hunden her?«
Er zuckte die Achseln. »Anscheinend schon.«
Ich stützte mich an seiner Schulter ab, während ich mit dem linken Fuß über den Waldboden rieb, um mir den Kot von der Sohle zu wischen. Ich hopste und stank wahnsinnig. Adam stülpte bei geöffnetem Mund seine Lippen nach innen, sodass es aussah, als sei er ein Greis ohne Zähne, und ich sah, dass er sich so ein Lachen verkniff. Aber irgendwie musste auch ich schmunzeln. Das war es: Jetzt war ich eben ein Menschenkörper plus Hundescheiße. In meiner Absteige, bevor wir aufbrachen, war ich ein Menschenkörper plus Adam. Ich bin ein Körper plus X. Seit ich ein Kind war, erschien mir meine Existenz wie eine Frage, auf die ich keine Antwort wusste, und ich verhandelte sie über meinen Körper, weil ich in ihm manifestiert war. Es war nicht so, dass ich ihn hasste, aber ich fand in ihm auch nie eine Heimat. Aber jetzt wusste ich, dass mein Körper ein Körper der anderen ist. Er ist zusammengesetzt aus Altem. Mein Körper ist ein Ahne. Ich bin ein Komposthaufen. Das Blut von Fremden fließt in mir, die mir das Leben gerettet haben, als ich ein Neugeborenes war. Die Blicke, die Kommentare, die Taten der anderen können meinen Körper nicht mehr zu einem Objekt machen, als er ohnehin schon ist. Vielleicht schmerzt es nur, sich als Objekt zu fühlen, wenn man glaubt, ein Subjekt zu sein. Nicht ich bin in meinem Körper in der Welt manifestiert. Sondern die Welt ist als Ich

in meinem Körper manifestiert. Ich bin der Tag und die Nacht und die Dämmerung. Ich bin der Fluss, in dem ich schwimme, und ich bin der Felsen, auf dem ich liege. Ich bin vermutlich immer auch ein wenig das Dorf, in dem ich groß geworden bin, und ich spüre den Hass und die Häme darin, aber auch die Herzlichkeit und die Hoffnung. Und vielleicht bin ich all diese Dinge. Ich bin zwar jetzt ein Mensch, aber vielleicht auch ein Tier, das als Mensch gebaut ist. Vielleicht bin ich ein Hirsch, und meine Gedanken sind sein Geweih.

Ja, ich war Andri. Ebenso wie ich alles war, was vor mir war.

32

Ich atmete durch. Wie sage ich es? Wo fange ich an? Die Wörter sind ja alle schon da. Man muss sich nur passende aussuchen und in eine schlüssige Reihenfolge bringen.

»Ich bin nicht für eine Recherche nach Kroatien gekommen, also ... nicht ganz«, begann ich. Ich suchte in der Luft nach Worten.

Anka blökte »Šta?«, also »Was?«, es klang mehr wie ein »Hä?«.

Wir saßen auf dem Sofa. Sie knusperte salziges Popcorn, während ich wie immer keinen richtigen Appetit hatte. Mir war flau im Magen. Im Schwarz-Weiß-Fernseher lief eine Verwechslungskomödie.
Dann erzählte ich. Ich kann nicht sagen, wie oft Ankas Mimik währenddessen wechselte. Sie hielt es erst für einen Scherz und hörte nicht richtig zu. Dann schüttelte sie den Kopf. Als sie merkte, dass ich es ernst meinte, war sie bestürzt. Irgendwann hörte ich auf zu sprechen. Auch sie sagte nichts, aber wir schwiegen nicht gemeinsam, jeder schwieg für sich allein.
Nach einer Weile stellte sie den Fernseher leiser und sagte, ohne mich anzuschauen: »Du bist doch nicht normal, mala.« Jetzt schaltete sie den Film aus. »Was weißt du denn schon von Leid.«
Ich starrte auf den schwarzen Bildschirm.
Stille.
»Du kannst nicht einfach herkommen und sagen, du bist er. Nur, damit du dich besser fühlst. Spinnst du?« Sie zischte durch die Zähne. »Nichts weißt du. Nichts.«
Ich rührte mich nicht. Ich traute mich nicht, ihr in die Augen zu schauen.
»Ihr Deutschen interessiert euch immer nur dann für Juden, wenn sie leiden!«, und sie fügte hinzu: »Oder wenn sie tot sind.«
Mein Blick versuchte, sich an etwas festzuklammern. Aber der Tisch, der Schrank und die Stühle schauten stumm zurück. Viele Fragen, keine Antworten. »Was weiß ich nicht?«, traute ich mich irgendwann leise zu äußern.

Dann brach es aus ihr heraus: »Er hat sich umgebracht! Umgebracht! Im Meer! Am Sveti Jakov!« Ihre Stimme überschlug sich. »Da hast du's! Um den Nazis zuvorzukommen!« Dann war Totenstille. »Geh. Und komm nicht mehr wieder.«

Nach diesem Ausbruch ließ sie mich sitzen. Sie ging in die Küche. Ich hörte das Rauschen des Radios und das Scheppern von Töpfen. Erst nach einer Weile fiel mir auf, dass ich noch immer wie erstarrt auf ihrem Sofa saß. Ich stand auf, schlich in den Flur und sah durch einen Spalt der Küchentür, dass Anka Gemüse für eine Suppe schälte. Ich hielt kurz inne, und als ich merkte, dass es nichts gab, was ich ihr noch hätte sagen können, verließ ich die Wohnung. Ich schaffte es nur bis zur gegenüberliegenden Mauer und sank dort in die Knie. Andri hatte sich umgebracht. Es ergriff meinen ganzen Körper und schüttelte ihn. Ich zog mich an den metallenen Schnörkeln eines Zaunes hoch. Ich fror. Ich fuhr mit der Hand über den Boden. Der Stein, der von Weitem glatt aussah, war von Nahem porös. Ich grub meine Fingerspitzen in die Furchen. Der Stein war ein Gesicht mit Falten. Ich wankte die Stufen hinunter. In der Altstadt pilgerten die immer gleichen Besucherströme zum Stradun auf der Suche nach Vergnügen oder Vergessen. Ich ertrug es nicht mehr und eilte aus den Stadtmauern, die mir jetzt wie ein Gefängnis vorkamen. Ich hastete aus dem Tor Ploče und vorbei am Lazarett, am Strand Banje, an den Fünf-Sterne-Hotels »Excelsior« und »Argentina« die Küstenstraße entlang in Richtung Osten. Die Autos wurden weniger. Irgendwann war ich

am Rand von Dubrovnik angekommen. Am Hang lag die Kirche, in der Adams Bekannter geheiratet hatte. Darunter waren die Bucht und der Strand Sveti Jakov. Hier also hatte sich Andri das Leben genommen.
Ich bog um eine Kurve und gelangte zu einem im Krieg zerbombten Luxushotel. Es war das letzte Gebäude der Stadt, danach kamen nur noch Gestrüpp und Klippen. Das musste »Belvedere« sein, das einzige Bauwerk in Dubrovnik, das seit dem Krieg nicht wieder aufgebaut worden war. Auf dem verdreckten Bürgersteig tummelten sich streunende Katzen. Ich schritt die von Wildwuchs überwucherten Stufen herab. Die vom Mondlicht angeleuchtete Ruine war von einer unheimlichen Stille umgeben. Bretter, zersplittert in den zerstörten Dächern. Gebälk, herunterhängend wie gebrochene Glieder. Das Hotel war eine offene Wunde. Ich schob mich einen engen Pfad an einer Mauer entlang und schaute in eine mit Schutt und Scherben überhäufte Halle mit einem Becken – vor dem Krieg offenbar das Schwimmbad. Eine zerfallene Mauer legte ein ehemaliges Hotelzimmer frei. Ich trat einen Schritt hinein. In einer Ecke vergammelte eine zerschlissene Matratze. Zwischen zerbrochene Kacheln drang Gestrüpp. Es roch nach Urin. Auf dem Boden lagen ein Haufen Bierdosen, benutzte Pflaster, Mullbinden und Kondome. Ich stürzte wieder hinaus. Ich lief die Treppe an einer Terrasse entlang, die einer Müllkippe glich. Graffiti an den Wänden zeigten Panzer, Flaggen und Parolen, die ich nicht verstand. Dann war die Neugier größer als das Unbehagen, und ich trat durch zwei Säulen ins Dunkel. Von der Decke hingen

rostige Drähte und Kabel. Knacken. Echo von Knacken. Ein Knirschen hinter mir. Schritte. Ich hielt die Luft an. Innehalten. Aushalten. Ich ballte die Hände zu Fäusten. Dann drehte ich mich um. Schatten eines Mannes. Das Mondlicht schnitt seine Umrisse aus der Finsternis. Der Schreck schlug in meinen Magen. Ich rührte mich nicht. Dann sah ich das Flackern einer Zigarette.

»Anna.«

Ich atmete schwer aus. »Hast du mich erschreckt!« Meine Knie knickten ein, und ich stemmte meine Hände auf die Oberschenkel. »Was machst du hier?«

Adam blies Rauch aus. »Ich habe dich über den Stradun weglaufen sehen.«

Ich wankte an ihm vorbei und ließ mich auf eine Mauer sinken. Er kam mir nach und setzte sich neben mich.

»Und was machst du hier?«

Ich seufzte. »Weglaufen.«

»Vor was?«

»Vor mir. Vor allem.«

Er schaute mich an und wartete. Dann fragte er: »Warum?«

Ich ließ den Kopf sinken. »Hast du Zeit?«

»Immer.«

Ich fing bei der Nacht vor meinem dreißigsten Geburtstag an und hörte bei Anka auf. Andri, Aschkenasi, Ragusa. Dazwischen erzählte ich von Dingen, die ich auch vor mir verborgen hielt. Es dauerte eine Weile, bis Adam sich regte.

»So was hab ich echt noch nie gehört.« Er spielte an der Zigarettenschachtel herum, öffnete und schloss

den Deckel immer wieder mit Daumen und Zeigefinger.
»Glaubst du das alles wirklich?«
Ich senkte den Blick zu Boden. Ich spürte Scham überall, vor allem im Hals und in der Brust. Adams Augen wanderten zwischen der Ruine und mir hin und her. Es war, als wäre alles gesagt und nichts. Aber Adam ging auch nicht weg, er blieb einfach neben mir sitzen. Eine deutsche Frau. Die ein jüdischer Mann sein soll. Ich schämte mich. Wir schwiegen lange.
»Adam, warum sprichst du so wenig?« Es war das Naheliegendste, das man Adam fragen konnte, und trotzdem hatte ich es noch nie getan.
Er zuckte mit den Schultern. »Was möchtest du denn, dass ich sage?«
»Wer du bist.«
Er kratzte sich am Kopf und überlegte. Dann sagte er: »Aber ich bin ... das.«
Ich streichelte über sein rechtes Schulterblatt. »Ich glaube, du hättest viel zu erzählen.«
»Ich habe nichts Besonderes zu sagen.«
»Das glaube ich dir nicht.«
»Okay.«
Ich überlegte. Jetzt war eh alles egal. »Ich habe den Sommer mit dir verbracht. Ich will wissen, was du denkst. Ich will wissen, was du denkst, wenn du nichts sagst.«
Er lehnte seinen Kopf in den Nacken und blies Rauch in Richtung Nachthimmel. »Nichts, Anna, ich denke nichts. Das kannst du dir vielleicht nicht vorstellen, aber es ist so.«
Ich spähte über die Trümmer des Hotels hinweg ins

Weite, so als läge dort irgendein Hinweis, der in der Nähe nicht auszumachen war. Dann schaute ich ihn an, so, wie er mich damals angeschaut hatte, wie ein Tier. Als Adam plötzlich anfing zu sprechen, ruhig und deutlich, war mir, als ob seine Stimme sich all die Zeit über geschont hatte, um jetzt Worte aneinanderzureihen, die offenbar schon immer zusammengehört hatten.
»Was habe ich zu sagen, was nicht andere schon genauso sagen? Was denke ich denn so Einzigartiges, das nicht milliardenfach genauso gedacht wird und gedacht wurde?« Er schnippte den Zigarettenstummel weg und grub mit seiner Hand in seinen Barthaaren herum. »Ich bin nichts Besonderes, du bist nichts Besonderes, niemand ist besonderer als ein anderer. Wieso sollte meine Meinung für mich die wichtigste sein? Mal angenommen, du findest, ich sei ein schlechter Mensch, ich aber finde das nicht – warum soll ich mir erlauben, davon auszugehen, dass ich mehr recht habe als du, nur weil ich in mir drin bin? Es gibt so viele Worte, aber keines trifft es. Keines ist das richtige, letztlich. Ich sehe es doch.«
Das hatte ich nicht erwartet. Meine Augen fuhren die Rillen zwischen den Steinen auf dem Boden ab.
»Du klingst ... lebensmüde«, sagte ich.
»Nein«, entgegnete er. »Nein. Ich mache mir nur nicht so viel aus dem Leben. Das ist ein großer Unterschied.«
»Aber ich ja vielleicht auch nicht.«
Er legte seinen Kopf zur Seite und musterte mich, und seine Augen fragten »Sicher?«, während sein Mund schwieg.

Ich schaute in den Nachthimmel.
»Warum dann das alles?«, fragte er.
Ich schloss die Augen. Ja, warum das alles.
»Ich habe den Eindruck, du nimmst alles schwer, weil für dich alles eine Bedeutung hat. Und wenn es keine gibt, dann suchst du nach einer. Und kommst sogar hierher, um was zu finden, was Bedeutung hat. Und gleichzeitig willst du Bedeutungen nicht.«
Mein Mund war trocken. In meinem Hals saß ein Kloß, der mich am Schlucken hinderte. »Der Herr der Ringe«, Paralleluniversen, Reinkarnation, Erde, in der man zu Kartoffeln und schließlich zu Pommes wird – das alles fühlte sich jetzt sehr beknackt und sehr weit weg an.
»Ich finde es okay, die Zeit halt einfach zu füllen. Ich hab hier vielleicht achtzig Jahre, wenn's hoch kommt.«
Adam nahm eine weitere Zigarette aus der Schachtel. Die Flamme des Feuerzeugs erhellte sein Gesicht. Er zog an ihr und formte mit seiner Zunge und seinen Lippen einen Ring aus Rauch in der Luft. »Naja, okay, vielleicht auch nur siebzig, wenn ich den Scheiß hier weiter mache.« Er schmunzelte und zuckte die Schultern. »Es ist doch nur ein bisschen Leben.«
Ich wusste nicht, was ich sagen sollte. Nun streichelte Adam mir mit einer Hand über den Rücken und massierte meine Schultern. Nach einer Weile fragte er: »Warum wolltest du dich umbringen, bevor du herkamst?«
»Ich wollte mich nicht umbringen. Ich wollte bloß nicht mehr leben.«
»Wie meinst du das?«

Plötzlich dachte ich an Ankas Hände, ich weiß nicht, warum. Ich holte tief Luft. »Ich habe mich immer über Menschen gewundert, die sich über Selbstmorde wundern. Sie fragen, wie der Täter zulassen konnte, eine Frau oder einen Mann, Mutter und Vater, vielleicht sogar Kinder zurückzulassen. Wie denn der Tote den Lebenden so etwas bloß antun konnte, wie egoistisch das sei. Aber wie egoistisch ist es, zu erwarten, dass man bleibt? Da ist niemand. Es gibt keine Frau und keinen Mann und keine Mutter und keinen Vater und kein Kind. Da sind keine Menschen, da sind nur Namen, zu denen man keinen Bezug mehr fühlt, Hüllen, nur Fremde, sie könnten irgendwer sein, weil sie das Leid nicht lindern, weil sie letztlich nie vollständig zu einem durchdringen und man nicht zu ihnen.«

Adam nickte, während ich sprach. Dann stand er auf und schaute mich an. »Nur Fremde.«

Ich weiß noch, dass ihm die brennende Zigarette auf den Boden fiel, er sich nach ihr bückte und sie sich wieder in den Mund steckte. Es sollte das letzte Mal sein, dass ich ihn gesehen habe.

33

Ich hatte Andris Hemd an und wollte gen Himmel. Zum Abschied wollte ich die Stadt von oben sehen. Offenbar sind die schönsten Orte stets die schwer erreichbaren, die voller Einbahnstraßen, aber dafür mit Seilbahn. Vor dieser stand ich nun. Der Eingang lag außerhalb der Altstadt, ein paar Hundert Schritte hinter der Festung neben einem Parkplatz. Auf einer vierminütigen Fahrt würde uns ein oranger Glaskasten auf den 412 Meter hohen Hausberg Srđ hieven. Obwohl ich mich mit dem ersten Sonnenlicht auf den Weg gemacht hatte, stand ich eine gefühlte Ewigkeit in der Schlange zum Kassenhäuschen in einer Unterführung. Nachts hatte ich Agnes und Alex zwei Postkarten vollgeschrieben, eine Ausnahme, und auf dem Weg zur Gondel in einen Briefkasten geworfen. Vor mir wartete ein Ehepaar mittleren Alters, das mit spitzen Mündern alle Umstehenden musterte. Die Frau schnaubte.
»Das dauert ganz schön«, sagte sie auf Deutsch.
Oh, jetzt hieß es, sich nichts anmerken zu lassen.
»Südländer halt, was will man machen«, kommentierte der Mann, »schlecht organisiert.«
Dem Dialekt nach zu urteilen kamen sie aus Süddeutschland, ich konnte jedoch Schwäbisch und Badisch nicht auseinanderhalten und würde es verschweigen, selbst wenn ich es könnte, um deren performativer Provinzfehde nicht zu gönnen, sie wie eine gottgegebene

Tatsache zu behandeln. Nun beäugten die beiden eine Gruppe Italiener, die ihrem Empfinden nach zu laut lachte. Ich musterte das Ehepaar. Ihre schwarz gefärbten Haare imitierten eine Natürlichkeit, die weniger verloren war, als vielmehr vermutlich niemals vorhanden, ihre Steppjacke suggerierte Lockerheit und ihre silberglänzenden Turnschuhe Sportlichkeit, und nichts davon traf auf sie zu. Ihr Mann trug eine Funktionsjacke und sah darin aus wie ein Faxgerät.

»Excuse me, do you know if there is another entrance to the, äh ..., to the ... Dings, Seilbahn, Mensch, hilf mir mal, Ulrike«, stammelte der Mann nun in meine Richtung, während sie mit den Schultern zuckte. Ich schüttelte hastig den Kopf. Mit denen rede ich kein Wort, auch kein Englisch, damit auf keinen Fall ein deutscher Einschlag durchscheint. Ich holte aus meinem Lederrucksack eine Wasserflasche mit dem Aufdruck »Jana«, die hier alle hatten, trank einen Schluck, packte sie zurück und starrte auf den Boden. Nun sprachen die beiden über ihren Nachbarn. Dieser Dialekt war wirklich unerträglich. Als es um sein Abitur ging, begriff ich, dass es sich nicht um einen Nachbarn, sondern um ihren Sohn handelte. Anscheinend wollte er nach seinem Abschluss in Jena studieren, was beiden nicht behagte.

»Es ist ja auch gar nicht bös' gemeint, aber der Osten ist eben etwas ... hinterher«, sagte der Mann.

»Auch bei den Unis, meinst du?«

»Ja, da gibt's doch so Rankings. Die können ja auch nichts dafür. Das sind ja arme Leute da, letztlich.«

»Ja …«
»Politisch und wirtschaftlich, das färbt ja ab, da kann man auch gar nichts gegen machen. Das sind ja Fakten, und das muss man dann auch sagen dürfen.«
»Na, ich hätt' ihn natürlich gern in der Nähe, so ist's nicht.«
Ich versuchte wegzuhören, aber es gelang mir nicht. Die Hölle, das sind die anderen. Warum hatte ich solchen Leuten wie den beiden eigentlich je Gehör geschenkt? Der Osten wird ständig konstruiert, und ich war mitschuldig, weil ich diese Konstruktionen mehr verinnerlicht hatte, als mir lieb war. Der Westen ist die Norm, der Osten die Abweichung. Wenn Dinge im Osten passieren, dann sind es immer »ostdeutsche Dinge«. Wenn Dinge im Westen passieren, dürfen es einfach »Dinge« sein. Wann wird das endlich anders.
»Vielleicht können wir ihm vorschlagen, in der Nähe zu bleiben, falls die Qualität der Ausbildung wirklich …« Sie hielt inne. »Wir können ja noch mal sagen, wir möchten nur das Beste für ihn. Mathias, was meinst du?«
»Am besten Stuttgart.«
»Ja, am besten Stuttgart.«
Zu der Gruppe Italiener stießen Freunde, die in der Zwischenzeit beim Bäcker waren und jetzt aus Tüten Vanillehörnchen aßen und sich vor die beiden in die Schlange stellten. Die Frau verdrehte ihre Augen. Einer der Italiener faltete einen Stadtplan auf und berührte dabei aus Versehen mit seiner Hand den Oberarm der Frau. Sie zuckte zurück, als hätte er eine Krankheit

oder sei sonst wie ansteckend. Das wurde mir nun zu bunt.
»Waren Sie schon mal im Osten?«
Die Frau riss die Augen auf und fasste ihren Mann am Ärmel. Natürlich hatte sie nicht erwartet, auf Deutsch angesprochen zu werden. Und als wäre sie vom Lehrer in der Schule ertappt worden, sagte sie schlicht, aber pflichtschuldig: »N-nein.«
»Merkt man.«
Dann war Ruhe.
Die junge Frau am Schalter, die mir die Eintrittskarte verkaufte, war so hübsch, dass ich verlegen wurde und mir mein Kleingeld aus den Händen fiel, weil ich abgelenkt war von ihrem Lächeln und ihren süßen Zähnen. Aufgeregt hob ich die Münzen vom Boden und reichte sie ihr. Ich mochte, wie sie das R rollte. Srđ. Srrrđ. Ein für mich unaussprechlicher Name, mit diesem Buchstaben Đ, den man wie das G in »magical« aussprach, beispielsweise wie in: »The magical woman at the ticket desk of the cable car.«
Die vier Minuten waren wahnsinnig teuer und wahnsinnig schön, wie alles hier. Im Wagen schwieg man wie in einer Blase, das Ehepaar und die Italiener und die anderen. Wir starrten wie gebannt auf die Stadt, die sich unter uns auffächerte wie ein Pfau seine Federn. Wie alles Schöne war die Fahrt viel zu schnell vorbei. Kaum hatte die Gondel die Plattform auf dem Gipfel des Berges erreicht, strömten die Passagiere aus der verglasten Stille in alle Richtungen – zum Kiosk, ins Restaurant oder zum Aussichtspunkt. Zum Museum

des kroatischen Unabhängigkeitskriegs in der Festung des Fort Imperial spazierten nur drei schüchterne Mädchen, die wie Studentinnen aussahen. Ich würde es ihnen später gleichtun. Doch zunächst griff ich in die hintere Tasche meiner Hose. Ein letztes Mal wollte ich es versuchen. Ich wollte es richtig machen. Ich zog einen Zettel heraus, auf dem mit Bleistift in Großbuchstaben ein Name und eine Adresse notiert waren. Herr Špilman hatte mir das aufgeschrieben, als ich ihn gestern zu einem letzten Eierkuchenessen im »Dolce Vita« getroffen hatte. Ich werde geführt von Menschen, die Dinge auf Zettel schreiben. Er meinte, auf dem Berg Srđ im Dorf Bosanka hauste eine alte Frau, die Andri oder irgendjemanden aus seiner Familie gekannt haben soll. Ich hatte mich gewundert, warum mir Anka nichts von ihr erzählt hatte. Bisher war ich davon ausgegangen, sie sei die einzige noch lebende Person, die ihn persönlich gekannt hatte. Jedes Mal jedoch, wenn ich sie nach anderen Bekannten von Andri gefragt hatte, hatte sie nur mit den Schultern gezuckt, Ach, weiß ich doch nicht, mala, weiß ich nicht. Sie schien stets nur dann etwas zu wissen, wenn es ihr passte. Ein bisschen so wie jeder hier.

Ich verließ den Touristentrubel auf der sonnenbeschienenen Terrasse und nahm die asphaltierte Straße hinter den Festungsmauern, die mir Špilman beschrieben hatte. Es gab nur diese eine, die entlang der Küstenlinie zum Dorf führte. Bereits nach wenigen Schritten wurde es erstaunlich still. Links lagen weite Brachflächen aus Gestrüpp und Geröll, dahinter erhob sich die Berg-

kette des Dinarischen Gebirges. Rechts weit unter mir: Dubrovnik und das Meer. Anfangs säumten noch ein paar Eichen, Kiefern und Zypressen den Weg, aber nach und nach wurde die Vegetation spärlicher und die Straße schmaler. Nur noch wenige Meter trennten mich vom Abhang. Zwischen ein paar von Wildkräutern umwachsenen Steinen kletterte ich an den Rand eines Felsbrockens und schaute hinab. Wenn ich hinunterstürzen würde, ohne gefunden zu werden, ab wann würde ich als Teil des Berges gelten? Auf dem Meer flossen Flecken aus Türkis und Azur ineinander. Während ich still spazierte, blickte ich immer wieder zur Insel Lokrum rüber, um mich zu vergewissern, dass dieser Ausblick echt war und ich wirklich dort gewesen war.
Nach einer Weile führte die geschlängelte Straße vorbei an Mauerresten in ein Wäldchen. Links wichen die Bäume bald einer ersten Abzweigung, einem Haus, einem Garten, schließlich einem von Grasbüscheln bewachsenen Kiesplatz, auf dem ein paar Autos parkten und Müllcontainer aufgestellt waren. In einer Wiese steckte das Schild einer Bushaltestelle. An einen Baumstamm war ein Holzbrett genagelt, das den Weg zu einem Wirtshaus wies. Auf einem anderen Schild am Waldrand stand: »WAR DEVASTATION OF BOSANKA FROM 1991–1992 NOT TO BE FORGOTTEN«, samt einer Erläuterung auf Kroatisch und Englisch, dass serbisch-montenegrinische Aggressoren der Jugoslawischen Volksarmee Dubrovnik angegriffen hatten und dass Bosanka vollständig zerstört wurde. Rechts zwischen den Kiefern führte ein etwa zehn Meter lan-

ger, gepflasterter Weg zu einem Denkmal: eine von einem Metallgatter umzäunte und von Blumenkränzen gesäumte Marmorplatte mit den eingravierten Namen der bei der Verteidigung der Stadt Gefallenen.

Es gab nur eine Straße in Bosanka, die so hieß wie das Dorf selbst. In einer Schleife führte sie durch die Siedlung. An den Mauern der Gärten wuchs Blauregen, an den Mauern der Häuser rankte Efeu. Dazwischen standen kahle, unverputzte Gebäude wie Ungetüme aus Beton. Nach ein paar Minuten gelangte ich zu dem Hauptplatz, der nur eine Kreuzung war und in dessen Mitte ein Johannisbrotbaum aufragte. An einem Trafoturm verfaulte ein Basketballkorb. Von den hundert Leuten, die hier angeblich wohnten, war keine Menschenseele zu sehen. Schade, dass Herr Špilman mich nicht begleiten konnte. Aber als ich ihn fragte, sagte er, er hätte keine Zeit, und: »Was soll ich hinter dem Berg.«

In einem Garten voller Mandelbäume und Feigensträucher verrottete neben Gerümpel eine Matratze, deren Metallfedern sich durch den Schaum bohrten. Ein verbeultes Kinderfahrrad rostete vor sich hin. Auf einer Terrasse lag ein waldgrün lackiertes Fischerboot unter einer Pergola, an der Weinreben in die Höhe wuchsen. An einem von Granaten durchlöcherten, verlassenen Haus endete Bosanka, und die gepflasterte Straße wich einem Feldweg. Ich holte den Zettel aus meiner Hosentasche und suchte noch einmal nach der Hausnummer. Offenbar hatte ich sie verpasst. Ich machte kehrt und ging zurück ins Dorf. Ich zweifelte langsam, ob es diese ominöse Frau überhaupt gab oder ob sie nicht vielleicht schon seit Wochen tot unterm Ofen lag, hier oben würde das bestimmt eh keiner merken.

Sie saß im Schatten unter einer freiliegenden Betontreppe auf einem Gartenstuhl aus verbeultem Plastik und aß Neapolitaner direkt aus der Tüte. Genau genommen war es eine durchsichtige Folie, in der gefühlt ein Kilo Kekse zu einem Turm gestapelt war. Ich trat an den Gartenzaun heran, hielt eine Faust vor den Mund und räusperte mich. Die alte Frau zuckte zusammen, lugte hinter der Betontreppe hervor und zog ihren Kopf sofort wieder zurück. Auf der Wäscheleine auf der Einfahrt beulten sich karierte Küchentücher und geblümte Nachthemden in der Brise.

»Ähm, Entschuldigung!«, rief ich.

Sie drückte sich tiefer in ihren Stuhl und zog die Kekstüte vor die Brust.

»Guten Tag! Ich wollte Sie nicht stören. Ich hätte nur eine Frage.«

Sie reckte ihren Kopf vorsichtig hinter dem Beton hervor. Hatte sie vorher wie ein scheues Tier gewirkt, sah sie nun wie ein neugieriges aus. Sie winkte mich schließlich zu sich. Ich schritt durch die Einfahrt, holte meinen Zettel aus der Hosentasche und nannte mit einer fragenden Miene ihren Namen.

Überrascht nickte sie. »Sie wollen zu mir? Und warum?«

»Ich komme aus Deutschland. Ich habe Geschichte studiert und recherchiere für eine Arbeit.« Mein letzter Versuch.

»Aus Deutschland. Aha!« Darauf versuchte sie mir verständlich zu machen, sie sei eine einfache Frau, die nicht studiert habe und deshalb nicht wisse, inwiefern sie mir helfen könne. Sie vertauschte manche Wörter im Englischen, verständigte sich aber ansonsten wie jemand, der die Sprache mal beherrscht haben musste. Dann erwähnte ich Andri.

»Den Namen habe ich ja schon seit einer Ewigkeit nicht mehr gehört.«

Sie bat mich ins Haus. Offenbar wohnte sie allein. Es war eine Bruchbude, aber die Alte pflegte das bisschen, was sie hatte. Mir fiel nur auf, dass Dinge an ungewöhnlichen Orten lagen: ein Bündel Socken in einer Vitrine neben Gläsern und ein Schlüsselbund in einem Hausschuh. Sie zeigte mir das Bad, so groß wie eine Besenkammer, und wies mich entschuldigend darauf hin, dass ich beim Händewaschen eine Plastikschüssel in das Waschbecken unter den Hahn stellen sollte, damit sie mit dem aufgefangenen Wasser das Klo spülen könne. Dann saßen wir uns in der Küche verlegen gegenüber. Meine Unterarme klebten an der Folie, die die darunterliegende Tischdecke schützen sollte, selbst aber löchrig und an den Rändern vergilbt war. Die Alte war sichtlich verhuscht, ich war für sie eine Irritation in der Matrix. Aber aus demselben Grund schien sie auch dankbar und ungelenk überschwänglich. Sie bot mir Linsensuppe an, was ich freundlich ablehnte. Sie sollte sie mir kurz darauf noch zwei Mal anbieten. Sie wusste nicht, wohin mit ihren Händen, löste den Knoten ihres schwarzen Kopftuchs, legte es auf den Tisch, betrachtete es und knotete es sich schließlich wieder um. Sie musterte mich mit großen Augen.

»Woher haben Sie den Namen Andri?«, fragte sie.
»Ich kenne ihn nicht. Ich habe nur ... von ihm gehört.«
Sie sah mich fragend an. »Warum ausgerechnet er? Und ich?«
So richtig wusste ich nicht, was ich sagen sollte. Ich hätte es mir vorher überlegen sollen. Alles hier, eigentlich. Zum Glück fragte sie kein weiteres Mal.
Die Alte überlegte. »Ich weiß nicht, wie ich Ihnen helfen kann. Ich hoffe, ich weiß noch was. Und verwechsle nichts.«
»Mir hilft alles, an das Sie sich erinnern.«
Dann begann sie zu erzählen. Sie berichtete, dass Andri ein Nachbar in Sveti Jakov war. Man kannte sich, hatte aber nicht viel miteinander zu tun. Von meinen Nachfragen schien sie überfordert und lächelte schüchtern. Ich betrachtete ihr Gesicht. Es war das einer Greisin. Aber manche Menschen bleiben Kinder. Und andere kommen als Erwachsene auf die Welt.
»Wie sah er aus?«
»Oh, das weiß ich nicht mehr so genau. Wie man damals halt aussah.« Dann ergänzte sie, wie als Entschuldigung: »Braune Haare, glaube ich.« Sie sagte, er habe stets freundlich gegrüßt, wäre sonst aber unauffällig geblieben. Sie schien sich ihre Sätze selbst aus der Nase zu ziehen, und ich wollte nicht indiskret sein. Als ich sie fragte, wie er so war, antwortete sie: »Nett. Nett, nehme ich an.« Eine einzige Anekdote kam ihr in den Sinn: Andri habe ihrer Schwester mal seine Glasmurmeln in einem Ledersäckchen geschenkt, weil ihre Murmeln über die Klippen am Sveti Jakov gekullert und ins Meer

gefallen sind und sie darüber traurig war. »Mehr weiß ich leider wirklich nicht. Es ist lange her. So lange her!«

»Wissen Sie, wer seine Freunde waren?«

Sie starrte konzentriert auf die Tischplatte. »Er war ein Freund von diesem Fotografen ... Berner. Joseph Berner! Den kannte jeder in der Stadt.«

»Lebt Berner noch?«

»Er wurde nach Jasenovac deportiert und umgebracht.«

Die Uhr tickte. Ich schaute sie stumm an.

»Andri ist so jung gestorben. Tragisch. Tragisch!« Dann entschuldigte sie sich. »Es tut mir leid, dass ich Ihnen nicht mehr zu ihm sagen kann.« Sie zuckte die Schultern. »Er war eben einfach irgendein Mann.«

Als ich in der Küchentür stand und mich verabschiedete, fragte die Alte: »Mögen Sie Baklava?«

»Blätterteig mit Zucker?«

»Nein, Zucker mit Blätterteig!« Sie lachte, und ich lachte auch. Ich wollte abwinken, weil ich diesen Süßkram unmöglich herunterbekam, aber da hatte sie schon drei Gebäckstücke erst in Frischhaltefolie, dann in Alufolie und schließlich in Küchenrolle eingewickelt, um die sie zum Schluss noch ein Gummi wickelte. Ich bedankte mich und wünschte ihr alles Gute. Sie begleitete mich bis zur Straße und winkte.

Ein erster Tropfen fiel auf meinen Nacken. Der zweite auf meine Schultern. Dann prasselte es auf mich nieder. Es war das erste Mal, dass es regnete, seit ich hier war. Ohne nachzudenken, begann ich zu rennen, obwohl es sinnlos war, denn ich befand mich auf einer weiten Ebene, und weit und breit war kein Unterstand in Sicht.

Wo wollte ich hin? Ich rannte so lange, bis ich das Dorf hinter mir ließ und an ein Wäldchen kam, wo das schier endlose Feld vor den Felsen des Dinarischen Gebirges kapitulierte. Andris Hemd und meine kurze Hose klebten an meinem Körper. Obwohl der Regen so warm war wie die Luft, zitterte ich. Ich stützte mich mit den Händen auf die Oberschenkel und keuchte. Als ich wieder zu Atem gekommen war, drehte ich mich um mich selbst. Ich bildete mir ein, dass die umstehenden Zypressen, Eschen und Eichen mich fragten: Wer bist du überhaupt, und was hast du hier verloren? Und dann würde ich ihnen antworten, dass ich mir die Himmelsrichtung nicht gemerkt habe und jetzt zugeben musste: Ich hatte mich verlaufen. Ich hatte keinen blassen Schimmer, wie ich hier wieder herausfinden sollte. Wie konnte mir das passieren, wo doch das Hinterland eine einzige karge Ebene war, die sich überblicken ließ? Ich fühlte mich so weit weg von allem und jedem, dass ich bangte, bestimmt bereits die Landesgrenze erreicht zu haben und vielleicht schon längst planlos im Nirgendwo in Herzegowina herumzuirren. Ich suchte in der Umgebung ebenso wie in meiner Intuition nach Hinweisen, die mir hätten verraten können, wie ich zurück nach Bosanka oder zur Seilbahn finden könnte. Auch hatte ich keine Ahnung, wie spät es war. Grün und Braun und Grau links wie rechts. Ich war selbst schuld. Ich wollte mich verlieren und hatte mich verloren.

Ich dachte an Agnes und stellte fest, wie sehr sie mir fehlte. Dann dachte ich an Adam. Ich fragte mich, wen von beiden ich jetzt lieber an meiner Seite hätte. Ich verwarf das Gedankenspiel: Wieso sollte ich mich entscheiden? Ich vermisste beide. Mir fiel das deutsche Physikbuch ein, das ich in der Bibliothek gelesen hatte. Albert Einsteins Beobachtung, die er nicht wahrhaben wollte: Ändert sich bei einem Teilchen der Zustand, ändert er sich im selben Moment ebenfalls bei einem anderen Teilchen, mit dem es in Verbindung steht – auch in schier unendlich großem Abstand voneinander. Einstein konnte oder wollte das nicht akzeptieren, weil es seiner Relativitätstheorie widersprochen hätte, laut der sich nichts schneller bewegen kann als das Licht. Bei den zwei voneinander entfernten Teilchen aber änderte sich der Zustand gleichzeitig, so als seien sie durch eine für den Menschen nicht messbare Kommunikation direkt miteinander verbunden. In dem Buch hatte das Kapitel die Überschrift »Quantenverschränkung«. Einstein nannte dieses Phänomen »spukhafte Fernwirkung«.

Welches Band zieht an mir, und wo zieht es mich hin? Die Leute bedauern, dass jeder Mensch, den man liebte und der nicht mehr da war, etwas von einem mitnimmt, aber ich sehe nicht, warum das etwas Schlechtes ist. Zugehörigkeit war immer schon nur eine Idee. Ich will tausend Mal geliebt werden und tausend Mal ein Stück von mir mitnehmen lassen, an unverbrauchte Orte, in warme Gesellschaft, in weichere Häuser, zu wohlklingenderen Sprachen, zu wilderen Tieren. Ich will ausgetauscht werden, wie das Schiff des Theseus, ich will das Schiff sein und alle Menschen darauf und das Wasser, auf dem es gleitet.

Würde ich hier zurückbleiben? Wie tragisch wäre es wirklich? Ich stapfte über den aufgeweichten Waldboden. Mein Magen knurrte. Unter einer Eiche hockte ich mich hin und kramte das Baklava aus meinem Rucksack. So gut, wie es verpackt war, war es das Einzige, das nicht durchnässt war. Während ich aß, prallten die Regentropfen auch in die Creme aus Walnüssen und Pistazien, aber es war mir egal, denn durstig war ich auch. Ich hätte lieber Pommes gehabt, aber das Baklava hatte den großen Vorteil, dass es gerade zur Verfügung stand. So kauerte ich und mampfte. Dann leckte ich meine Finger ab und schulterte meinen Rucksack. Rascheln. Dann Knacken. Erst dachte ich, es sei das Echo meiner Bewegungen. Dann merkte ich, dass das Geräusch aus dem Gebüsch kam. Die Zweige bewegten sich. Ich begann zu zittern. Ich hielt die Luft an. Harren. Dann ein Sprung. Plötzlich stand er vor mir: ein Fuchs. Er war so nah, dass nur eine ausgestreckte Hand gereicht hätte, seinen Körper zu berühren. Sein Fell war weder wirklich rot noch richtig braun, auch nicht grau, genau genommen hatte es keine Farbe. Seine Schnauze glänzte feucht. Ich sah das Fell in seinen Ohren und seine Barthaare. Wir schauten uns an, eine Ewigkeit, eine Sekunde. Es war ganz still. Auch in mir war es still. Ich sah in seine Augen und er sah in meine. Mir war, als würden sie leuchten. Ich will so lange angesehen werden, bis man nicht mehr mich als Ganzes erkennt, sondern alle Teile, aus denen ich bestehe. Für den Bruchteil einer Sekunde schien es so. Dann sprang er davon.

Ich blieb noch eine Weile wie angewurzelt stehen. Mir war schwarz vor Augen, als schaute ich ins Nichts. Dort, wo nichts ist, ist alles. Dann ergriff mich der Elan, und ich drang dort durch das Gestrüpp, wohin der Fuchs verschwunden war. Ich schob Äste und Zweige zur Seite, die sich zwickend hinter meinem Rücken schlossen. Schon bald wurde das Gehölz spärlicher. Die mit Nadeln bedeckte Erde des Waldbodens wich nach und nach von Grasbüscheln bezwungenem Geröll. Irgendwann stand ich wieder in der Karstlandschaft. Es dämmerte, der Regen hatte nachgelassen. Die Klamotten klebten an mir. Ich drehte mich um mich selbst: Hinter mir lagen die Berge des Dinarischen Gebirges, neben mir waren Büsche und Bäume und vor mir die stumme Ebene. Nun hörte der Regen ganz auf. Das Blau des Himmels war wie eine Schale, die sich in den Feuerstreifen am Horizont schob. Für einen kurzen Augenblick fühlte ich mich wie in der Steppe im Wilden Westen. Ich suchte die Ödnis mit den Augen ab, konnte aber weder Bosanka ausmachen noch die Mauern des Fort Imperial. Ich streckte meine Hände gen Himmel. Mein Magen begann, sich aus Durst selbst von innen anzusaugen. Mein Hemd trocknete an meinem Leib, es fühlte sich an wie eine zweite Haut. Ich fröstelte nicht mehr. Ich wusste nicht, wo ich war, aber ich wusste, dass ich entgegengesetzt des Gebirges laufen müsste, um in Richtung Meer zu gelangen. Irgendwann würde ich den Rand des Berges Srđ erreichen, um von dort aus in die Stadt hinabzusteigen. Also setzte ich einen Fuß vor den anderen. Ich wanderte und wanderte durch diese Landschaft wie auf dem Mond. Ein Schritt links, ein Schritt rechts, wie man es beigebracht bekommen hat. Bis auf das Knirschen meiner Sandalen auf dem karstigen Gelände war es totenstill. Anna Thurow, was suchst du hier? Die Welt in Ruhe lassen. Verdunsten. »Er war eben einfach irgendein Mann«, hallte es in meinem Kopf nach. Ich hatte mich verführen lassen von einer Welt voller Geschichten. Andri sein, Anna sein: Konstruktionen. Fragmente. Ich hätte enttäuscht sein müssen – ich fühlte mich erleichtert.

Wie im Nirwana sah ich irgendwann in einiger Entfernung am Rand des Feldes ein Schild. Ich atmete auf. Das würde mir vielleicht helfen, endlich den richtigen Weg zu finden. Vor mir war Weite. Das Licht am Himmel changierte von Pink zu Lila zu Dunkelblau. Ich beschleunigte meine Schritte. Der Durst pappte meinen Mund zusammen, aber ich stapfte und stapfte. Ich schaute nicht zurück. Als ich endlich am Schild angekommen war, trat ich von hinten heran, ging um es herum und blieb davor stehen. Auf der Tafel prangte in einem roten Dreieck ein Totenkopf. Daneben stand in dicken Lettern: »MINES!«, und »DANGER!«. Augenblicklich zog sich mein Körper in einem Krampf zusammen. Ich war durch vermintes Gebiet gelaufen, und keiner meiner Schritte hatte mich umgebracht. Man muss sich mich als einen Menschen vorstellen, der Glück hatte. Mir quollen Tränen aus den Augen. Ich sank auf die Knie, kippte zur Seite und legte meinen Kopf auf den Boden. Wie ein Embryo lag ich auf der Erde und weinte. Ich war allein, wie immer schon, wie schon wieder, wie für immer. Aber ich war es auch nicht. Nichts, was ich berührt habe, verlässt mich jemals. Dann war mir klar, was ich hier tat: Jahre füllen. Es ist doch nur ein bisschen Leben.

34

Ich ließ mich in der Ostsee auf dem Wasser treiben, so wie Adam es mir gezeigt hatte. Man muss sich nicht bewegen. Salz trägt den Körper. Natriumchlorid. Meine Arme hatte ich ausgestreckt. Auf der Wasseroberfläche liegend blickte ich zum Horizont zu der Linie, die das Meer vom Himmel trennt, so lange, bis der Übergang verschwand und alles nur noch Meer war oder nur noch Himmel. Unter mir und über mir war alles endlose Einheit. Ich sah den Meeresgrund über mir wie einen umgekehrten Himmel. Plötzlich überkam mich eine Kraft, ruhig und enorm, die mich nach unten zu ziehen schien, aber gleichzeitig fühlte ich mich erhaben. Es fühlte sich schwer und leicht an. Noch trug mich das Wasser. Alles war Windhauch. Ich schwebte.